LEAGUE OF LEGENDS

LEAGUE OF LEGENDS

REALMS OF RUNETERRA

룬테라의 세계

VORACIOUS

LITTLE, BROWN AND COMPANY
NEW YORK   BOSTON   LONDON

MELCHER
MEDIA

제우미디어

라이엇 직원 여러분께

훌륭한 게임을 만들기 위해 매일 깊은 열정을 쏟아 주시는 분들과
함께하게 되어 영광입니다. 여러분의 열정, 인내, 끈기 덕분에
룬테라의 세계와 이 책을 만들 수 있었습니다.

꿈을 잃지 않는다면, 실현할 수 있습니다.
매일 격려의 말씀을 전해 주서서 감사합니다.

플레이어 여러분께

이 책은 리그 오브 레전드라는 가상의 세계를 중점적으로 다루고 있지만,
저희 세계의 중심은 바로 여러분입니다.

감사합니다.

리그 오브 레전드 : 공식 스토리북
룬테라의 세계

초판 1쇄 I 2020년 4월 29일
초판 12쇄 I 2023년 10월 23일

지은이 라이엇 게임즈
펴낸이 서인석 I 펴낸곳 제우미디어 I 출판등록 제 3-429호
등록일자 1992년 8월 17일 I 주소 서울시 마포구 독막로 76-1 한주빌딩 5층
전화 02-3142-6845 I 팩스 02-3142-0075 I 홈페이지 www.jeumedia.com

ISBN 978-89-5952-882-0
*파본은 구입하신 서점에서 교환해 드립니다.

제우미디어 네이버포스트 post.naver.com/jeumediablog
제우미디어 페이스북 facebook.com/jeumedia

만든 사람들
출판사업부 총괄 손대현 I 편집장 전태준
책임편집 안재욱 I 기획 홍지영, 박건우, 성건우, 서민성, 이주오, 양서경
제작, 영업 김금남, 권혁진 I 디자인 총괄 디자인그룹 헌드레드

Voracious
Little, Brown and Company
Hachette Book Group
1290 Avenue of the
Americas
New York, NY 10104
littlebrown.com

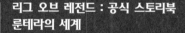

책으로 만나 뵙게 되어 반갑습니다, 여러분. 진심으로 환영합니다.

이 책으로 리그 오브 레전드의 세계를 처음 접하시는 분도 계실 겁니다. 지난 세월 동안 저희와 함께해 주신 분들께는 이 책이 오랫동안 기다려 온 요들 차원문으로 느껴지실지도 모르겠네요.

이 글을 쓰고 있는 지금, 저는 4년째 룬테라의 세계를 여행하고 있습니다. 그동안 수많은 이야기를 통해 슈리마의 모래 속을 헤매고, 자운의 부식된 뒷골목에서 기계화된 범죄자들을 쫓고, 아이오니아의 대원로 의문사 사건을 해결할 수 있었죠.

라이엇 게임즈에 처음 입사했을 때, 리그 오브 레전드의 세계에는 매우 다양한 면이 있다고 들었습니다. 가상의 세계가 그렇게나 넓을 수 있다는 사실을 믿기 힘들었죠. 하지만 점점 깊이 파고들수록 이 세계가 정말 무한한 가능성으로 가득하다는 사실을 깨달았습니다.

지금도 그리고 앞으로도 룬테라는 우리 모두를 위한 곳입니다.

오늘 여러분은 녹서스 워메이슨이 되어 새로운 영토를 정복해 제국을 확장시키고, 저는 보물 사냥꾼이 되어 음산한 그림자 군도 해안의 신비로운 유물을 찾고 있을지도 모릅니다. 내일은 모두 함께 데마시아 군대의 신병이 되어 불굴의 선봉대 선서를 외우게 될지도 모르죠. 혹은 프렐요드인 전사가 되어 찬란한 오로라 아래서 '좋은 날'을 자축하는 것도 좋겠네요. 이 세계의 어떤 장소에 가든, 언제나 새로운 모습이 기다리고 있을 것입니다.

이 책은 룬테라의 세계를 여행하는 여러분의 친구이자 길잡이가 되어 줄 것입니다. 단순한 글과 그림 모음집이 아닌, 마법의 힘이 깃든 문명과 문화 속으로 출발하는 첫걸음이죠. 룬테라는 모두의 꿈이 한데 모여 탄생한 세계입니다. 상상력이야말로 가장 위대한 도구이며, 이 책에 담긴 세계를 통해 여러분 역시 상상의 나래를 펼칠 수 있기를 진심으로 기원합니다.

앞으로의 여정에 마법과 모험이 가득하길,

— 애리얼 "THERMAL KITTEN" 로렌스
라이엇 게임즈 서사 총괄

프렐요드

녹서스

데마시아

개요

CONTENTS

물질과 영혼 세계가 융합된 룬테라는 파멸의
심연과 신비로운 창조의 힘을 구분 짓는
경계로, 매우 독특한 마법의 세계입니다.
열정적이면서도 위대한 사람들이 살고
있죠. 이 책을 통해 룬테라의 구석구석까지
살펴보실 수 있습니다. 각 지역에 대해 자세히
알아보고, 모험과 수수께끼로 가득한 이야기
속에 빠져 보세요.

타곤

아이오니아

16

필트오버와 자운

120

빌지워터

162

슈리마

224

이쉬탈

158

그림자 군도

190

TAR

타곤

GON

룬

테라를 보다 잘 이해하려면 먼저 세계 창조의
기원으로 불리는 타곤을 살펴보는 것이 좋습니다.
여느 신화 속 장소들과 마찬가지로 타곤은
봉상가나 순례자, 그리고 진리와 깨달음을
추구하는 자들의 성지입니다. 산속에 사는 강인한 라코어 부족
역시 이러한 성질을 가지고 있죠. 타곤 산은 룬테라에서 가장
높은 산으로, 햇볕에 그을린 기암괴석이 별을 향해 끝없이
솟아 있습니다.

수천 년간 많은 인간들이 타곤 산을 오르기 위해 노력해
왔습니다. 정상에 오르는 것은 불가능한 것으로 알려졌지만,
다들 무언가에 홀린 듯 끊임없이 도전하곤 합니다.

타곤 산에 깃든 생명

솔라리

모든 라코어 부족은 태양을 숭배합니다. 그중에서도 태양 숭배에 자신의 삶을 완전히 바친 자들을 솔라리라 부릅니다. 타곤 산에서 가장 영향력 있는 종파인 솔라리는 태양이 모든 생명의 근원이라고 믿습니다. 햇빛을 제외한 모든 빛은 거짓된 빛이자 솔라리의 미래를 위협하는 것으로 간주합니다. 사원 사제들은 신도들에게 태양이 파괴되는 날 온 세계가 암흑에 잠식당할 것이라고 가르칩니다. 따라서 솔라리 전사들은 성스러운 태양을 해하려는 자는 누구든 쓰러트릴 수 있도록 언제나 준비하고 있습니다.

MOUNTAIN

루나리

솔라리가 이단으로 규정한 루나리는 신성한 달빛을 숭배하는 종파입니다. 이들은 루나리를 타곤 산에서 영원히 제거하려는 자들의 눈을 피해 은밀하게 믿음을 이어 가고 있습니다. 어떤 이들은 오래전에 루나리와 솔라리가 함께 다양한 천상의 존재들을 숭배하며 평화롭게 공존했다고 말합니다.

타무

타무는 라코어 부족이 기르는 동물입니다. 타무의 무성한 털은 1년에 두 번씩 깎아 보온 의복과 여러 직물로 만들어집니다.

라코어

유목민인 라코어 부족은 산을 직접 깎아 시장, 계절용 주거지, 의식의 방을 만들었습니다.

A SACRED

신성한 순례

송별 의식

신성한 송별 의식은 등정을 시작하는 이들을 축하하는 의식입니다. 이들의 운명이 타곤 산에 바쳐진 순간을 기념하는 것이죠. 산을 오른 자들은 보통 다시 돌아오지 못합니다.

PILGRIAGE

죽은 자의 문양

타곤 산은 가파른 경사와 혹독한 기후 때문에 등정이 매우 어렵습니다. 도전자의 힘, 결의, 의지력, 투지를 마지막 한 올까지 시험하는 과정이죠. 도중에 탈진하거나 다치는 경우 아래로부터 도움을 받을 수 없기 때문에 무리를 이루어 서로 도우며 등반하는 경우도 있습니다.

고도가 높아 사망자들의 시신은 부패하지 않고 서서히 굳어 바위와 하나가 되는 경우가 많습니다. 굳어진 시신은 산의 둥근 지형과 능선의 일부가 됩니다.

기 이 한 위 험

타곤 산에서 가장 위험한 것은 엄청난 고도가 아니라 산을 오르는 자들이 받는 시험입니다. 라코어 부족은 등정이 영혼을 시험하는 과정이라 믿습니다. 고립된 채 산을 오르다 보면 지치게 마련이고, 과거의 기억이나 후회가 환영으로 나타나 정신을 괴롭히기 때문이죠.

PIERCING THE

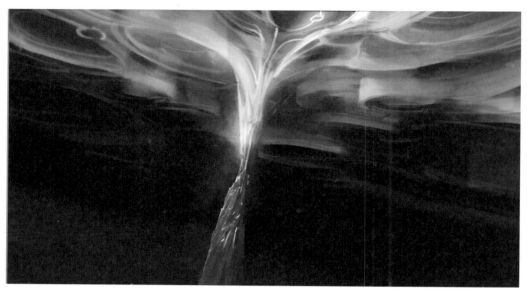

산 정상에 도달하기

극히 드물게 필멸자가 타곤 산 정상에 오르면 천상은 오로라로 황홀경을 연출하며 그 문을 엽니다. 구름 저 위, 반짝이는 별 아래에서 그 찬란한 광경을 본 이는 거의 없죠. 산 정상 너머에는 신적인 존재가 사는 황금과 은의 도시가 있다고도 합니다.

HEAVENS

천상의 문

성위의 현신

타곤 산 주변의 하늘은 신비로운 빛으로 반짝입니다. 태양과 달의 빛, 어둠 속을 가로지르는 혜성, 룬테라 어디에서도 볼 수 없는 별자리가 가득하죠. 예로부터 라코어 부족은 이 모든 것이 위대하고 신비로운 천상의 존재, 성위라고 믿어 왔습니다. 필멸자의 머리로는 감히 상상할 수 없는 강력한 고대의 힘을 가진 존재들이죠.

몇 세대에 한 번씩 성위 중 하나가 가치 있는 등반자의 몸을 빌려 산에서 내려오는 경우가 있다고 하지만, 이러한 이야기는 전설로 여겨집니다. 머나먼 과거에는 성위가 세계의 운명을 빚었을 거라고 믿기도 합니다.

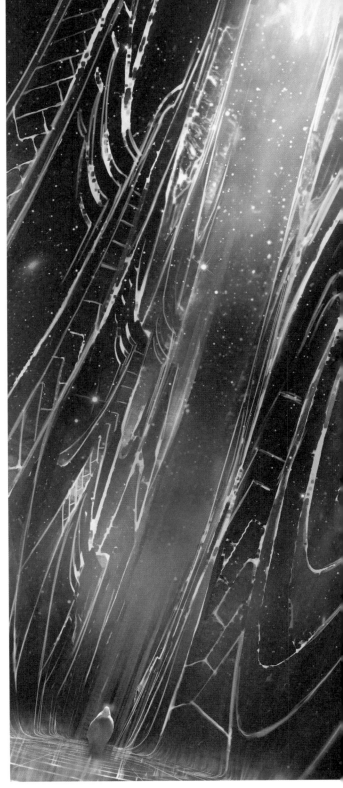

IONIA

아이오니아

험난한 바다로 둘러싸인 아이오니아는 최초의 땅이라 불리는 거대한 군도에 흩어져 있는 여러 지방의 연합입니다. 아이오니아 문화는 오랫동안 모든 것의 균형을 추구해 왔기 때문에 물질 세계와 영혼 세계의 경계가 얇으며, 야생 숲과 산중에서는 그 경향이 더욱 두드러집니다.

변덕스러운 마법과 위험하고 신비로운 생물로 가득한 곳이지만 아이오니아인들은 수백 년간 번성했습니다. 전사 수도원, 지방 민병대와 더불어 아이오니아의 특수한 지형은 외세 침략을 막기에 충분했습니다.

그러나 12년 전 녹서스가 최초의 땅을 침략했을 때 모든 것이 바뀌었습니다. 제국의 군대가 끊임없이 아이오니아를 공격했고, 아이오니아는 몇 년 뒤 큰 희생을 치르고 나서야 이들을 몰아낼 수 있었습니다.

현재 아이오니아는 불안정한 평화 속에 자리 잡고 있습니다. 전쟁은 각 지역 사이에 분열을 가져왔죠. 쇼진 수도원, 킨코우 결사단 등은 과거의 고립된 평화로 돌아가 목가적 전통을 유지하고자 합니다. 반면 나보리 형제단이나 그림자단과 같은 급진적 집단은 아이오니아의 마법을 무기화해 녹서스에 복수할 단일 국가를 세워야 한다고 주장합니다.

누구도 이 불안한 균형에 섣불리 손대려 하지 않지만, 아이오니아의 운명이 서서히 움직이고 있음을 모두가 느끼고 있습니다.

THE FIRST LANDS
최초의 땅

마법은 주민, 역사, 땅의 대부분에 이르기까지 아이오니아의 요소요소에 스며들어 있습니다. 아직도 탐험하고 발견해야 할 것들이 많이 남아 있는 이곳에서 삶의 모든 요소는 균형을 이루며 공존합니다. 이 광활한 대륙을 고향이라 일컫는 사람들은 룬테라의 다른 종족들보다 훨씬 오래된 다양한 부족 및 서식지와 두루 조화를 이루기 위해 노력합니다.

자연의 아름다움

아이오니아는 희귀한 고대 정령과 동물들의 고향입니다. 운 좋은 소수만이 그 아름다움을 눈에 담을 수 있었죠. 평범한 바다조차도 끊임없이 변화하는 신비로운 생명체로 가득합니다.

유구한 역사

아이오니아는 다른 어떤 지역에 견주어도 단연 가장 오래되고 풍부한 역사를 자랑합니다. 실제로 산간벽지의 고지대에는 수 세기 전에 일어났던 대규모 전쟁의 흔적이 아직도 여기저기에 고스란히 남아 있습니다. 그러나 아이오니아 사람들은 폐허를 걷어 내는 대신 남겨져 있는 그대로 기리는 편을 선택했습니다. 더 이상 그것이 의미하는 바를 이해하지 못하더라도 말이죠.

두 눈으로 똑똑히 보았노라.
흩날리는 꽃잎과
피어나는 정령들을.

I have seen with my own two eyes. The blossoms fall, and spirits rise.

신비로운 연대

아이오니아의 여러 지방에 거주하는 사람들은 스스로를 자연 세계의
일부로 여기고 있으며, 온갖 기상천외한 동식물군과 더불어
살아가는 삶의 방식에 적응했습니다. 이렇듯 자연과 밀착된 삶의 형태가
외부인들에게는 다소 이상해 보일 수도 있지만, 이러한 상호의존성이야말로
땅과 거주민들이 수 세대 동안 함께 번영할 수 있었던 비결입니다.

균 형 속 의 삶

아이오니아의 가치관과 문화는
균형 추구를 중심으로
형성되었습니다. 아이오니아인들은
주변의 환경에 맞추어 살기 위해
노력합니다. 필요에 따라 자연을
변화시키는 것이 아닌, 자연과 일체가
되어 살아가는 것이죠.

대 수 도 원

아이오니아는 갖가지 독특한
무술의 발원지이지만, 이렇다
할 군사 제도는 없습니다. 오히려
다양한 전투 방식이 오랜 세월에 걸쳐
숭상받으며 조심스럽게 전승되어 온
각각의 고유한 철학을 따르는 식입니다.
북동부 산악지대의 히라나 대수도원은
오랫동안 영혼 세계와 자아의 연결을
더욱 잘 이해하고자 하는 이들을 위한
성지였습니다.

영혼 세계와의 경계가 매우 얇으므로 자연의 마법과 정령들은 이곳의 환경과 문화에 깊이 녹아 있습니다. 대부분의 아이오니아인들은 이러한 존재들과의 관계를 자연스레 받아들였지만, 이것을 자신들의 이익을 위해 이용하고자 하는 경우도 있습니다.

대지와 날씨, 그리고 모든 정령은 외부 자극에 반응합니다. 긍정적이든 부정적이든 마찬가지죠. 대지와 조화를 이루고 있는 자들은 풍부한 곡식을 수확하며, 파도와 하나가 되어 살아가는 자들은 언제나 물고기를 한가득 잡습니다. 이와 반대로, 침략하러 온 외세 군대는 성난 아이오니아의 혼을 마주해야 할 것입니다.

아이오니아인들의 삶과 영속성에 대한 가치관은 룬테라의 기타 지역과 다른 경우가 많습니다. 계절에 따른 평범한 행동마저도 크게 다를 수 있죠. 이 육지낚시꾼들은 마법으로 가득한 풀빛 강의 흐름과 하나가 되어 긴 여름 동안 곡식과 과일을 수확합니다.

조화와 균형

HARMONY & BALANCE

수 천 년간 고립된 채 균형을 지켜
온 아이오니아는 전통을 매우
중요하게 여기며,
이러한 경향은 건축 양식에서
잘 드러납니다. 아이오니아
건축의 특징은 자연스러운
흐름과 우아함으로서, 이 땅이
지닌 천상의 아름다움을 반영하고자 하는
노력의 산물입니다. 또한 웅장하고 개방된
공간들 덕분에 원래 존재하던 주변 환경과의
단절감이 없습니다.

LIVING ARCHITECTURE

살아 있는 건축물

감응하는 건축

아 이오니아인들은 나무의 정령들을 해하거나 노엽게
하지 않기 위해 웬만해선 나무를 베지 않습니다.
대신 나무술사들이 정령들을 달래 원하는 구조물의 모양으로
자라도록 유도합니다. 하지만 나무가 살아 있는 상태로
계속해서 자라기 때문에 시간이 지나면 집의 구조가 바뀌는
경우도 생기죠.

예술적인 구조

고 지대 계곡의 사원 가옥들은 바위 언덕과 자연스레 어우러져
있는데, 살아 있는 채찍버드나무가 아치형 입구와 지지대 역할을
하고 있습니다. 이 신성한 건물들은 원래 존재하던 주변 환경과 단절되지
않고 부드럽게 이어지며, 튀어나온 모서리나 급격한 경사가 없습니다.

옥상 정원

아이오니아 건축물에는 자연적으로 굴곡진 기와나 지붕이 드리워진 옥상이 있는 경우가 많습니다. 옥상에는 건물 내부에서부터 뻗어 나온 나뭇가지가 바깥으로 자랍니다.

감응하는 건축

조화 속에 산다는 것은 자연과 하나로 어우러진다는 의미입니다. 농장과 마을은 그림처럼 환경에 녹아들어 있으며 땅과 하늘의 변화와 함께 모습을 바꿉니다.

아 이오니아에는 셀 수 없이 많은 학교와 사원이 있으며, 이곳에서는 고대 무술과 비전 철학을 가르칩니다. 치명적이면서도 우아한 전사, 마법사, 무용수, 학자들은 각자 자신의 분야에 통달하기 위해 다년간 노력합니다.

녹서스 침공 이래로 아이오니아의 많은 전통이 위기를 맞이했습니다. 끔찍한 시대를 겪은 이들은 변화한 세상에 적응하기 위해 노력했고, 그 결과 옛 신념을 극단적인 방식으로 해석하는 경향이 짙어졌습니다.

깨 달 음 의 길

아 이오니아인 대부분이 조화를 추구하는 것은 사실이지만 진정으로 깨달은 자라고 불릴 만큼 매우 높은 경지에 이른 자들은 극소수입니다. 아이오니아의 이상은 크지만, 모두가 그 이상에 도달할 수 있는 것은 아닙니다. 룬테라의 다른 모든 사람들처럼 아이오니아인도 증오, 욕망, 분노, 사랑에 휘둘릴 수 있죠.

자기 수양에 더욱 정진하고자 하는 자를 위해 히라나부터 나보리의 플레시디엄까지 많은 성소가 열려 있습니다.

배움의 전당
SCHOOLS OF LEARNING

킨코우 결사단

킨코우 결사단은 물질 세계와 영혼 세계 어느 쪽으로도 치우치지 않은 균형을 유지하기 위해 헌신하는 집단입니다. 이들의 지도자는 황혼의 눈이라 불리며, 성스러운 별보기 임무를 최우선으로 여깁니다.

그림자단

외세로부터 아이오니아를 방어하고 고국을 완전히 군사화하기 위해 적극적으로 활동하는 암살자 집단입니다. 그림자단의 구성원들은 금지된 그림자 마법을 배우기 위해 수년간 정진합니다.

바스타야샤이레이

신화로 잊혀진 머나먼 시절, 평화로운 최초의 땅이 필멸자와 하늘에서 온 거인족 간의 전쟁으로 분열되었습니다. 가장 현명한 필멸자들은 조상의 지혜를 빌어 자신의 몸에 영혼 세계의 힘을 받아들였고, 자연 세계를 무기처럼 휘두를 수 있는 불멸의 형상변환자, 바스타야샤이레이가 되었습니다.

마침내 거인족이 패하자 바스타야샤이레이는 시대의 영웅으로 떠받들어졌습니다. 그러나 동족인 필멸자들 위에 군림하고 싶지 않았던 바스타야샤이레이는 그들과 함께 동등하게 살아가는 길을 택했습니다.

MYSTERY OF THE VASTAYA

바 스타야는 필멸자도, 완전한 불멸의 존재도 아닌 신비의 혼종 생명체입니다. 룬테라의 마법과 깊이 공명하고 있죠. 바스타야샤이레이의 후손인 바스타야는 오래전부터 자신들만의 부족을 이루어 살고 있습니다. 수천 년 동안 바스타야는 그들만의 정신적 유산을 유지하려고 애썼습니다. 그로 인해 서로 충돌하게 되더라도 상관없었죠.

최 근에는 인간들이 세계에 있는 마법의 흐름을 지속적으로 방해하면서 많은 바스타야 부족들과의 관계가 냉랭해졌습니다. 몇 세대가 지나는 동안 새로운 바스타야는 태어나지 않았습니다. 어쩌면 이제 이 고대 종족에게 또 다른 격변의 시기가 다가오는 것인지도 모릅니다.

위 대 한 저 항

아이오니아 한복판에 위치한 나보리의 플레시디엄은 아이오니아인들에게 매우 신성한 장소입니다. 녹서스 장군 제리코 스웨인은 바로 이 점을 노렸습니다. 아이오니아 저항군은 그 정신을 완전히 짓밟아야만 항복할 것이라는 사실을 알고 있었기 때문입니다.

하지만 녹서스에 대항하는 아이오니아인들은 제대로 힘을 합치지 못했습니다. 고대로부터 자신들의 집이었던 마법의 숲을 파괴와 정복으로부터 보호하고 싶었던

바스타야 부족이 스웨인에게 합세한 것입니다. 이들은 녹서스 군대가 플레시디엄 수호자들을 인질로 잡는 데 결정적인 역할을 했습니다.

수는 훨씬 적었지만 고지를 차지하고 있던 바스타야는 아이오니아 지원군을 함정으로 유인하는 데 성공했습니다. 플레시디엄의 안마당과 둑길은 격렬한 전투로 아수라장이 되었습니다. 하지만 곧 풀려난 수호자들이 스웨인을 굴복시켰습니다. 녹서스군은 전멸했고, 바스타야 역시 도망치던 패잔병들과 함께 처단되었습니다.

칼날 무희

나보리 출신의 젊은 칼날 무희가 녹서스 장군을 처치했다는 소문은 눈 깜짝할 사이 아이오니아 전역에 퍼져 곳곳에서 저항군이 모여들었습니다. 여전히 균형을 위해 명상을 해야 한다고 주장하는 자들도 있었으나, 점점 많은 아이오니아인들이 마법, 칼과 활, 은신과 계략으로 맞서 싸우기 시작했습니다. 특히 나보리인들은 제국의 남은 침략 부대와 끝없는 전투를 벌였으며, 곧 이렐리아는 의도치 않게 이들의 지도자가 되었습니다.

이 전투로 전세의 흐름이 역전되긴 했으나, 플레시디엄의 신성함은 끔찍한 유혈 사태로 훼손되었으며 그 평온함은 영원히 사라졌습니다. 녹서스는 아이오니아에 씻을 수 없는 상처를 남겼고, 한때 균형 속에서 조화롭게 존재하던 땅에는 파멸과 균열이 자리를 잡았습니다.

NOXIAN SCARS

녹서스가 남긴 상처

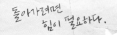

돌아가려면 힘이 필요하다.

ORCHID'S BLOOM

피어나는 난초

마이클 이차오

징은 숨을 깊이 들이쉬었다. 열린 문을 통해 난초 향이 산들바람을 타고 들어왔다.

밖에서는 대나무가 바람결에 흔들리며 지저귀는 새소리를 부드럽게 감쌌다. 달콤한 봄의 풍미가 혀끝에서 춤을 추자 징의 얼굴에 작은 미소가 번졌다. 그녀는 한숨을 쉬며 일어섰다. 그리곤 거친 손으로 대나무 지팡이를 짚고 방을 가로질러 걸어가기 시작했다.

언제나처럼 마룻바닥이 삐걱대는 소리가 찻집을 가득 메웠다. 그녀는 샌들을 신은 발로 창문 사이를 오가며 익숙한 손놀림으로 가리개를 열었다. 떨어진 꽃잎이 날아 들어와 바스락거리며 떨어졌다. 그녀는 신경 쓰지 않았다. 그도 그럴 것이, 여긴 이 꽃잎에서 이름을 따온 찻집이었으니까. 실내에 흩어져 있는 길 잃은 꽃잎들은 그녀에게 작

은 기쁨을 가져왔으며, 과거의 달콤한 추억을 떠올리게 했다.

문득 정문에서 나는 발걸음 소리에 징은 추억에서 빠져나왔다. 이 지역의 여행자들이 오기엔 아직 이른 시기였기에 의아한 일이었다. 순간, 징은 숨을 들이켰다. 돌길을 걷는 조심스러운 천 신발. 헐렁한 옷자락이 부대끼는 소리. '혹시...?' 하지만 그럴 리가 없었다. 발소리가 다르다. 보폭이 너무 길었다.

징의 얼굴에 떠오른 실망의 기색이 인자한 미소로 바뀌었다. 그녀는 지팡이에 몸을 기대고 문을 향해 바르게 섰다. 따뜻한 햇볕이 얼굴로 쏟아졌다.

"안녕하세요, 오-마." 강인하고 또렷한 목소리가 울려 퍼지자 징은 내심 놀랐다. 오-마라는 호칭을 들어 본 것은 오랜만이었다. 게다가 어딘

가 익숙한 목소리였다. 하지만 언제 어디에서 들어 봤는지 기억나지 않았다. 오랜 세월 듣지 못했던 탓일까. 어쩌면 흐려지는 기억에 착각한 것일지도 모른다.

"어서 오게나." 징이 답했다. 나이가 들어 갈라지는 자신의 목소리는 몇 번을 들어도 낯설었다. 세월이 어찌나 빠른지! 뼈와 살에 무겁게 내려앉은 세월의 흔적은 누구도 비켜 갈 수 없었다.

"여독을 풀러 온 겐가?"

"네."

"어서 들어오게." 징은 주방으로 향하며 여행자가 들어오는 소리를 들었다. 의자에 긁히는 소리. 나무에 금속이 닿는 희미한 소리. '무장한 여행자군. 소리로 보아 칼을 찬 검사겠지.' 그녀는 날렵한 손으로 작은 찻주전자에 신선한 물을 채우고 화로에 놓았다.

이 근방의 여행자들은 무기를 소지하고 다니는 일이 흔했다. 오히려 무기가 없는 자들이 더 위험할 확률이 높았다. 그런 자들은 단검을 숨기고 있거나, 마법사이거나, 무기를 직접 다루지 않아도 될 만큼 보호를 받고 있기 마련이었다. 특이한 점은 무기가 아니라, 그가 혼자라는 사실이었다.

오래전 찻집에는 지나가는 손님들이 많이 들렀다. 그러나 녹서스 침공 직후 찻집 앞을 지나는 사람들은 점점 줄어들었다. 사람들 사이에 불안과 불신이 커진 데다 노상강도가 들끓고, 침략에 맞서 생겨난 호전적인 집단으로 인해 웬만큼 용기 있는 자가 아니고서는 이곳을 지나는 일이 거의 없었다. 그럼에도 불구하고 징은 매년 꾸준히 찻집을 열었다. 시간과 정성, 인내만이 균형과 신뢰를 회복할 수 있었다.

홀로 찻집에 온 이 특이한 손님은 흉흉한 시기에도 불구하고 평온한 분위기를 풍겼다. 목소리는 여행에 지친 듯했지만, 이 지역 사투리로 징에게 인사를 건넨 것만 보아도 알 수 있었다. 징의 손이 찻잎 위를 훑었다. 그녀는 전통 차 대신 백차를 골랐다. 잘 알려지지 않은 재료지만, 이곳 사람들이 좋아하는 샤오란 꽃으로 만든 차였다.

바람의 속삭임. 장작이 타들어 가는 소리. 끓는 주전자의 휘파람. 그녀는 신속하게 다기를 쟁반에 차려 들고 지팡이에 기대 내실로 돌아갔다.

희미한 숨소리가 아니었다면, 징은 여행자가 떠났다고 생각했을 것이다. 그에게서 명상하듯 고요한 자세와 침착하고 조용한 모습이 느껴졌다. 자세히 보니 영적인 기운의 희미한 형태도 보였다. 그녀는 여행자에게 다가가 탁자에 쟁반을 내려놓았다. "차 나왔네."

"감사합니다, 오—마."

물을 붓는 소리. 향기로운 꽃내음. 깊은 들이킴. 놀란 듯하다가 이내 만족스러워하는 숨결. 징은 미소를 지었다.

"올해는 난초가 일찍 피었다네." 징이 근처 자리에 앉으며 말했다. "샤오란 나무도 그렇더군요."

'샤오란이라는 이름을 알고 있군.' 징이 고개를 끄덕였다. "제철보다 이른 시기지. 무슨 바람이 불었는지."

"때아닌 손님은 골칫덩어리가 될 수도 있지요."

"모두 그런 것은 아닐세. 때아닌 바람이 반가운 선물을 가져오는 일도 많지." 징은 지팡이를 무릎에 올렸다.

"즐거움을 가져오지 않는 선물도 있는 법이죠."

여행자가 조용히 말하자, 찻잎보다도 훨씬 쓴 향이 밀려왔다. 불쾌한 느낌에 징은 눈썹을 추켜

올렸다. 그의 말에서 사라지지 않는 끝 맛처럼 엷은 후회가 느껴졌다.

"바람에 실린 꽃잎이 폭풍 속에서 제 위치를 가늠할 수는 없는 법이지."

여행자는 아무런 대꾸가 없었다.

징은 자리에서 일어섰다. "이런! 늙은이가 괜한 소리를 했군. 식사라도 드는 게 어떤가?"

"혼자 계신 건가요, 오-마?"

여행자의 물음에 징은 신경이 곤두섰다. 하지만 캐묻는다기보단 다정한 말투였다. 징은 분명 어디선가 들은 적이 있는 목소리라고 확신했다. 하지만 기억이 날 듯 말 듯, 누구인지 가늠할 수 없었다.

"종업원들이 오려면 아직 3일은 남았다네. 자네가 올해 첫 손님이지."

"영광이군요." 여행자의 말에서 미소가 느껴졌다.

"오히려 내가 영광일세. 무슨 일로 이곳을 지나던 참인가? 고향으로 돌아가는 길인가, 아니면 떠나는 길인가?"

여행자는 잠시 말이 없었다. "유감스럽게도 둘 다 아닙니다. 어리석은 자에게는 고향이 없지요." 여행자의 목소리가 무겁게 가라앉았다.

우두커니 생각에 잠겼던 징이 입을 열었다. "거 참 진지한 양반일세그려."

여행자가 당황한 듯 말을 더듬더니 웃음을 터뜨렸다. 징은 만족스러운 미소가 번지려는 것을 참았다. "키와 열매를 내오겠네. 내 아들이 우울해할 때 키와를 먹으면 금세 밝아지곤 했지."

징은 골똘히 생각에 잠긴 여행자를 뒤로하고 다시 주방을 향해 걷기 시작했다.

탁, 탁, 탁, 조용히 지팡이를 짚는 소리와 지하

실 문을 여는 소리가 이어졌다. 삐걱대는 소리는 자신의 무릎이 아닌 낡고 흔들리는 계단에서 나는 것이리라. 징은 주름진 손을 뻗어 서늘한 구석에 보관된 키와를 찾았다. 두꺼운 껍질을 더듬으며 잘 익은 열매가 내는 소리에 귀를 기울였다. 그리곤 다시 계단을 올라 익숙한 손놀림으로 열매를 자르고, 껍질을 벗기고, 썰었다.

손질을 끝내기도 전에 새로운 목소리가 들렸다. 거칠고, 크고, 즐거움이 없는 웃음소리였다. 징은 앞치마에 손을 닦고 과일 그릇을 가져갔다.

손님 몇 명이 여행자와 함께하고 있었다. '함께'라고 말하는 것은 무리일지도 모르겠지만.

소란스러운 무리는 중앙의 탁자에 앉아 있었다. 넷, 아니 다섯의 목소리였다. 아무렇게나 던진 무기가 쨍그랑거렸고, 뒤로 기대며 탁자를 부술 듯이 신발을 올리는 소리가 났다. 남을 위협하기 위한 의도적인 행위였다.

'오늘은 바람이 참으로 많은 깜짝 선물을 가져오는군.'

징은 여행자에게 가 과일을 내려놓았다. 바구니를 받는 그의 손이 징의 손에 닿았다. "고맙습니다, 오-마—"

"어이, 어이! 여기 주문 언제 받을 거야?" 거친 여자의 목소리가 여행자의 말을 끊었다.

"고맙간." 징은 여자의 말을 무시했다. "더 필요한 게 있으면—"

"귀먹었어, 할망구?"

정적이 흘렀다. 여자가 무리의 우두머리인 것이 분명한 듯했다.

징은 계속해서 못 들은 척했다.

"더 필요한 거 있나?"

"… 괜찮습니다, 오-마." 무언가를 억누르는 듯

한 목소리였다. 징은 눈살을 찌푸렸다. '그 무언가가 터져 나오지 않으면 좋겠건만.'

징은 마침내 돌아서서 소란스러운 무리에 다가갔다. 탁, 탁, 탁. 지팡이 짚는 소리가 정적을 깼다. 그녀는 탁자에 도달하자 미소를 지었다.

"어서들 오게."

"마실 거 뭐 있나?" 우두머리가 으르렁거리듯 말했다.

"찻집이니 차가 있지."

침을 뱉는 소리가 들렸다. "더 센 건 없어?"

"홍차가 있다네."

뒤에서 여행자가 미소를 짓는 소리가 들리는 듯했다.

"그럼 차로 줘." 우두머리가 마지못해 말했다.

징은 살짝 고개를 숙이고 주방을 향해 걸어가며 생각했다. '참으로 별난 하루야.'

다기를 가지고 들어섰을 때, 내실에는 또다시 정적이 흐르고 있었다. 하지만 무리가 내는 소리에서 눈치챌 수 있었다. 어색하게 머리를 긁는 소리, 옷매무새를 다듬는 소리, 불안하게 몸을 흔드는 소리, 헛기침 소리. 잔뜩 긴장하고 기다리는 소리였다.

징은 한숨을 내쉬었다. 어떤 일이 일어날지 불 보듯 뻔했다. 최소한 여행자는 떠난 듯하니 다행이었다. 구석진 자리에서 나던 그의 숨소리가 들리지 않았다.

예상대로 그녀가 다가가자 피식 웃는 소리와 함께 무리 중 한 명이 징의 발을 걸었다. 그녀는 완전히 넘어지기 전에 몸을 추슬렀지만, 찻주전자가 쟁반에서 미끄러져 탁자에 차가 몇 방울 떨어지는 소리가 났다.

무리는 기다렸다는 듯이 자리를 박차고 일어났

다. "뜨거운 차가 나한테 쏟아졌잖아, 할망구!" 젊은 남자의 목소리가 쩌렁쩌렁 울렸다. 징은 꾸며낸 듯한 말투에 어이없는 웃음이 터져 나오려는 것을 참았다.

"굼뜬 노인네 같으니." 또 다른 누군가가 내뱉었다.

"미안하네." 징이 고개를 살짝 숙이며 말했다.

우두머리가 일어서는 소리가 들렸다. 그녀가 징 쪽으로 몸을 기울이자 뜨거운 숨결이 느껴졌다. "당신 때문에 브랜이 다쳤잖아. 어떻게 변상할 거야?"

징은 냉담한 표정으로 그녀에게 돌아섰다. "차 한 잔 공짜로 마시려는 수작이라기엔 너무 과한 듯싶네만."

"이 건방진 노인네!" 우두머리가 사납게 내뱉었다. 쨍그랑거리며 무기를 집어 드는 소리가 들리더니 쿵쿵대는 발소리가 가까워지기 시작했다. 징은 지팡이를 꽉 쥐었다.

"건방진 건 오—마가 아니라 네 녀석들이지."

징은 놀란 얼굴로 돌아섰다. 여행자는 떠나지 않았던 것이다. 목소리는 그가 앉아 있던 자리에서 또렷하게 들려 왔다. 그런데도 조금 전까지 징은 아무런 소리도 듣지 못했고, 아무런 낌새도 눈치채지 못했다. '기척을 이다지도 완벽하게 숨길 수 있다니. 대체 정체가 뭐지?'

"신경 끄시지, 떠돌이. 여기서 영원히 잠들고 싶은 게 아니라면 조용히 가던 길 가라고." 우두머리가 이를 갈며 내뱉었다.

징은 다시 한숨을 쉬었다. 여러 개의 시선이 그녀에게 꽂히는 것이 느껴졌다. "뭘 잘 모르는 모양이군, 젊은이. 떠돌이 검사에게 떠나라고 말하면 절대 떠나지 않는 법일세."

"맞는 말씀이야." 여행자의 목소리에 웃음기가 서렸다.

"하지만 이번엔 다른 손님들의 말을 따라 줘야겠네." 징이 여행자에게 돌아서서 말했다.

"그런가요?"

투박한 손이 징의 멱살을 잡더니 끌어당겼다. "이봐! 우릴 무시하지 말라고." 우두머리가 씩씩댔다.

주위에서 검 뽑는 소리가 카랑카랑하게 울렸다. 여행자 쪽에서는 훨씬 부드러운 소리가 들렸다. 칼날이 스르르 풀리는 소리였다.

"오랫동안 홀로 찻집을 지키고 있다 보면 이런 날도 있기 마련이지." 징이 여전히 여행자 쪽으로 고개를 돌린 채 말했다. "늙은 오—마를 봐서 이만 떠나 주게나."

"무시. 하지. 말라고." 우두머리가 이를 갈며 말하자 징의 얼굴에 침이 튀었다.

"미안하네, 젊은이. 뭐라고 했지?" 징이 여자에게 산뜻한 미소를 지어 보였다.

"생각이 바뀌었어. 나랑 같이 가 줘야겠어." 우두머리는 징을 끌고 가려 하기 시작했다. 무리는 이미 문 쪽으로 향하고 있었다.

하지만 징은 움직이지 않았다.

우두머리는 거칠게 당겼지만, 소용없었다. 기가 찬 듯한 중얼거림이 들렸다. 여자는 징을 잡은 손에 힘을 주고, 팔을 잡아당겼다. 다시 한번 징을 당겼지만, 징은 꿈쩍도 하지 않았다.

"미안하네, 젊은이. 나는 이곳을 떠날 수 없어… 누군가를 기다리는 중이거든." 징이 슬픈 얼굴로 고개를 저었다.

다른 몇 명이 그녀를 잡고 온 힘을 다해 당기기 시작했다. 징은 숨을 깊게 쉬고 모든 영력을 다리에 집중해 자세를 굳혔다. 여기저기서 들리는 꿍 꿍대는 소리에도 불구하고 징은 제자리에 얼어붙 어 있었다.

"다리를 잘라. 살려서 데려오라고 했지, 해치 지 말라는 지시는 없었으니까." 우두머리가 헐떡 이며 말했다.

두 명의 발걸음이 다가오기 시작했다. 그 순간, 징은 소리를 듣기도 전에 느낄 수 있었다. 여행자 가 순식간에 돌진한 것이다.

돌풍이 무리를 뚫고 지나갔다. 징은 두 번의 민 첩한 칼부림이 스치며 일으킨 작은 바람을 느꼈 다. 곧 비명과 괴성이 울렸다. 피비린내가 그녀를 덮쳤다. 동시에 징은 지팡이를 들어 올려 제일 가 까운 세 명의 몸을 힘껏 내리쳤다. 뼈가 부러지는 소리가 들렸다. 그녀는 발을 고정한 채로 여행자 를 향해 안쪽으로 몸을 틀었다. 그리곤 흐르듯 원 호를 그리며 지팡이를 짧게 고쳐 잡았다.

단 몇 초 만에 다섯 명의 공격자들은 상처와 멍 투성이가 된 채 두 사람에게서 떨어졌다.

"말은 안 듣지만, 검술 실력은 뛰어나군." 징이 근엄하게 말했다.

여행자가 어깨를 으쓱하는 것이 느껴졌다. "죄 송합니다, 오─마."

앞에서 무리 중 한 명이 고함을 지르며 돌진하 기 시작했다. 징은 코웃음을 쳤다. 공격하기 전에 알아서 알려 주다니 참으로 한심한 자였다. 그녀 는 지팡이로 간단히 막아낸 후 상대가 제 무게에 앞으로 쏠리게 한 다음, 몸을 돌려 등을 강타했다.

뒤에서는 세 명이 여행자에게 달려드는 소리가 났다. 그는 마치 빗방울이 떨어지는 듯한 발걸음 으로 움직였다. 칼날의 노래에 맞추어 적 사이를 춤추듯 민첩하게 오가며 상대의 무기를 쳐 내고 살갗에 옅은 상처를 냈다.

"참으로 뜻밖의 선물이군." 징이 두 명의 공격 을 막아내며 말했다.

"납치될 위기에 빠지는 것이 즐거우신가요?"

"늙은이가 몸을 풀 기회는 흔치 않지. 천부적 인 재능을 가진 검사와 함께 싸울 기회는 말할 것 도 없고."

"영광입니다."

징이 대나무 지팡이로 상대의 무릎을 내리치자 비명을 삼키며 넘어지는 소리가 들렸다. "자네 같 은 발소리는 아주 오랜만에 들어 보는군. 검에서 나는 울림도 상당히 독특해."

"오─마에 비하면 보잘것없는 실력입니다." 여 행자가 신중하게 말했다.

"입들 다물어." 우두머리가 칼을 휘두르며 대화 를 끊었다.

"시끄러운 폭풍은 창문을 두드리며 관심을 끈 다네." 징은 옆으로 피하며 지팡이로 공격하는 듯 한 자세를 취했다. "하지만 방 안에 앉아 있는 시 인에게 영감을 주는 것은 잔잔한 빗줄기지."

"무슨 헛소리야?" 우두머리가 지팡이를 막으려 검을 들어 올렸다. 징은 이때를 놓치지 않고 자세 를 바꾸어 빈틈을 노렸다.

"자넨 너무 시끄럽다는 말일세." 징은 지팡이로 우두머리의 머리를 내리쳤다. "목소리를 낮추는 게 좋겠다는 뜻이지."

여자는 욕지거리를 하며 비틀비틀 뒷걸음질 쳤 다. 징은 다시 곧게 서서 지팡이를 단정하게 내 려 잡았다. 사방에서 앓는 소리가 들려 왔다. 어 설프게 달려들던 자는 나뒹굴며 신음하고 있었다. 두 명은 몸을 추스르고 일어나는 중이었다. 마지 막으로 덤비던 자와 여자는 징의 앞에서 식식대고 있었다.

"조금 걱정되는군요. 오—마."

"왜지?"

"이 자들이 빨리 물러가지 않으면 제 칼날이 이 아름다운 찻집을 피로 더럽힐 것 같습니다." 그의 목소리에 살기가 어리며 자세를 바꾸는 소리가 들렸다. "제 검은 오—마의 지팡이처럼 온화하지 않습니다. 대화를 이어 가기보단 끝내는 편을 선호하지요."

징은 내심 감탄하며 고개를 끄덕였다. 자신도 적과 싸우는 와중에 잠시 본 것만으로 징의 자세와 손놀림이 방어적이라는 사실을 눈치챈 것이다. 게다가 이런 이야기를 통해 적에게 은근히 협박과 경고를 보내고 있지 않은가. '이 자는 대체 누굴까?'

"건방진 자식. 너를 먼저 죽이고 저 할망구를 데려가겠다." 우두머리가 이를 갈며 말했다.

여자가 뭔가를 중얼거리자 갑자기 주변이 싸늘해졌다. 동시에 여행자가 무기를 고쳐 잡는 소리가 들렸다. '좋지 않은 일이 일어나겠군.' 징은 숨을 깊이 들이쉬고 정신을 집중해 마음의 눈을 떴다.

영혼 세계를 들여다보자 다양한 색상이 눈앞에 펼쳐졌다. 영적 에너지가 살아 있는 모든 것을 덩굴처럼 휘감더니 각각의 맥박과 흐름에 맞춰 고동쳤다. 옆에서 집약된 힘과 절제된 바람이 맹렬히 소용돌이치는 여행자의 모습이 보였다. 징은 그것을 단박에 알아보고 이를 악물었다. '그럼 그렇지. 이제껏 알아보지 못하다니, 내가 어리석었어.'

하지만 그녀의 간담을 서늘하게 한 것은 여행자가 아니라 적 쪽이었다.

남은 네 공격자가 자세를 고치자 에너지가 연

한 푸른색으로 변했다. 그들의 몸에서 나온 영적에너지가 칼끝으로 번져 나가더니, 검이 은은한 원소의 기운을 담은 서릿빛으로 빛나기 시작했다. 넷은 검을 가슴께로 들어 올리고 천천히 징 쪽으로 다가오기 시작했다.

그 자세와 대형은 징이 익숙히 알고 있는 것이었다.

그것은 바로 징의 기술이었다.

"누가 보냈지?" 그렇게 물었지만 징은 이미 답을 알고 있었다.

"바오 란 님께서 찾으신다." 우두머리가 조롱하듯 비소를 지었다.

징은 지팡이를 꽉 쥐었다. "아들에게 가서 나를 보고 싶으면 집으로 돌아오라고 전하게."

잔혹하게 비웃는 소리가 울려 퍼졌다. "왜 이리 골치 아프게 굴었는지 곧 직접 설명할 수 있을 거다."

징은 한숨을 쉬었다. "그래. 아들 녀석 대신 분노와 어리석음만이 돌아왔군."

우두머리가 성난 소리를 내뱉자, 넷은 공격해 왔다.

징은 지팡이로 첫 번째 공격을 막았다. 그러자 얼음이 피어나 지팡이를 뒤덮었다. 두 번째 상대는 무방비 상태인 측면을 공격했다. 그녀는 피하기 위해 몸을 틀었지만, 놀라울 만큼 시린 냉기에 숨결이 흐트러졌다. 어깨 너머에서는 다른 두 명이 징의 서리 기술로 빛나는 검으로 여행자를 밀어붙이고 있는 것이 보였다.

그들은 징의 발놀림에 맞춰 움직였다. 꽤 숙련되고 견고한 자세였지만, 날붙이를 사용해 공격적으로 치고 들어오는 방식은 그녀의 가르침과는 거리가 멀었다. 징은 가슴이 쓰려 왔다. '아들아, 올

바른 길에서 얼마나 멀어진 게냐?'

징은 계속해서 쳐 내고 막았다. 서리 검에 한 번 닿을 때마다 냉기가 엄습해 지팡이가 점점 무거워지고 있었다. 옆에서 공격을 회피하고 있는 여행자의 영적 에너지가 느껴졌다. 상대의 검을 무기로 쳐 내면 힘과 열기를 빼앗기게 된다는 사실을 분명히 인지한 것 같았다. 움직일 때마다 주변을 맴도는 바람이 점점 거세지는 것으로 보아 그도 힘을 축적하고 있다는 사실을 알 수 있었다. '무언가 강한 공격을 준비하고 있는 게야.'

'어서 이 싸움을 끝내지 않으면 찻집이 몽땅 날아가겠어.'

징은 숨을 토해 내며 영적 시력을 거두었다. 그리곤 다시 깊게 들이쉬며 마법의 힘을 끌어올렸다. 그녀에게서 서리 결정이 소용돌이치며 나와 굉장한 속도로 모든 것을 덮치기 시작했다. 냉기가 찻집을 휘감았다. 징은 제자리에서 한 바퀴 돌며 지팡이 한쪽 끝을 두 손으로 잡았다. 징의 움직임을 알아차린 적들이 그녀를 막기 위해 미친 듯이 달려왔다.

'똑똑하군. 하지만 늦었어.'

징은 지팡이로 바닥을 내리쳤다. "멈춰라."

지팡이가 꽂힌 지점에서부터 굉음과 함께 서리 덩어리가 폭발하듯 터져 나와 인간과 사물을 가리지 않고 모든 것을 집어삼켰다. 찻집에는 정적만이 남았다.

징은 지팡이를 휘감은 얼음을 떨친 후 다시 바닥을 짚고 기댄 채 숨을 몰아쉬었다.

'나도 늙었군. 이 정도로 지치다니.'

"죄송합니다, 오—마." 여행자가 그녀 곁으로 다가왔다. 한기에 이빨이 부딪히는 소리가 희미하게 들리자 징은 만족스러운 미소를 지었다. "떠나라고 하실 때 떠났어야 했습니다. 제 도움 따윈 필요하지 않으셨군요."

"바람 가는 길을 바꾸려는 것은 어리석은 짓이지." 징의 말은 짧고 날카로웠다.

불편한 침묵이 이어졌다. 여행자가 입을 열려는 찰나—

얼음이 갈라지는 소리가 들렸다.

영적 시력으로 뒤를 보자, 얼음이 산산이 조각나 사방으로 파편이 튀었다. 징은 놀란 얼굴로 돌진하는 푸른 오라를 응시했다. 오라는 검은 심장이 뿜는 암흑에 잠식되고 있었다. 우두머리가 짐승처럼 포효했고, 징은 지팡이를 들어 올리기도 전에 공격이 명중하는 것을 느꼈다. 냉기가 몸속으로 쏟아졌다.

"하세기!"

돌풍이 우두머리를 강타하며 얼음에 부딪혔다. 얼어붙은 파편이 찻집 문밖으로 와르르 쏟아져 나왔고, 우두머리는 땅을 한 번, 두 번 구르다 곧 멈춰 잠잠해졌다.

징은 손을 복부로 가져갔다. 피가 배어 나와 축축했다. 그녀는 비틀거리며 주저앉았다. 지팡이가 손에서 미끄러져 요란한 소리를 내며 바닥에 떨어졌다.

여행자가 즉시 달려와 그녀를 부축했다. "오-마, 다치셨군요."

그는 한 손으로 징의 팔을 잡고, 다른 한 손으로는 등을 감쌌다.

징은 손사래를 쳤다. "괜찮을 걸세. 상처가 깊지는 않으니." 그녀는 여행자의 손을 뿌리치고 출혈을 막기 위해 상처를 눌렀다. 그리곤 다른 손으로 가슴 위에 원을 그리며 혈관을 타고 오르는 냉기 마법을 몰아냈다.

"제가 느렸습니다. 더 늦었다면 목숨을 잃으셨겠지요." 그의 목소리는 근심으로 가득했다.

징은 고개를 저었다. "언제나 자신을 책망하는군. 조금도 변하지 않았구먼, 야스오."

징은 여행자가 천천히 일어서는 소리를 들었다. "바람의 검술을 보고 알아차리셨군요."

징의 입에서 짧은 웃음이 터져 나왔다. "수마원로의 수제자를 알아보는 데 이렇게 오래 걸렸다는 게 부끄럽구먼. 오랜 시간이 지났지만, 자네는 아직 이 근방에서 유명하다네." 징은 상처를 누르고 있던 손을 뗐다. 출혈은 멈춘 듯했지만, 옷은 엉망이 되어 있었다. '안타깝군. 마음에 드는 옷이었는데.'

징은 익숙한 손놀림으로 지팡이를 집어 들었다. 뒤에서 야스오가 순간 자세를 고치며 검을 잡는 소리가 들렸다.

"긴장할 것 없네. 죽일 생각은 없으니." 징은 지팡이를 짚고 의자로 가 앉았다. "게다가, 이미 사면받지 않았는가? 누명을 썼다고 하던데. 살인 사건의 진범은 외지의 침략자라고 들었네만."

"그렇다고 해서 제 죄가 씻긴 것은 아닙니다. 제가 함께 있지 않았기 때문에 보호하지 못했으니까요." 그의 목소리에서 깊은 고통이 느껴졌다. "제가 구해 드릴 수 있었습니다."

징은 한숨을 내쉬었다. "주제넘은 생각이야."

"시도는 해볼 수 있었습니다. 제가 함께 있어 드렸어야 했어요. 이제 그분은 돌아가셨고, 바람의 곁술을 사용하는 이방인은 부러진 검을 든 채 제가 막지 못한 죄책감을 지게 되었습니다."

"숨을 멈추고 춤추듯 가벼운 몸가짐을 갖도록 훈련받은 바람의 검사답지 않게 무거운 짐을 홀로 지는 것을 좋아하는군. 하지만 자네는 이렇게 돌아왔네. 죄책감에 쫓기는 음울한 방랑자, 그저 바람에 실려 가는 나뭇잎처럼. '어리석은 자는 고향이 없다'고 했지? 고향을 부정하고 계속해서 도망 다닐 생각인가?

"제가 평온을 찾아야 한다고 생각하시나요, 오―마?" 야스오의 목소리에 가시가 돋치기 시작했다. "저는 제 행동을 잊을 수가 없습니다. 과거를 부정할 수는 없단 말입니다."

"과거를 잊으라는 말이 아닐세." 징은 숨을 깊이 들이쉬었다. "그럴 수는 없지. 다 역시 자네를 조금도 원망하지 않는다고는 할 수 없네. 수마 원로는 나의 막역한 친구였지. 그의 제자들도 잘 알고 있어. 자네 형도 잘 알았고." 야스오의 숨결이 처음으로 흔들렸다. 그녀는 슬픔으로 심장이 아려 오는 것을 느끼며 고개를 저었다. "그러나 과거의 실패에 매여 있으면 속죄를 향해 나아갈 수 없는 법일세."

방 안이 고요해졌다. 징은 자리에서 일어나 주방 쪽으로 가기 시작했다.

"어디 가시는 건가요, 오―마?" 야스오가 묻자, 징은 손을 내저었다.

"징이라고 부르게나. 오―마라는 호칭을 한 번만 더 들었다간 먼지가 되어 사라질 것 같으니."

"징 원로님." 징이 가슴을 들썩이며 과장된 한숨을 쉬었다. "… 징." 야스오가 고쳐 말했다.

징은 야스오를 향해 돌아섰다. "이 난장판을 치울 빗자루를 가지러 가는 걸세. 이 옷도 갈아입어야겠구먼. 보기만 해도 끔찍할 테니." 징이 옷자락을 가리키며 말했다.

"전혀 끔찍하지 않으십니다."

"거짓말에 참 서툴군."

야스오는 징을 향해 다가갔다. "제가 청소를 도와 드리지요."

"내가 감당해야 할 짐일세.

특히나 저 녀석들은 말이지." 징이 찻집 구석을 가리켰다. "얼음 마법을 풀고 깨워서 돌려보내야 하네."

"그냥… 보내시겠단 건가요?" 야스오가 믿기지 않는다는 듯 물었다.

"자네가 바람으로 베어 버린 녀석을 제외하고 말일세. 수천 번을 베어 죽은 것 같구먼."

"하지만 놈들은 당신을 납치하려고—"

"내 아들의 제자들일세. 그 아이만큼이나 어리석은 자들이지. 길을 잃고 방황하는 걸세."

야스오는 굳은 목소리로 입을 열었다. "엇나간 가지에 필요한 것은 보살핌이 아닌 가위질입니다."

징은 눈썹 한쪽을 추켜올렸다. "많은 이들이 엇나간 가지로 여기는 자에게서 그런 말이 나오다니, 놀랄 일이군." 야스오는 여전히 못마땅한 표정이었지만, 징은 계속했다. "아들이 올바른 길을 벗어난 것은 내 탓일세."

"자식의 행동 때문에 자신을 책망해서는 안 됩니다."

"제자를 받아 본 적이 있는가, 야스오?" 처음으로 징의 목소리가 굳어졌다.

"정식으로는 아니지만… 그렇습니다." 야스오

가 망설이다 말했다.

"제자가 올바른 길을 벗어난다면, 책임감을 느끼지 않겠는가? 그래야 마땅하지 않겠는가?"

징은 야스오의 침묵을 대답으로 받아들였다.

"자식이든 제자든, 엇나가더라도 사랑하게 마련일세. 엇나갈 때야말로 더욱 사랑으로 감싸게 되는지도 모르지." 징의 목소리가 누그러졌다. "아들은 길을 잃은 걸세. 녹서스와의 전쟁으로… 변했지. 상처를 크게 받았네. 이제는… 참을성 없고 분노로 가득한 자가 되었지."

징은 지팡이를 짚고 야스오 쪽으로 돌아가 그를 올려다보았다.

"나는 스승이자 어머니로서 실패했네. 지금껏 아들이 마음의 상처를 추스르고 집으로 돌아오길 기다렸지. 하지만 이제는 내가 그 아이를 찾아 이야기해야 할 것 같군. 균형으로의 길을 상기시켜 주는 걸세."

"그자는 짐승 같은 자들을 보내 당신을 납치하려 했습니다. 그를 다시 만났을 때는 악의로 가득한 자가 되어 있을지도 모르지 않습니까?"

"지팡이와 검으로 대화를 시작해야 한다면, 어쩔 수 없지." 징이 야스오의 어깨를 두드렸다. "하지만 나 같은 늙은이를 걱정하며 힘을 낭비하지 말게. 자네는 앞길이 창창한 데다, 감당해야 할 짐이 이미 충분히 클 테니."

징은 찻집의 열린 문 쪽으로 고개를 돌리고 숨을 들이쉬었다. 은은한 난초 향이 스며 있었다. "아이오니아는 혼란의 시기를 겪고 있네. 내적인 성찰과 외적인 행동 사이에 균형을 맞추어야 하지. 자네도 나도, 바깥세상에서 답을 찾으면 더 명확한 내면의 모습을 찾게 될지도 모른다네."

바람이 다시 한번 불어와 대나무를 흔들었다.

재잘대는 새소리가 서서히 돌아와 찻집의 적막함을 몰아냈다.

"어디로 가야 할지 모르겠습니다." 조용하고 절제된 말투였지만, 징은 그 속에 숨은 상처를 느낄 수 있었다.

"자네는 상실의 의미를 알고 있는 강인한 자일세. 세상에는 상실에 대한 이해도, 강인함도 가지지 못한 이들이 많이 있지. 바람에 휩쓸릴 것이 아니라, 그 흐름을 타고 도움이 필요한 자가 있는 곳에 가는 것이 좋을 걸세. 그곳이 어디든 간에." 징은 지팡이를 들어 올려 야스오의 이마를 가볍게 두드렸다. "이제 이 찻집을 떠날 시간일세. 대청소를 해야 하거든."

야스오가 일어나 검을 옆구리에 차는 소리가 들렸다. "고맙습니다, 징. 차도 감사했습니다. 오랜만에… 고향의 맛을 느껴 보게 되어 좋았습니다."

"고향은 언제나 고향이네. 아무리 멀리 떠돌아도, 과거에 쫓기더라도 말일세."

"아드님도 그 사실을 깨닫기를 빌겠습니다."

징은 쓸쓸한 미소를 지었다. "그랬으면 좋겠군."

NOXUS

녹서스

서스는 악명을 널리 떨치는 강력한 제국입니다. 다른 나라에 사는 이들에게 녹서스는 폭력적이고 침략을 일삼는 위험한 나라이지만, 바깥에서 보이는 호전성을 잠시 접어 두고 안을 들여다보면 특이할 정도로 포용적인 사회를 발견할 수 있습니다. 이 나라에선 모든 국민의 강점과 재능을 존중하고 계발해 주기 때문입니다.

녹시이는 한때 사나운 야만 부족이었으나 현재 영토의 수도가 된 고대 도시를 파괴한 뒤 그곳에 자리 잡았습니다. 그 후, 이들은 사방에 도사린 위협적인 적들을 상대로 물러서는 일 없이 사납게 싸웠고 해를 거듭할수록 국경을 넓혀 갔습니다. 이러한 생존을 위한 투쟁 덕분에 현태의 녹서스에는 다른 무엇보다 힘이라는 가치를 숭상하는 자존심 강한 국민성이 형성되었습니다.

물론 여기서 말하는 힘이라는 가치는 매우 다양한 방식으로 드러날 수 있습니다.

녹서스에선 신분, 배경, 출신지, 재산과 관계없이 필요한 능력을 드러내 보일 수 있다면 누구든지 출셋길에 올라 권력을 차지하고 존경을 받을 수 있습니다. 특히 마법을 쓸 줄 아는 이들은 널리 존경받으며, 녹서스는 마법사를 적극적으로 찾아내고 그들의 특별한 재능을 연마시켜 녹서스 제국을 위해 활용합니다.

이같이 능력을 중시하는 풍조에도 불구하고 오래된 귀족 가문들은 아직 상당한 힘을 행사하고 있습니다. 어떤 사람들은 녹서스에 대한 가장 큰 위협이 적이 아닌 내부에서 나타날 것이라 두려워합니다.

THE PRINCIPLES

녹서스인들이 가장 존경하는 것은 힘이며, 강함을 유지하는 유일한 방법은 쉬지 않고 시험대에 오르는 것입니다. 그들은 서로 겨룰 기회 자체를 기쁘게 여기는데, 이는 약해지는 것을 두려워하며 힘의 정점에 서 있다 할지라도 스스로를 도전에 내던지기 위한 새로운 방법을 쉬지 않고 모색하지 않으면 그 힘을 그리 오래 유지하지 못하리라 생각하기 때문입니다.

녹서스인들이 존경하는 것은 육체적 힘이나 무술 실력에만 국한되지 않습니다. 정치, 공예, 무역 분야에서 전문성을 발휘하는 사람도 모두 더 강한 녹서스를 만드는 데 기여하기 때문입니다.

녹서스는 알려진 세계에서는 가장 큰 군대를 보유하고 있습니다. 이 군대는 트리파르 군단과 같은 엘리트 병력뿐만 아니라 수백 개의 국지화된 독자 부대로 구성되어 있습니다. 그들만의 대장, 원수, 대위가 이끄는 이들 부대는 각각이 유일무이하며 고유의 문화와 위계질서가 있습니다. 이 부대들은 훨씬 큰 군대의 일부로서 특정한 역할을 수행하는데, 최전선의 기습부대, 중보병대, 정찰대, 암살자, 기병대 등 그들의 기술에 가장 걸맞은 부대로서 싸웁니다.

전투로 단련된 최정예 부대로서 녹서스 제국에서 가장 존경받는 트리파르 군단은 '녹서스의 실력자'가 직접 이끕니다. 트리파르 군단의 병사들은 제국에서 가장 뛰어날 뿐만 아니라 충성심도 가장 강한 이들로서 제국과 제국의 지도자들에게 전적으로 헌신합니다.

OF STRENGTH

녹서스 군대의 일반 병사들에게서는 획일적인 모습을 찾아보기 힘듭니다. 제국은 전사들에게 전쟁을 수행하는 특정 방식에 맞출 것을 강요하기보다는 각 전사의 타고난 재능과 특기를 포용합니다. 이러한 특징은 녹서스인의 삶의 모든 면에서 드러나죠. 녹서스인은 각자가 잘하는 것을 찾아내어 제국을 더 강하게 만들기 위해 그 재능을 활용하는 방법을 찾아야 한다고 믿습니다.

현재 녹서스를 통치하는 의회는 대장군 제리코 스웨인이 세운 것입니다. 의회를 구성하는 세 명의 인물은 각각 힘의 원칙 중 하나를 상징합니다. 스웨인은 예지력을 대변하며, 녹서스의 실력자 다리우스는 무력을 대표합니다. 마지막으로 망토를 쓴 수수께끼의 인물은 책략을 상징하는데, 의회 밖의 정적들에게 진짜 정체를 숨기고 있습니다.

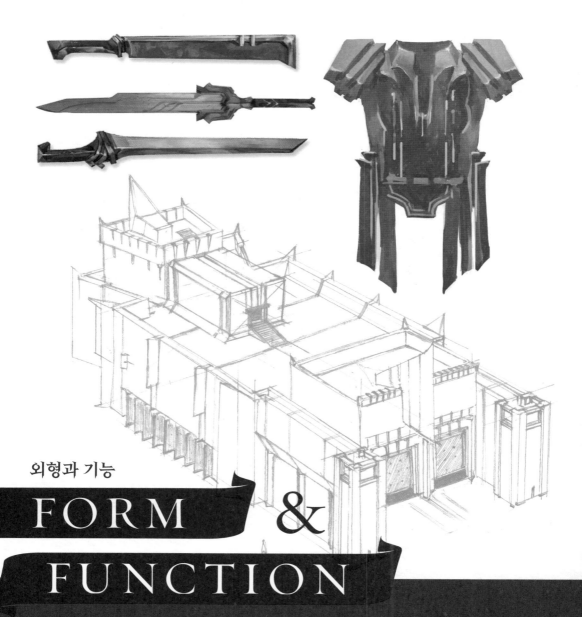

외형과 기능
FORM & FUNCTION

제국의 건축 양식

녹서스 도시의 특징은 인상적인 건축물, 밀실처럼 느껴지는 거리, 밖으로 화살을 쏠 수 있도록 구조를 갖춘 건물, 가파르게 경사진 벽, 거대한 관문입니다. 이러한 도시들은 제국의 힘과 지배를 강조하며 철저한 방어가 가능합니다. 녹서스의 도시를 무력으로 차지하려는 적은 매번 전투와 저항을 경험하게 될 것입니다. 가장 보잘것없는 집조차도 요새처럼 지어졌기 때문이죠.

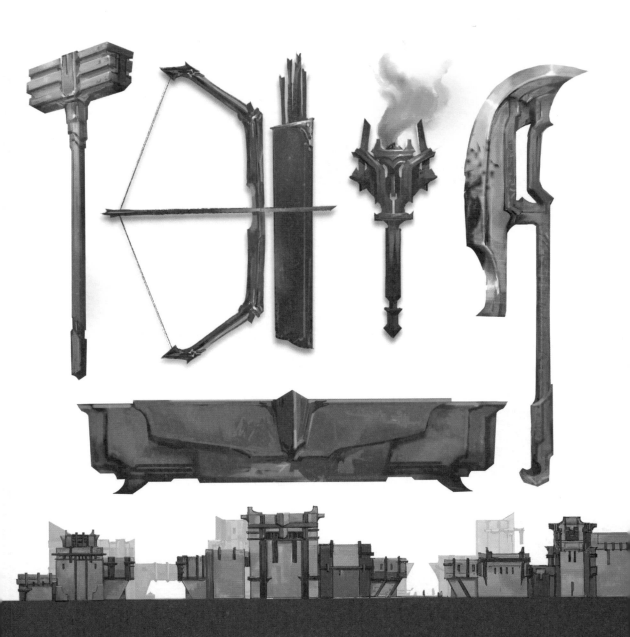

정복자의 무기고

녹서스의 대장간에서는 병사들에게 지급할
엄청난 수의 검과 도끼, 그리고 갑옷을 생산해
내느라 열기가 식을 틈이 없습니다. 녹서스 제국은
형태보다는 기능을 중시하므로 무기의 디자인에 추가

용도를 적용하는 경우가 많은데, 이를테면 올라탄 적을
떨어뜨리기 위해 갈고리 모양의 손잡이를 다는 식이죠.
　최근 녹서스에서는 자운의 화학공학과 미정제
흑색화약 무기를 가지고 실험을 시작했는데, 그 결과는
때로는 적에게만큼이나 아군에게도 치명적입니다.

제국 건설

BUILDING AN EMPIRE

녹서스는 호전적이고 팽창주의적인 제국으로서 새 영토를 정복하여 국경을 넓힐 기회를 언제나 엿보고 있습니다. 이를 위해 매번 폭력이 동원되는 것은 아닙니다. 사실 많은 나라가 제국에 합류하면 보다 큰 안정과 안보를 누릴 수 있음을 알고 대장군 앞에 무릎을 꿇었습니다. 한편 녹서스에 저항하는 국가는 무참히 짓밟힙니다.

워 메 이 슨

워메이슨은 지략이 풍부한 정찰병이자 기술자이며 전사이기도 합니다. 그들은 도로, 다리, 방어 시설을 설계하고 건설 과정을 감독합니다. 보통 녹서스의 확장을 알리는 첫 조짐은 행군하는 군대가 아니라 침입 가능한 경로를 찾아 적의 영토를 홀로 조사하는 워메이슨입니다.

녹 스 토 라

녹서스가 승리를 거두면 녹서스 군대의 전투석공, 워메이슨들은 정복한 땅에 투입되어 제국의 영토를 표시합니다. 검은 바위로 관문을 만들어 수도로 이어지는 모든 길에 세우는 것이죠. 이 높다란 구조물은 도시로 들어오는 여행자에게 누가 이 땅을 지배하고 있는지 확실히 알려 줍니다.

녹서스 바실리스크

슈 리마 동부 정글의 파충류 괴물 바실리스크는 거대한 크기로 자라는 맹수입니다. 바실리스크의 새끼는 탈것으로 소중하게 여겨지며, 바실리스크의 돌격을 견딜 수 있는 이는 많지 않습니다. 이후 기수가 통제하기 어려울 정도로 크게 자란 바실리스크는 짐을 운반하는 데 쓰이고, 때로는 포위한 도시의 벽을 때려 부수기 위한 생체 공성 병기로 사용되기도 합니다.

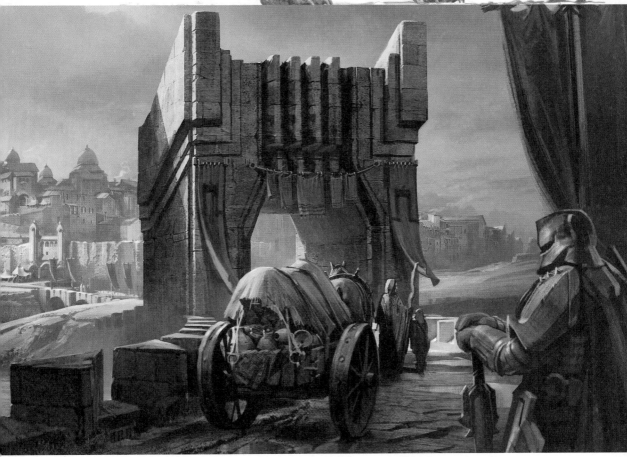

녹서스 병력이 룬테라 전역에서 더 많은 영토를 정복하면서, 수도는 전쟁의 상흔이 새겨진 벽 너머로 확장되었습니다. 구시가지에는 여전히 음산한 분위기가 남아 있지만, 다양한 제국 시민들이 부와 영광에 이끌려서 도시로 몰려옴에 따라 기존 건축물들은 온갖 형태로 발달하며 성벽 너머로 뻗어 나가고 있습니다.

지속적인 변화

수도에서는 모반, 암살 및 각종 계략에 당할 위험이 높기 때문에 소유물과 재산의 주인이 자주 바뀌곤 합니다. 이로 인해 영원한 것은 없다는 인식이 자리 잡아 새로운 구조물이 기존 건물과 어지럽게 섞여 미궁처럼 지어지는 경향이 생겨났습니다.

THE

수도

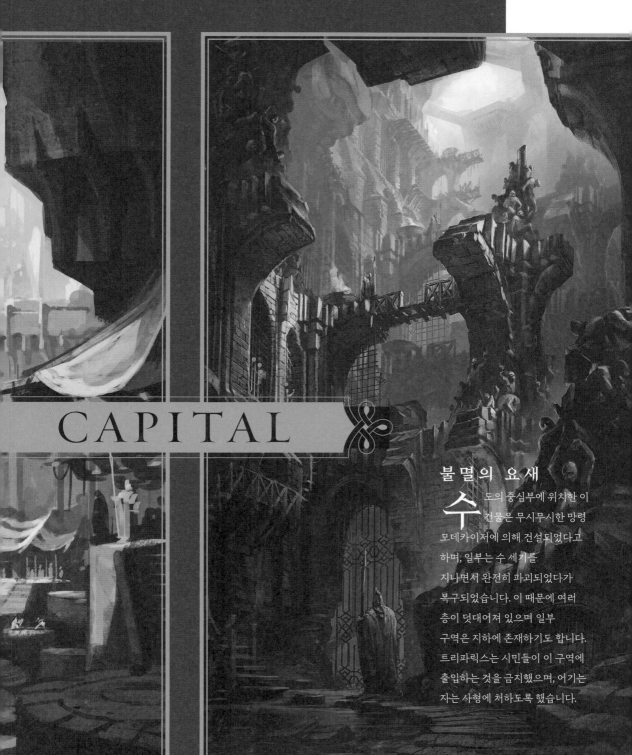

CAPITAL

불멸의 요새

수도의 중심부에 위치한 이 건물은 무시무시한 망령 모데카이저에 의해 건설되었다고 하며, 일부는 수 세기를 지나면서 완전히 파괴되었다가 복구되었습니다. 이 때문에 여러 층이 덧대어져 있으며 일부 구역은 지하에 존재하기도 합니다. 트리파릭스는 시민들이 이 구역에 출입하는 것을 금지했으며, 여기는 자는 사형에 처하도록 했습니다.

AS STONE

바위처럼 | 대니얼 코츠

녹서스는 키미르의 남은 패잔병이 전사자를 묻을 틈도 없이 성문 앞에 들이닥쳤다. 키미르의 경비대장인 코름 온렌은 성문 양쪽에 긴 직사각형의 군대 막사가 세워지는 모습을 성벽 위에서 지켜보았다. 그 짧은 시간 동안 나팔 소리도, 축가도 들리지 않았다. 마치 개미 떼가 집을 짓듯, 부산하게 일하는 소리만이 들릴 뿐이었다.

"생각보다 수가 적군요." 부대장인 마시 다야가 그 광경을 노려보며 말했다. 쌀쌀한 아침 안개가 주변을 맴돌며 근처의 언덕을 감쌌다.

코름은 투박한 손을 잘 다듬어진 돌로 만든 흉벽 위에 놓았다. 이 벽은 키미르의 조상들이 자르고 쌓은 것으로, 두 사람 모두에게 고향의 소중함을 상기시켜 주는 존재였다.

"대부분의 군사들은 다음 전장으로 이동했을 테지." 코름은 한 쌍의 병사들이 말 열두 마리는 족히 먹일 듯이 거대한 구유를 내오는 모습을 지켜보았다. 협상하는 동안 녹서스 군대를 안으로 초대해 음식과 숙소를 제공해야 할 것이라고 예상했던

터였다. 그러나 저들은 야영에 필요한 모든 것을 갖추고 다녔으며, 엄청난 속도로 도시 밖의 맨땅을 안전한 공간으로 변신시켰다.

"안타깝군요." 마시가 내뱉듯 말했다. 코름은 그 말에 깊은 뜻이 없기를 바랐지만, 목소리에 쓰디쓴 상실의 어둠이 그림자를 드리우고 있는 것이 느껴졌다. 두 남자는 잠시 침묵 속에 앉아 제국의 수하들이 오가는 모습을 내려다보았다.

마시가 신랄한 웃음을 터뜨렸다. "녀석들이 인정하는 건 힘뿐입니다. 혹시 우리가—"

"언덕에서 온 힘을 쏟아부었어. 그런데도 홍수처럼 밀려오는 녹서스를 막을 수가 없었지. 전투는 끝났네, 마시." 코름이 마시의 말을 끊었다.

마시는 실눈을 뜨고 손으로 돌벽을 쓸었다. "이제껏 녀석들의 손아귀에 넘어가지 않고 버텼잖습니까. 이 기회를 잡아서 쓸어버리면 어떨까요? 두렵지 않다는 것을 보여 주면, 우릴 합당하게 대우할지도 모르죠."

평생을 채석장에서 보낸 코름은 단순한 교훈을 얻었다. 내가 돌을 부수지 못하면, 돌이 나를 부순다. 녹서스는 해변을 덮치는 파도처럼 키미르를 압도했다. 경비대장으로서 할 수 있는 것은 키미르의 남은 생존자들이 파도에 휩쓸려 가지 않도록 보호하는 것이었다.

"아니. 키미르는 수십 년간 녹서스 국경이 서서히 커지는 것을 지켜봐 왔네. 지리적 이점과 후한 무역 거래 덕분에 지금껏 정복당하지 않고 버틸 수 있었던 거야. 이제 견디는 수밖에 없네."

마시는 굳은 얼굴로 고쳐 앉았다. 코름의 목소리에서 느껴지는 포기한 태도에 불만이 있거나, 미래를 두려워하는 것 같았다. 코름은 몸을 일으켜 기지개를 켜고, 새로운 상관들을 만나기 위해 계단을 내려갔다.

아침나절이 되자 안개가 걷혔다. 키미르 병사들은 우울하고 나른한 표정으로 하나둘씩 녹서스 지휘관의 천막 쪽으로 이동하고 있었다. 코름은 성문 앞에 서서 정갈하게 줄을 서는 병사들을 하나하나 눈짓으로 맞았다. 그는 병사들이 가질 의무감과 패배감을 동시에 느낄 수 있을 만큼 오랫동안 경비대장직을 맡아 왔다. 그들의 심정을 이해한다는 눈짓은 그가 할 수 있는 최소한의 예의였다.

마시는 직업 군인 무리에 섞여 거의 마지막에 나갔다. 키미르의 직업 군인들은 대부분 추적자나 덫 사냥꾼으로, 주로 퇴각하며 이루어지는 소규모 전투를 담당했다. 코름은 마시의 눈에서 이상한 빛을 눈치채고 문득 소름이 끼쳤다. 그는 무언가를 꾸미는 듯 고개를 끄덕였다. 아무도 입을 열지 않았지만, 옆을 지나치는 그들에게서 깊은 반감이 느껴졌다. 그는 다른 병사들과 나란히 서서 처분을 기다렸다.

지휘소 천막 문이 걷히더니 녹서스 지휘관이 선선한 아침 공기를 즐거운 듯 들이켜며 걸어 나왔다. 그녀는 추위에 대비한 붉은 털 로브를 입고, 정수리에서 내려오는 묶은 머리채 외에는 머리를 모두 민 모습이었다. 얼굴에는 세월의 흔적이 주름져 있었고, 녹색 눈이 밝은 미소에 따스함을 더했다. 큰 체구는 금방이라도 전투에 뛰어들고 싶어 안달이 난 듯 힘이 넘쳤다.

녹서스 병사들은 지휘관이 지나칠 때 몸을 꼿꼿이 세웠다. 그것이 자부심과 공포감 중 어느 쪽에서 나온 행동인지는 알 수 없었지만, 멀리서도 그녀의 통제력을 느낄 수 있었다. 그녀는 줄지어 있는 키미르 최고의 병사들 앞에 멈춰 섰다. 모두 왜 소집되었는지 이해할 수 없지만 의문을 품기엔 너무 지친 듯한 표정이었다.

"키들이 꽤 크군." 지휘관이 웃음을 터뜨리며 모여 있는 병사들을 둘러보았다. 역설적인 발언이었다. 다들 키가 큰 편이긴 하지만, 대부분은 그녀를 올려다보아야 했기 때문이었다.

자존심에 자극을 받은 코름은 허리를 꼿꼿이 세웠다. 병사들 틈에서 나오는 그의 목소리에는 감정이 실려 있었다. "곡괭이를 들 수 있는 자라면 누구나 채석장에서 돌을 캐는 노동을 합니다. 몇 세대에 걸친 전통이죠. 그 덕에 건강을 유지할 수 있습니다."

지휘관의 시선이 꽂히자, 목이 메는 듯했다. 그는 침을 꿀꺽 삼키고 움츠리지 않으려 안간힘을 썼다.

지휘관이 고개를 끄덕였다. "전방에서 잘 싸우겠군."

코름은 짜증 섞인 소리가 나오려는 것을 참았다. 그녀가 다음 병사를 향해 돌아서던 찰나, 코름은 손을 들어 그녀를 멈춰 세웠다.

"키미르인들은 전방에는 어울리지 않습니다." 병사들이 작게 술렁이기 시작했지만, 다시 울려 퍼지는 그의 목소리에 조용해졌다. "우리는 조각가이고 광부들이지 군인이 아닙니다. 빛, 지형지물, 위장이 우리의 무기입니다."

그녀는 줄지어 선 병사들을 비집고 들어와 코름 앞에 다소 불편할 만큼 가까이 섰다. 눈빛에서 장난기가 느껴졌다. "너희가 어떤 병사들인지는 알고 있어. 부하들이 말하길 자네가 키미르 군대를 지휘했다던데. 코름, 맞나?" 지휘관의 목소리는 쾌활하면서도 세월의 풍파로 거칠었다.

그녀는 전투에 적합한지 재 보는 듯 날카로운 눈빛으로 그의 구석구석을 살폈다. 어깨는 다년간 광부용 곡괭이를 다룬 결과로 곧고 튼실했으며 노련한 눈썰미와 안정된 손에서 숙련된 조각가의 모습이 엿보였다. 발걸음 역시 어릴 적 채석장 절벽 가장자리를 아슬아슬하게 누비던 덕에 민첩했다. '예상대로군. 이들의 눈에 우리는 전쟁을 위한 병사에 지나지 않아.'

코름은 고개를 끄덕였다. "잠시뿐이었습니다. 원로께서 전사하신 후 지휘를 맡았죠. 닷새쯤 전일 겁니다."

그녀의 시선이 코름에게 고정된 채로 긴 침묵이 흘렀다. 그녀는 고개를 세우고 큰 소리로 입을 열었다. "이곳의 방어선을 뚫는 데 워메이슨들이 꽤 고생했다, 키미르의 석공들이여. 지난 며칠간 너희가 보여 준 저항 덕분에 삽으로 바위를 캐는 느낌이었지. 녹서스는 막을 수 없지만, 나는 분명히 보았다. 너희들의 훌륭한 실력을!"

그녀가 말을 마치자마자 우레와 같은 소리가 울려 퍼졌다. 녹서스 병사들이 일제히 창을 바닥에 찧는 소리였다.

"하. 내가 직접 가르친 거라네." 지휘관은 그렇게 말하곤 코름의 어깨에 손을 올렸다. 그녀가 손에 힘을 주자, 문득 눈빛에서 인정, 어쩌면 이해라고도 부를 수 있을 법한 무언가가 느껴졌다. "나는 하마다. 너희들의 새로운 지휘관이지. 자네를 부관으로 임명하겠다." 그녀는 손을 놓고 그를 앞으로 인도했다. "가지. 곧 행군이 시작될 테니, 처리해야 할 일이 많네.

키미르를 세운 선조들은 오래전 도시의 초석이 된 석재를 캐낸 채석장 근처에 대회당을 지었다. 주변 부족과 동물 수렵을 두고 벌인 경쟁은 무역 협상과 국경 지대 분쟁으로 이어졌다. 선조들에게 있어 돌은 힘과 성벽, 산업의 원천이었다. 그들은 아이들에게 전통을, 시민들에게는 이야기를 물려주었다. 키미르인들의 정체성은 오롯이 채석장에서 나왔다고 해도 과언이 아닌 것이다.

그러나 코름이 봤을 때 녹서스 워메이슨 대장에게 채석장은 그저 돌 더미에 불과했다.

"그런데 지하수가 터진 적이 없다고?" 워메이슨이 높고 들뜬 목소리로 물었다. 키가 크지만 갈대처럼 마른 체격인 그는 따뜻한 옷과 방어구 대신 간단한 상의를 걸친 채, 도구가 담긴 띠를 어깨와 가슴에 느슨하게 매고 있었다. 그에게서 풍기는 활력 넘치는 분위기 덕분에 채석장 가장자리에서 불어오는 찬 바람이 가시는 듯했다.

키미르에서 가장 오래된 채석장은 북부에서 제일가는 곳이었다. 세 개의 높은 고원 사이에 자리 잡은 이곳은 피라미드를 뒤집어 놓은 듯한 형태로 산속을 파고들었다. 코름과 워메이슨이 올라서 있는 언덕에서 보면 동쪽에는 산, 북쪽에는 숲, 남서쪽 인근에는 도시의 성벽이 보였다.

"근처에 대수층이 있긴 합니다만." 코름이 채석장 너머의 언덕 꼭대기에 위치한 우물들을 가리

켰다. "조심스럽게 작업하고 있죠. 동쪽 먼 곳으로 채석장을 지었지만 홍수가 난 적은 거의 없습니다."

"훌륭해, 훌륭해. 주로 캐는 광석은...?"

"동석, 설화 석고, 점토, 석회암, 점판암입니다. 화강암 광맥도 몇 개 찾았지만, 대수층과 너무 가까워서 캐기엔 위험합니다."

"하! 아주 완벽한 구덩이군. 실력이 아주 좋아." 워메이슨은 무릎을 꿇고 채석장 벽에 기대어 긴 손가락으로 돌을 훑었다. 그는 채석장의 지식을 흡수하기라도 하는 양 눈을 감고 숨을 깊이 들이쉬었다. 잠시 후 그가 일어섰다. "이곳 채굴은 그만두도록 하지. 연암은 필요 없어. 하지만, 북부 끝자락의 화강암 채석장이라면 전쟁에 큰 도움이 될 거야!"

코름은 열의도, 웃음도 내비치지 않았다. "연암은 우리의 생계입니다. 녹서스조차도 키미르의 석조물을 수입하죠."

"흠." 워메이슨이 웃음을 터뜨렸지만, 눈빛만은 진지했다. "제일 좋은 걸 내게 알려 주도록 해. 녹서스의 흔적을 세기는 녹스토라를 만든다는 건 그자체로 예술이고, 우린 언제나 실력 있는 석공들을 찾고 있지."

"녹서스의 기념물을 본 적이 있습니다." 코름의 목소리에는 날카로움이 배어 있었지만, 워메이슨은 듣지 못했거나 못 들은 척하는 듯했다. "크기만 하고 투박하더군요. 우리 석공들은 예술가입니다. 재능을 낭비하는 꼴이 될 겁니다."

그러나 워메이슨은 이미 돌아온 길을 따라 움직이고 있었다. "그럼 더 좋지! 예술가의 마음을 가진 석공들이라면 예술을 산업으로 바꿔서 그저 그

런 작업자들보다 두 배는 많은 성과를 낼 수 있어. 이미 본 적이 있다고!"

도시에서 너무도 가까운 위치에 위험천만한 새 채석장을 만들고, 석공의 절반이 제국의 기념물을 세우는 데 징집된다. 코름은 눈살을 찌푸렸지만, 아무 말도 하지 않고 성벽을 향해 내려가기 시작했다. '이것이 키미르의 미래인가?'

"여기선 뭘 키우지?" 가느다란 나무 막대가 키미르의 대회당 탁자 위에 단정히 펼쳐진 지도 위를 가리켰다. 코름은 지도를 응시했다. 그의 고향이 잉크와 무늬로 그려져 있었다. 지도는 돌길 하나하나까지 정확히 묘사되어 있었다. 빽빽한 선과 깔끔한 글씨가 각 위치를 방어력과 비축 자원량으로 단순화해 나타냈다. 코름은 녹서스가 얼마나 오래전부터 워메이슨들을 상인이나 여행자로 위장해 키미르에 보냈을지 궁금했다. 그들은 키미르가 제국에 굴복할 때를 위해 정보를 기록해 왔을 터였다.

코름은 막대를 들고 있는 긴 머리의 여자를 바라보았다. 생김새로 보아 키미르에서 만든 듯한 긴 가죽 코트를 입은 그녀의 여행 가방 위에는 문서와 깃펜이 쌓여 있었다. 그녀는 마치 쥐를 찾아 들판 위를 나는 올빼미처럼 지도를 뚫어지게 바라보고 있었다. 코름은 가죽 지도판에 자신의 고향을 담아 쥐고 있는 그녀에게 전장에서보다 더한 불신을 느꼈다.

"꽃입니다." 그가 침묵 끝에 답했다.

그녀는 흥미로운 듯 눈썹을 추켜세웠다. 그리곤 아무렇게나 밀려난 의자는 잊은 채 지도 쪽으로 더 가까이 몸을 기울였다. "약초인가, 아니면 향신료인가?"

"일부 구역에서는 약초와 허브를 키우고 있죠. 나머지는 그냥 꽃입니다."

"장식용 꽃?"

녹서스와의 거래는 언제나 일종의 전투와 같아서 허풍과 흥정, 수요와 희소가치로 싸워야 했다. 하지만 이 사람은 그중에서도 대가였다. 그녀가 취급하는 건 한낱 돈이나 곡식 자루가 아니다. 그녀의 화폐는 도시, 성벽, 국경이었다. 탁자 위에 발가벗겨져 있는 고향을 바라보며 코름은 지식에 의존하기로 했다. 지식은 약탈당한 무기고의 마지막 무기와도 같았다.

"대부분은 염료로 사용하지만, 꽃 자체에도 의미가 있습니다. 북부에서는 꽃을 키우기가 힘들기 때문에 이웃 도시에서 탐내곤 하죠. 저희 증조할아버지는 푸른 별바라기 꽃 한 묶음으로 모린과의 전쟁이 시작되기도 전에 끝내 버린 일화를 모두에게 들려주곤 하셨습니다." 코름은 아버지에게서 염료에 대한 열정을 배웠으며, 그의 개인 화원은 사람들의 시기심과 감탄을 자아냈다. 지금은 전쟁에 참전하는 통에 버려진 상태지만.

그는 지도에서 몇몇 장소들을 가리키며 설명을 시작했다. 특정 꽃이 어디에서 자라는지, 특정 색상을 만들기 위해 몇 세대 간 교배를 거쳤는지, 석회암이나 이판암에 발랐을 때 광택을 유지하는 염료는 어떤 꽃으로 만들 수 있는지 등. 그는 워메이슨에게 이 지식이 키미르는 물론 무역 상대에게 얼마나 가치 있는지를 강조했다. 그녀는 가만히 입을 다물고 맹렬한 올빼미 같은 눈으로 모든 정보를 흡수했다.

그가 설명을 끝내자, 그녀는 가방에서 분필을 꺼내 쪽지에 무언가를 휘갈겨 쓰기 시작했다. "자부심을 가질 만하군. 북부 끝자락치고 이렇게 좋은 땅은 상당히 드물지. 약초를 기르는 데 사용해야겠어."

코름의 입술이 일자가 되었다. "우리가 몇 세대에 걸쳐 쌓아 온 지식입니다. 외부인들에게 가르치려면 또다시 몇 세대가 걸릴 겁니다."

"수도 남쪽에 염료용 야생 화초가 자라는 지역이 있어. 염료는 그곳에서 수입하고, 여기선 약초를 기르도록 할 거야. 국경 지대로 수송하기 수월할 테니." 녹서스가 키미르의 초석에 흔적을 남기고 싶었다면 끌을 사용했어야 했을 터. 그러나 이들은 끌이 아닌 석공용 망치를 휘둘러 귀중한 암반층을 파괴하고 안에 있는 보석을 취하고자 했다.

"키미르의 한 부분을 바꾸면 나머지 부분에도 영향이 생길 겁니다. 우리가 오랫동안 유지해 온 대로 힘을 사용하게 해야 녹서스도 더 큰 이득을 가져갈 수 있겠죠."

협상가는 달칵하는 소리와 함께 가죽 가방을 열고 익숙한 손놀림으로 지도를 말아 넣었다. "키미르는 이제 제국의 일부야. 키미르는 녹서스의 일부고, 녹서스는 키미르의 일부지. 다른 곳에서 더 싸게 처리할 수 있는 일은 이곳에선 중단할 거야. 그게 이 도시에도 득이 되는 일이니까."

'녹서스에 득이 되는 일이겠지.' 그가 지식과 제안, 절충안을 내놓았건만 돌아온 것은 이런 반응이었다. 마시의 말이 머릿속에 울렸다. 녹서스는 패배한 민족에게서 아무것도 얻을 게 없다고, 자신들의 힘이 누구도 넘어설 수 없는 지식을 창출해 낸

다고 생각하는지도 모른다. 그는 협조를 그만두고 일어나 저항하고 싶은 마음이 간절했다. '그럴 수 없다, 이 가짜 병사야. 우리는 언제나 그랬듯 이곳에 꽃을 키우고, 선조들이 그래 왔듯 고된 노력 끝에 얻은 봄의 수확을 기념할 것이다. 우리의 혼에 값을 매길 수는 없어.'라고 외치고 싶었다. 그러나 그런 말을 하는 것은 더 많은 전쟁만을 불러올 것이다.

협상가는 코름의 마음속 사투를 아는지 모르는지, 반응이 없었다. 코름은 잠시 응시하다가 성난 발걸음으로 대회당을 나섰다.

키미르의 성벽은 낮았지만, 도시 주변의 땅이 경사진 탓에 높아 보이는 효과가 있었다. 코름은 성벽 아래에서 도시 동쪽 경계의 길을 따라 이제는 녹서스 군대가 되어 버린 키미르 전사들을 인솔했다. 성루 바깥의 낮은 계곡을 깎아 세워진 묘지는 옛 조각상들에 둘러싸여 있었다. 코름의 아버지 조각상과 마시가 사랑해 마지않던 아내의 조각상도 이곳에 서 있었다. 그들은 행군을 시작하기 전 새 조각상을 세우고 전사자들에게 작별 인사를 하려고 했다.

"그러니까 녀석들에게 우리가 힘들게 얻은 지식을 가르치고, 가장 뛰어난 석공과 석재를 바치고, 시키는 대로 땅을 파라는 거군요. 대가로 뭘 준답니까?" 마시가 코름과 나란히 걸으며 물었다.

코름에게서 힘없는 웃음이 흘러나왔다. 마시는 분노를 느꼈지만, 코름에게 남은 것은 체념뿐이었다. "목숨을 부지할 수 있겠지."

마시는 깊은 적의가 느껴지는 신경질적인 웃음

을 터뜨렸다. "녹서스인으로 살며 녀석들의 군대를 먹여 살리라니. 안 될 말씀입니다. 키미르인으로서 당당히 일어서든지, 아니면 쓰러질 뿐이죠."

"협상가가 우리더러 이제 자급자족할 필요가 없다더군. 제국에 속해 있으면 이득을 취할 수 있다고."

마시가 코웃음을 쳤다. "그러니까, 외국에 나가서 싸우느라 바쁠 테니 밥벌이를 할 새도 없을 거란 말인가요?" 마시는 길에서 자갈 한 줌을 집어 들더니 벽에다 거칠게 집어 던졌다.

코름 역시 같은 생각을 하고 있었다. "그보다 더한 거야. 이제 키미르는 녹서스의 북쪽 국경이 되었잖아. 프렐요드 부족들을 막는 데 우릴 이용하겠지. 프렐요드 약탈자들이 녹서스 국경의 약한 부분을 시험해 볼 거야."

그 역시 땅에서 조약돌을 주워 손안에서 만져 보았다. 자연적인 풍화가 아닌 망치의 타격으로 가장자리가 모나 있었다. "우리에게서 지식을 빼앗아 제국에 퍼뜨리고, 키미르에 남은 자원을 제국의 금고로 쓸어 갈 거야. 그 기금은 또다시 전쟁에 사용되겠지."

코름은 가까운 미래를 상상해 보았다. 키미르인들이 스스로 녹서스인이라 자처하고, 녹서스 군대에 들어가기 위해 서로 경쟁하며 지위와 힘을 위해 다툰다. 그는 미래에 대한 깊은 두려움을 굳이 말로 표현하지 않았다.

'녹서스가 멸망한다면 어떻게 되는 걸까?'

긴 침묵이 뒤따랐다. 마시가 주먹을 쥐며 손마디를 꺾는 소리만이 들려왔다. "너무 침착하시군요." 그 말에는 가시가 돋쳐 있었다. 분노가 담긴 가

시가 코름의 심장을 찔렀다. "그럼 어쩌란 말인가, 마시? 나는 저들과 협상했고, 설명할 수 있는 건 모두 설명했어."

"녹서스가 정말로 협상을 원했다면 사절을 보냈겠죠! 놈들은 군대를 이끌고 와서 무기를 휘둘렀습니다. 그들이 아는 건, 그들이 인정하는 건 폭력뿐이니까요!" 마시의 외침이 계곡에 울려 퍼졌다. 새들이 맑은 하늘로 흩어졌다.

언덕 너머에서 장례 조각상이 다가오는 것이 보였다. 길을 따라 수의에 싸인 전사자 수십 구의 행렬이 이어졌다. 그 앞에는 길게 패인 구덩이와 흙더미가 여럿 있었다. 십여 개의 녹서스 부대가 삽으로 크고 얕은 구덩이를 파고 있었다. 그들이 다가오는 키미르 병사들을 바라보자 계곡에 살기가 퍼져 나가는 것이 느껴졌다.

"이런 녹서스의 개들 같으니." 마시가 고함을 치며 나아가자 조약돌이 사방으로 튀었다. "무슨 짓을 하는 거야?"

무덤을 파고 있던 녹서스 병사 중 하나가 삽을 땅에 꽂아 기대더니 눈을 찡그리며 코름의 무리를 올려다보았다.

"성문에 있는 녀석들이 너희가 전사자들을 묻기 전에는 떠날 수 없다고 했다더군." 녹서스 병사가 가리킨 곳을 보니 얕은 무덤에 이미 몇몇 키미르인 전사자들이 누워 있었다. "행군을 시작해야 하니 빨리 처리하라는 명령이 내려와서 말이야. 고마운 줄 알라고."

코름이 무리 쪽으로 손을 들어 보이자 뒤에 있던 이들이 멈춰 섰다.

마시는 그것을 무시한 채 허리춤에 찬 위협적인 망치를 향해 손을 뻗으며 나아갔다. 코름은 달려가

그의 팔을 붙잡고 가슴을 손으로 밀었다.

"그건 안 돼." 그가 작은 목소리로 말한 후 녹서스 병사들을 향해 돌아서 입을 열었다. "시간이 더 필요하네. 전사자와 닮은 모습의 조각상을 깎고, 가족들이—"

"너희가 있어야 할 곳은 따로 있다고." 녹서스 병사가 인내심이 바닥난 듯 답했다. "하마 지휘관께서 출발을 준비할 시간을 주셨다. 할 말 끝났으면…" 그는 삽을 뽑아 내민 후 비열한 미소와 함께 흙 속에 누워 있는 시신을 향해 고갯짓했다.

코름의 심장에서 깜박이던 불씨가 불길로 번졌다. 코름은 마시가 대응할 틈도 없이 그를 밀쳐 내고 녹서스 병사의 멱살을 잡아 무덤에서 끌어냈다. 삽시간에 붉은 옷을 입은 녹서스 병사들이 이글거리는 눈을 하고 그를 둘러쌌다. 코름이 삽을 든 병사에게 주먹을 날리자 그는 나가떨어져 다른 병사에게 부딪혔다. 녹서스 병사들이 코름을 향해 손을 뻗으려던 찰나 익숙한 함성이 울려 퍼지더니 마시와 함께 나머지 키미르 전사들이 달려왔다.

전투에서 진 것도 모자라 정복자들에게 도시를 그들 입맛에 맞추어 주무르는 법까지 가르쳐 준 셈이었다. 그는 동료들이 황혼과 함께 사라져 가는 동안 녹서스인들과 하루를 보내며 그들이 미래를 설계하도록 도왔던 것이다. 곧 조각상들마저 부서져 가루가 될 판이었다.

'더 이상은 안 돼. 녹서스는 힘을 중요시한다. 그들에게 힘을 보여 주겠어.'

얼마나 오랫동안 싸웠는지 가늠할 수 없게 되었을 무렵, 소란스러운 난투를 뚫고 거친 구령이 들려 왔다. 녹서스 병사들은 일제히 후퇴한 후 차렷 자세로 줄을 맞춰 섰다. 갑작스러운 변화에 코름과 마시를 포함한 무리는 휘청거리며 방어적인 자세로 한데 모였다. 몇 명은 다리를 절뚝거렸고, 얼굴에는 멍과 핏자국이 있었다. 하마와 다른 녹서스 병사들이 그들을 빙 둘러싸고 섰다.

"전투 훈련 좀 한다고 나쁠 건 없지." 지휘관은 웃기 어린 목소리를 유지했지만, 어딘가 위협적이었다. 그녀의 안광은 번뜩이고 있었다. 그녀는 피투성이가 된 자신의 부하들에게 돌아섰다. "현지인들에게서 새로운 걸 배웠나?"

코름이 앞으로 나섰다. 아직도 반감으로 불타오르는 코름의 찡그린 눈은 하마의 눈만큼이나 번뜩이고 있었다. "이런 무덤에 우리 전사자들을 던져 놓는 건 두고 볼 수 없습니다." 그는 아무렇게나 판 구덩이를 가리켰다. 망자에 대한 모욕이었다.

짧고 날카로운 웃음소리가 들렸다. 절제되긴 했지만, 확실한 비웃음이었다. "절대 안 되네. 행군은 오늘 밤 시작할 거야. 원한다면 가족들에게 맡기게."

"우리와 함께 싸우다 전사한 자들입니다. 우리가 보내는 것이 전통입니다."

"전통이라. 그렇게 당하고도 전통을 지키기 위해 맞서 싸우다니." 지휘관의 목소리에는 향수에 가까운 감정이 희미하게 묻어 있었다. 코름은 눈을 추켜뜨고 고개를 끄덕였다. 지휘관이 그의 시선을 맞받았다. "좋다. 녹서스에도 전통이 있지. 너희도 이제 녹서스의 일원이니…"

그녀의 얼굴에 미소가 번졌다. "녹서스의 전통을 가르쳐 주지."

수백 명의 키미르인들이 도시 성문 위에 줄지어 서서 한 쌍의 지휘소 천막 쪽을 내려다보고 있었다. 천막 사이에서는 쌀쌀한 저녁 공기 속에 장관이 펼쳐지고 있었다. 코름과 하마가 헐렁한 바지와 가슴에 단단히 묶은 천 말고는 아무것도 입지 않은 채 찬 바람을 맞으며 서로를 마주 보고 서 있었다. 주변에는 녹서스와 키미르 병사들이 큰 원을 이루어 서 있었다.

"이게 당신들의 전통이요?" 평온한 하마의 얼굴과 달리 코름의 얼굴은 굳어 있었다.

하마가 어깨를 으쓱해 보였다. "너희 매장 풍습과는 정반대지. 우리는 망자를 기리고 안녕을 고하는 대신 삶을 기린다." 그녀가 코름의 어깨에 손을 올리자 관중의 시선이 쏠렸다. "먼저 상대를 원 밖으로 밀어내는 자가 이기는 거다. 지는 순간, 네가 선택한 싸움이라는 걸 기억해라."

코름은 싸움 자세를 취했다. "녹서스의 국경이 우릴 찾아온 겁니다. 원치 않았는데도." 그는 자세를 낮췄다.

"얼굴 좀 풀지 그래!" 하마가 쾌활한 미소를 지으며 그에 맞추어 자세를 낮췄다.

그들은 바위처럼 가만히 기다렸다.

코름은 찬 공기를 들이켜며 묘지에서의 싸움을 머릿속에서 지웠다. 일전의 그는 키미르의 미래에 대한 희망을 잃은 상태였다. 이제 키미르의 현재를 위해 마지막으로 싸울 것이다. 그는 순식간에 하마 쪽으로 맹렬히 돌진했다.

녹서스 지휘관은 즉시 코름의 골반을 강하게 쳐 우위를 점했다. 코름이 몸을 비틀어 충격을 줄이

자, 그녀는 발로 종아리를 걸어 위로 찬 후 코름의 다리를 손으로 잡았다. 그는 하마의 어깨를 잡고 넘어지지 않으려 안간힘을 썼다. 두 사람은 광부 대 지휘관으로서 서로의 힘을 겨루기 시작했다.

"자넨 우리가 키미르를 가루가 되도록 착취해 역사의 뒤안길로 보내려 한다고 생각하지." 하마가 코름의 무릎 아래를 쥔 손에 힘을 주며 말했다. 코름은 비명을 지르고 싶은 욕구를 억누르며 그녀를 떼어 내려 두 배로 노력했다. 그는

다리를 올려 차 하마의 갈비뼈를 차는 데 성공했다. 잠깐이나마 고통스러운 숨결이 들렸다. 그들의 얼굴은 서로 닿을 듯 가까웠다. "선택은 정복당한 쪽이 하는 거야."

"굴복하든지, 죽든지 선택하란 말입니까?" 코름의 목소리는 흑요석처럼 날카로웠다. 그는 하마가 채 반응하기 전에 돌진했다. 하마는 팔을 들어 코름이 마구 던지는 주먹을 막더니 갑자기 방어 자세를 풀었다. 코름의 주먹이 하마의 턱에 꽂혔고, 하마는 그 틈을 타 코름의 다리를 찼다. 코름이 바닥에 쓰러지자 순식간에 하마의 팔꿈치가 복부를 강타했다. 그는 숨을 들이켜며 쿨럭거렸다.

하마는 싸움의 진지함이 전혀 느껴지지 않는 부드러운 목소리로 입을 열었다. "자네와 자네 동료들은 기회를 틈타 내 부하들에게 맞서 싸웠지. 고향을 되찾기 위해 반기를 들었어." 그녀는 팔꿈치를 코름의 복부에 더욱 세게 누르더니, 돌연 일어나 물러섰다. 하마가 곧은 자세로 코름을 내려다보자 그는 일어서서 숨을 몰아쉬었다.

"그건—" 그가 입을 열었지만, 하마는 말을 끊고 앞으로 다가왔다.

"훌륭한 전략이었어. 녹서스는 힘을 높이 사지." 하마가 주먹을 올려 격투가의 자세를 취했다. 그녀가 신속하게 주먹을 날리기 시작하자 코름은 지친 팔을 들어 쳐 내며 거리를 확보했다. "다음에 오는 군대의 규모는 키미르를 굴복시킨 군대의 두 배일 거다. 그다음은 세 배일 거고. 이미 키미르의 성문 코앞까지 녹스토라가 세워졌어. 키미르를 넘어 북쪽으로 확장하려는 계획은 수년 전부터 있었다."

그녀의 주먹이 턱을 강타하자 코름의 머리가 뒤로 꺾였다. "너희는 이미 오래전에 녹서스에 정복당한 거야. 난 그 사실을 눈으로 보여 주러 온 것뿐이고."

시야가 울렁이며 눈앞에서 하마의 미소가 이리저리 춤췄다. 키미르인들은 바위를 캐내고 땅을 주물러 왔지만, 강철의 제국과 강철의 대사를 부술 만큼 날카로운 곡괭이는 세상에 없었다.

"그럼 죽을 수밖에 없군요." 그가 반항하듯 천천히 주먹을 들어 올렸다. 그가 느끼고 있는 감정이 체념인지 긍지인지 더는 알 수 없었다.

하마의 부드러운 미소가 마침내 조소로 변했다. "이 자리에서 목숨을 버리고 자신과 고향을 나락으로 떨어뜨리겠다면, 좋을 대로 해." 하마는 코름의 빈약한 반격을 가볍게 받아 내며 가까이 다가와 그에게 밀착했다. 그녀의 팔이 뒤로 감기더니 코름의 상반신 전체에 엄청난 압박이 가해졌다.

그녀가 귓가에 대고 속삭였다. "자네는 매장 의식을 소중히 여기지, 코름. 자네의 시신도 매장되기를 바라나?" 몸이 붕 뜨더니 눈앞이 번쩍하며 등에서 엄청난 충격이 느껴졌다. 다른 모든 감각이 사라지는 듯했다.

숨을 한 번 내쉬고 들이쉬기까지 몇 년이 걸리는 느낌이었다. 캑캑거리며 정신을 차려 보니, 그는 팔을 잡혀 원 밖으로 질질 끌려가고 있었다. "자존심이나 완고함 때문에 변화하지 못하는 자는 잊혀질 뿐이야."

그녀의 말이 파도처럼 밀려왔다. 녹서스는 매일같이 전쟁을 대비해 왔다. 코름의 어머니가 코름에게 곡괭이 휘두르는 법을 가르치고 아버지가 무늬 새기는 법을 가르칠 동안, 하마는 검을 휘두르고 방어선 뚫는 법을 배웠다. 녹서스인들이 있는 곳에 전쟁이 있었다. 그들에게 전쟁이란 탁자 위에 빵과 고기를 놓는 것만큼이나 일상적이었다. 그런 자들을 물리치려면 모든 것을 쏟아부어야 했다.

코름은 단단한 바위로 태어났다. 그는 눈을 감고 하마가 한 발짝 더 끌고 가도록 했다. 그는 하마의 손아귀에서 벗어나려는 듯 팔을 당겼다. 그녀가 손에 힘을 주자 코름의 얼굴에 승자의 미소가 번졌다. 그는 온 힘을 다해 몸을 돌렸다. 하마에게 잡힌 팔이 탈골되는 것이 느껴졌다. 그는 발을 땅에 고정하고 그녀의 몸을 들이받았다. 부서진 어깨로 하마를 밀어 원 밖으로 밀어내려는 것이었다.

하지만 코름이 바위라면 하마는 바다였다. 그는 몸을 앞으로 밀었지만 하마와의 거리는 조금도 가까워지지 않았고, 기합 소리는 견딜 수 없는 고통의 소리로 변했다. 하마가 그의 척추에 주먹을 꽂자, 그는 팔이 빠진 채 몸을 굽히고 비틀비틀 밀려났다. 하마의 주름진 얼굴에 만족감이 퍼지며 차가운 눈이 밝아졌다. 그녀는 조용히 고개를 끄덕였다. 독사처럼 재빠른 주먹이 턱을 강타하자 코름의 굽은 허리가 일으켜졌다. 발꿈치가 복부에 꽂히자 코름은 원 밖으로 밀려났다.

지진이 지나간 뒤의 땅처럼 무거운 침묵이 저녁 공기를 채웠다. 코름은 털썩 무릎을 꿇었다. 눈은 망가진 어깨와 현실에서 오는 고통에 굳게 감겨 있었다. 이제 다시는 곡괭이를 들지 못할 것이다.

"싸움에는 소질이 없군." 하마가 즐거움을 그대로 내비치며 다가와 그 앞에 섰다. 코름은 그녀를 노려보았다. "하지만 자네는 싸움을 원했고, 열심히 싸웠다. 뒤틀린 어깨를 보니 최선을 다한 것 같군. 그 점은 존중하지."

그녀가 성한 쪽 팔 밑으로 손을 넣어 코름을 일으켰다. 극심한 고통에 시야가 흐려지자 코름은 비명을 질렀다. 하지만 고개는 숙이지 않았다. 동족들이 보고 있었다. 그는 숨을 깊이 들이쉬고 하마의 차가운 시선을 마주했다.

"우린 녹서스를 섬길 것입니다, 지휘관. 키미르가 부서져 가루가 되고 녹서스의 군사 기지로 변하는 것을 지켜볼 것입니다."

하마의 웃음소리가 고요한 공기를 날카롭게 때렸다. "일부는 그렇겠지." 그녀가 마시와 일행을 고갯짓으로 가리켰다. 그들은 금방이라도 폭발할 듯한 분노 속에 침묵하고 있었다. "자네는 어떤가, 코름? 자네는 군인이 아니야.

녹서스가 침공해 왔기 때문에 칼을 든 것뿐이지. 동족에게 자네가 필요했으니까. 이제 그들에겐

지도자가 필요해."

코름은 마시를 바라보았다. 코름의 분노, 마구 요동치는 심장 박동, 주먹에 들어간 힘이 사라졌다. 그는 키미르가 녹서스에 파괴당했다고 생각했었다. 그는 부서진 조각들이 영원히 사라지는 것을 막기 위해 싸운 것이다. 하지만 물은 바위를 부수지 않는다. 물은 바위를 갈고 닦아 고랑과 골을 만들 뿐이다. 키미르는 부서진 것이 아니라 역사의 흐름에 휩쓸린 것이다. 코름은 그 흐름을 바꾸고, 원하는 방향으로 인도할 수 있다. 그는 하마에게 시선을 돌렸다. 하마는 코름이 곧 뱉어내려는 서약을 기다리기라도 하는 듯 그의 얼굴을 찬찬히 살피고 있었다.

"저는 군인이 아닙니다. 키미르 역시 군사 기지가 아닙니다." 그는 자신이 하는 말의 무게에 맞서 숨을 진정시켰다. "우리는 많은 것을 내어 줄 수 있습니다. 하지만 키미르는 무겁고 단단한 바위와 같죠. 모난 돌은 길들이기가 쉽지 않은 법입니다." 그는 하마에게 시선을 고정한 채 망가진 팔뚝을 부여잡았다. 그리곤 밀려오는 고통을 무시한 채 손을 내밀었다.

"제게 끝을 맡기신다면 키미르는 온 힘으로 녹서스를 섬길 것입니다."

성벽 위에 서서 이를 지켜보던 키미르인들이 품고 있던 실낱같은 희망이 산산이 부서졌다. 그들의 지도자가 녹서스에 저항할 방법을, 적을 몰아내고 홍수를 막아 낼 방법을 찾아 줄지도 모른다는 기대가 코름의 충성 제안과 함께 물거품이 되어 사라졌다. 마시와 병사들에게 반역을 약속한 지 하루도 채 되기 전에 코름은 패배를 인정하고 있었다. 그들은 녹서스에 저항한 것처럼 코름의

결정에도 저항할지 모른다. 하지만 그것이야말로 코름이 이길 수 있는 싸움이었다.

하마는 그가 내민 손을 잠깐이지만 영원처럼 느껴지는 시간 동안 바라보았다. 코름은 시선을 고정한 채 그녀가 승리의 결과를 만끽하도록 두었다. 마침내 하마가 그의 팔을 그러잡더니 굉장한 힘으로 틀었다. 어깨가 부서질 듯한 아픔과 함께 뼈가 제자리로 돌아갔다. 그녀의 얼굴엔 웃음이 걸려 있었고, 코름은 그 시선을 흙투성이 얼굴을 따라 흐르는 눈물로 맞았다.

"자네는 동족을 잘 이끌어 나갈 거야, 키미르의 코름."

지휘관이 한 발짝 물러서자 병사들이 차렷 자세를 취했다.

"하룻밤의 시간을 주지. 전사자들을 묻어라. 아침이 되면 곧바로 병사들을 보내. 진짜 실력 있는 자들로. 최고의 전사들을 보내면 내가 싸우는 법을 가르쳐 주겠다."

그녀는 코름에게서 물러났다. "키미르를 이끌어 강하게 만들어라. 녹서스를 위해, 그리고 네 동족을 위해." 마지막으로 창이 돌을 찧는 굉음이 울리고, 하마와 병사들은 막사로 돌아갔다.

광부들의 노래가 아침 공기를 타고 울려 퍼졌다. 깊은 목소리가 부수고 당기는 노동의 소리와 섞였다. 견습공들은 잔해와 돌, 흙을 수레에 실어 날랐고, 기운찬 키미르의 일꾼들은 새로 생긴 채석장의 첫 층을 곡괭이로 파내고 있었다.

코름은 다른 두 명과 곡괭이를 들고 나란히 서서 직사각형으로 그려진 외곽선을 유심히 살폈다.

그는 어깨를 돌려 보았다. 많이 나아지긴 했으나 통증은 가시지 않았다. 나머지 두 사람이 불안한 듯 뒤로 물러섰다. 코름은 곡괭이를 위로 들더니 온몸을 실어 외곽선을 따라 바위를 찍었다.

자갈과 석회층이 충격에 떨어지며 화강암의 특징인 점박이 무늬가 나타났다. 두 사람이 손뼉을 치자 코름은 미소를 감추지 못했지만 속으로는 물벼락을 맞지 않은 것에 안도의 한숨을 쉬었다.

"더는 광부 노릇을 못 할 줄 알았는데 아니었군요." 흙처럼 거친 목소리가 들려 왔다. 뒤를 돌자 장군 마시의 모습이 보였다. 붉은 망토에 희끗희끗한 수염을 기른 그의 모습에 하마터면 알아보지 못 할 뻔했다. "원로 자리에서 벌써 쫓겨난 겁니까?"

"그랬다면 얼마나 좋겠나." 코름이 빛나는 눈으로 말했다. 그가 곡괭이를 옆 사람에게 넘기고 흙투성이 손을 내밀자, 마시가 곧 손을 잡았다. "녹서스 건축가들과 며칠만 더 함께 있었다간 정신이 이상해졌을 거야."

마시는 이해가 간다는 듯 코웃음을 치더니 오랜 친구를 와락 끌어안았다. 두 사람 모두 웃음을 터뜨렸다.

그들은 채석장 입구 쪽으로 경사를 타고 올라갔다. 둘은 부산한 소음에서 멀리 떨어져 서서 비탈 쪽을 바라보았다.

"키미르의 상황은 어떻습니까?"

"세 번째 화강암 광맥을 찾았어. 남쪽에서 오는 상단을 두 배로 늘리고, 동행할 인원을 찾아야 할지도 몰라."

마시가 고개를 끄덕였다. "당신이 만든 녹스토라 하나를 세울 기회가 있었습니다. 하마가 칭찬을 전해 달라더군요. 무늬가 있는 녹스토라가 더 아름답다면서요."

코름은 알아채지 못할 만큼 잠시 멈췄다. "그렇군. 소식을 전해 주게."

마시가 옆구리의 주머니에 손을 넣어 밝은 빛의 독수리 모양 은색 핀과, 푸른 꽃잎과 덩굴로 만든 다 해진 화환을 꺼냈다. "모린이 함락됐습니다. 꽤 고전했죠."

코름이 고개를 끄덕였다. 이웃 도시 모린은 키미르만큼이나, 어쩌면 그 이상으로 긍지가 높았다. 모린과 키미르는 경쟁 관계였으나 녹서스에 대항해서는 언제나 한 편이었다. "마티 원로는?" 마시는 침묵했다.

코름이 눈을 내리깔았다. "그렇군."

"고통 없이 보내 드렸습니다. 최정예 병사는 우리 부대에 편입했죠. 우리가 모린을 잘 보살필 겁니다. 모린 사람 몇 명은 지금 이리로 오고 있습니다."

"왜?"

"하마가 말하길 부적응자들이라더군요."

"그러니까 제국에 유용한 일원이 되도록 가르치라는 거군."

마시는 고개를 끄덕였다.

코름은 경사로를 내다보았다. 과거의 조각상들로 가득한 언덕이 키미르의 벽에 닿았다. 벽 너머의 화초 재배 구역에는 푸른 별바라기가 만개했다.

"이제 그들도 녹서스인이야. 내가 그 의미를 가르쳐 주지."

룬테라 연대표

TIMELINE OF RUNETERRA

녹 서스 제국은 수 세기에 걸쳐 셀 수 없이 많은 소국을 통일하고 융합하여 룬테라 전역으로 영토를 확장했습니다. 한 눈에도 알 수 있는 군사력과 안정적이고 중앙 집권화된 정부 외에도, 녹서스는 세계 곳곳에 '녹서스력을 전파'하는 것에 큰 자부심을 가지고 있습니다. 군사 정복을 완곡히 표현하는 데 이만큼 좋은 표현도 없을 것입니다.

하지만 녹서스인이 된다는 것은 제국의 탄생 기반이 된 룬 전쟁이 일어나기 훨씬 전부터 시작된 녹서스의 세계 역사관에 편입된다는 의미입니다. 암흑의 시기를 거치며 많은 역사 기록이 소실되었기 때문에, 그 이전의 시대에 대한 정확한 세부 사항은 추측이나 보편적인 믿음에 근거했을 가능성이 높습니다.

-9000
최초의 땅
현재 아이오니아로 알려진 섬 대륙 전역에서 필멸자와 천상의 거인족 사이에 거대한 전쟁이 벌어졌습니다. 필멸자들은 물질 및 영혼 세계 모두에 존재하며 막강한 힘을 가진 전설 속의 존재 바스타야샤이레이의 도움을 받은 후에야 승리할 수 있었습니다.

-8000
세 자매의 전쟁
북부의 옛 신들을 무찌르고 난 후 세 자매 아바로사, 세릴다, 리산드라 사이에 생기기 시작한 마찰은 곧 치열한 대립으로 변질되었습니다. 마지막 전투는 리산드라의 성채 입구에서 벌어졌으며, 리산드라는 적을 얼음 정수에 가두기 위해 수많은 아군을 희생시켰습니다.

-6000
서부 대이주
머나먼 동쪽의 잊혀진 땅에서 이주민들이 고대 지식과 지혜를 가지고 슈리마와 발로란 해안에 도착했습니다. 훗날 이들의 후손은 룬테라 역사상 가장 위대한 문명들을 다스리게 되었습니다.

-5000
신성전사의 탄생
고대 슈리마인들은 미래에 다가올 미지의 전쟁에 대비하기 위해 신비로운 타곤 성위의 인도를 받아 네리마제스의 태양 원판을 이용한 최초의 초월체를 만들었습니다. 이 고귀한 존재들은 살아 있는 신으로 추앙받았으며, 이들이 건설한 제국은 천 년간 건재했습니다.

-2500
슈리마에 맞선 이케시아의 반란

이케시아는 제국의 횡포에서 벗어나기 위해 전투에 공허를 내보냈습니다. 이케시아의 수도는 즉시 파괴되었으며, 땅은 알아볼 수 없을 만큼 오염되고 타락했습니다. 막강한 초월체 군단조차 끔찍한 공허에는 손을 쓰지 못했으며, 슈리마는 이케시아를 완전히 버릴 수밖에 없었습니다.

-2000
아지르의 실패한 초월

반역으로 인해 신적 존재가 되는 데 실패한 슈리마의 마지막 황제 아지르는 태양 원판과 함께 사라졌습니다. 공포와 비탄에 잠긴 백성들은 남은 초월체들이 보호해 주기만을 바랐습니다.

-550
다르킨 전쟁

존재의 이유를 잃고 공허와 맞서다 얻은 상처로 가득해진 많은 초월체들은 몸과 마음이 뒤틀린 채 스스로 '다르킨'이라 칭하며 필멸자의 군대를 일으켜 세상을 정복하러 나섰습니다. 결국 초월체의 창조를 유도한 성위들이 나서 다르킨을 그들의 저주받은 무기에 가두었습니다.

-400
강철의 망령 군림

자신을 부활시킨 마법사들을 속인 산-우잘은 모데카이저로 다시 태어났으며, 불멸의 요새를 떠나 물질 세계를 정복하러 나섰습니다. 3세기에 걸친 싸움 끝에 그는 자신이 세운 제국을 물려받은 검은 녹시이 부족 연합에 의해 패배했습니다.

-25
대몰락

축복의 빛 군도 헬리아 깊은 곳에 숨겨져 있던 신비의 금고에서 끔찍한 재앙이 일어났습니다. 물질 세계와 영혼 세계 간의 경계가 부서지면서 망자들의 영혼이 소용돌이치는 검은 안개에 영원히 갇혀 고통받게 되었으며, 지각이 있는 필멸자들은 그림자 군도로 이름이 바뀌게 된 이곳을 떠났습니다.

-13
룬 전쟁

헬리아가 몰락하자 마법이 깃든 위험한 유물들이 엉뚱한 자의 손에 넘어가기 시작했습니다. 크흠 밖의 전장에서는 명망 높은 마법사 타이러스와 그의 제자 라이즈가 룬 전쟁의 끔찍한 첫 번째 침공을 지켜봤습니다. 그 장면은 불가사의하게 긴 삶을 영위하는 라이즈가 일생 동안 악몽에 시달리는 계기가 되었습니다.

0
녹서스의 생존

룬 전쟁은 세계 전역으로 퍼져 나갔습니다. 종말에 가까운 십여 년의 전쟁 끝에, 남은 녹시이는 마법으로 인한 피해를 면하기 위해 불멸의 요새 안으로 퇴각할 수밖에 없었습니다. 그들이 마침내 요새 밖으로 나왔을 때 바깥세상은 황폐해진 상태였지만, 녹시이는 살아남았습니다. 이들은 하나의 민족으로 단결해 이름을 녹서스로 바꾸고, 이날을 기점으로 새로운 역법을 만들었습니다.

292
데마시아의 왕좌

위대한 오를론이 세운 머나먼 서쪽 나라에서 최초의 왕이 추대되었습니다. 룬 전쟁을 피해 이동한 난민들로 이루어졌던 데마시아는 영원히 마법으로부터 안전한 나라가 될 것을 선포했습니다.

349
녹서스 제국의 부상

여러 차례의 강제 합병과 드라켄게이트 함락 이후, 녹서스는 그 야망에 걸맞은 힘을 갖추게 되었습니다. 귀족 가문들은 천 년이 걸리더라도 룬테라의 모든 나라를 하나로 통일하겠다 맹세하며 녹서스 군대를 승리로 이끌 대장군을 선출했습니다.

772
필트강의 비극

발로란과 슈리마 사이를 잇는 무역로를 관장하던 상인 조직들은 거대한 연결로와 운반로 건설에 박차를 가했습니다. 그러나 '태양 관문'을 위한 이 굴착 작업은 자운의 고대 항구가 위치한 지반을 약화시켜 도시의 한 구역 전체를 시커먼 동굴 속으로 가라앉게 했습니다.

787
빌지워터

일확천금을 노리는 자들이 흠뻑 젖은 채 해안가로 슬려 오는 일이 점점 잦아지자, 부흐루 선교사들은 남쪽 섬 만에 이러한 이방인들을 위한 거처를 마련해 주었습니다. 바다뱀 군도의 이름을 비롯해 다년간 문화적 혼란이 있었지만, 이 정착지는 훗날 부산한 항구도시로 성장하게 됩니다.

984
아이오니아 침략

오랜 기간에 걸친 정찰과 준비 끝에 대장군 보람 다크윌은 녹서스 군대에 아이오니아를 향한 대규모 침략을 명령했습니다. 초기에는 별다른 저항이 없었으나 녹서스 군대의 잔혹한 공격이 곳곳에 퍼져 나가자 다양한 군사 조직이 일어나 격렬히 보복하기 시작했습니다. 이러한 조직들은 악명 높은 플레시디엄 전투 이후 더욱 체계화되었습니다.

989
제리코 스웨인의 반란

군에서 불명예 제대한 전직 장군 스웨인은 녹서스의 수도에서 반역을 일으켜 보람 다크윌을 폐위하고 살해했습니다. 일 년이 채 되지 않아 스웨인은 아이오니아 점령을 중단하고 귀족 가문의 영향력을 크게 줄였으며 트리파리스 의회를 세워 제국을 통치했습니다.

데마시아
DEMACIA

데마시아는 명망 높은 역사의 군대를 지닌 강력하고 질서 잡힌 왕국입니다. 데마시아의 백성들은 언제나 정의와 명예, 의무를 가장 고귀한 것으로 여기며 자국의 문화유산을 자랑스러워합니다.

악몽 같은 룬 전쟁 이후 마법을 피하기 위한 피신처로 세워진 거대한 자급자족 도시 데마시아는 마법의 힘을 약화하는 특이한 흰색 돌 페트리사이트의 수수께끼 위에 건설되었습니다. 위대한 도시 데마시아로 불리는 수도에서, 데마시아 왕가와 귀족 가문들은 풍부하고 비옥한 땅을 방어하기 위해 노력합니다.

이러한 특징에도 불구하고, 최근 몇 세기간 데마시아는 점점 배타적이고 폐쇄적인 장소로 변모해 왔습니다. 경비가 삼엄한 국경 너머에 사는 이들을 향한 의심은 점점 커지는 한편 과거의 여러 우방은 자국을 지키기 위해 다른 곳으로 눈을 돌리기 시작했습니다.

어떤 이들은 데마시아의 황금기가 이미 지났으며, 많은 이들이 불가능하다고 생각하는 것처럼 데마시아인들이 변화하는 세상에 순응하지 않는 한 데마시아의 쇠락은 불 보듯 뻔하다고 수군거립니다. 제아무리 많은 페트리사이트도 데마시아를 내부로부터 지키는 것은 불가능합니다.

CARVED IN STONE

바위에 새기다

대광장

넓 고 탁트인 이 공간은 위대한
도시 데마시아의 중심부에
자리하고 있으며, 국왕의 서훈 수여식에
참석하는 시민들이 모이는 데 자주
이용됩니다.

왕궁 정원

고 인이 된 왕비, 레이디 캐서린이
가장 좋아했던 정원입니다. 단정하게
잘 관리되어 조용히 사색하기에 좋은 곳입니다.

여명의 성채

데 마시아 왕가는 여명의 성채에
기거합니다. 이 황궁의 웅장한 설계는
라이트실드 왕조의 국력을 상징한다고 합니다.

1. 마지막 관문
2. 군사 구역
3. 귀족 가문 거주지
4. 왕의 바위
5. 마력척결관 본부
6. 대광장
7. 은색날개 사육장
8. 영묘
9. 항구

알데리그에서
일이 수월하게 진척되고
있다는 보고입니다.

빛의 인도자 사원

수도에서 가장 오래된 건물 중 하나인 빛의 인도자 사원은 데마시아의 이념인 의무, 명예, 전통을 상징하는 날개 달린 수호자들을 기리는 곳입니다.

SWORD AND SHIELD
검과 방패

데마시아 군대에서 가장 작은 단위의 조직을 방패라고 부릅니다. 각 방패에 소속된 병사들은 거의 동일한 무기와 방어구를 갖추고 있습니다. 각 대대는 방패로 이루어진 다양한 무장 형태의 중대로 구성되며, 각 지휘부 휘하에 정찰단, 칼날부리 기수단, 결투단 등의 특수 부대를 두고 있습니다. 가장 명망 높은 대대는 의심할 여지 없이 불굴의 선봉대입니다. 최대 2천 명 이상의 병력을 자랑하는 불굴의 선봉대는 현재 대원수 티아나 크라운가드의 조카인 가렌이 이끌고 있습니다.

마시아 군은 녹서스 군대나 프렐요드 부족 연합보다 훨씬 수가 적지만, 그 기량만큼은 발로란 전역에서 인정받고 있습니다. 기강이 잘 잡힌 문화에서는 데마시아의 일상을 엿볼 수 있습니다. 일개 수호하사관부터 화려한 전공을 세운 검대장까지, 장교들은 전방에서 군대를 이끌며 모범을 보이고 전사들은 흔들림 없는 충성심으로 그 뒤를 따릅니다.

데마시아산 강철

은강철이나 룬 강철이라고도 불리는 이 합금은
룬테라 전역에서 귀한 재료로 여겨집니다.
데마시아의 대장장이들은 전투에서 마법을 막아 낼 수
있도록 성수로 금속을 담금질한다는 소문이 있습니다.

가렌 크라운가드

가렌은 귀족인 크라운가드 가문의 자제로 태어났으나
용기와 실력을 통해 방벽 부대의 일원으로
인정받았습니다. 불굴의 선봉대 전임 검대장이 전사했을 때,
동료 선봉대원들은 가렌을 그 후임으로 추천했으며 누구도
그에 반대하지 않았습니다. 확고한 의지로 데마시아를 수호하는
가렌은 어떤 적 앞에서도 물러서지 않습니다. 가렌은 데마시아
최강의 군인이자, 데마시아가 추구하는 고결한 이념의 표상과도
같습니다.

자르반 4세

자르반 4세는 데마시아 국왕의
하나뿐인 아들이자 정식
왕위 계승자입니다. 데마시아의 귀감이
되어 왕국의 가치를 몸소 실천하는
그는 자신을 향한 주변의 높은 기대와
전장에서 실력을 증명하고자 하는
자신의 욕망 사이에서 힘겨워합니다.
뛰어난 전투 실력뿐만 아니라 가공할
용기, 몸을 사리지 않는 투지로
병사들에게 모범이 되는 자르반 4세는
데마시아 왕가의 깃발을 높이 치켜들고
향후 백성들을 이끌 지도자의 모습을
갖추어 갑니다.

마법에 대한 설화
THE MYTHS OF MAGIC

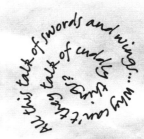

마시아는 언제나 마법사들과 불편한 관계를 유지해 왔습니다. 데마시아에서 가장 오래된 설화 중 하나인 날개 달린 수호자 이야기에는 데마시아의 건국에 대한 일화가 담겨 있습니다. 수 세기에 걸쳐 이 설화는 왕국의 법과 가치관을 정립하는 데 도움이 되었지만, 예측할 수 없는 마법의 힘에 대한 두려움 역시 초래했습니다. 비교적 최근에는 악명 높은 집단인 마력척결관들에게 마법과 관련된 모든 지식과 활동을 억압하라는 명령이 내려졌습니다.

위장해 숨기기

과거에는 마력척결관들의 눈을 피하고자 마법의 힘을 지키거나 집중시키는 물건들을 다양한 방식으로 위장했습니다. 시간이 지나자 이러한 물건들은 봉, 지팡이, 홀 등 평범한 가족 유품으로 후손들에게 전해져 실제 용도가 잊혀지는 경우도 많았습니다.

베일의 여신

지금까지 전해져 내려오는 또 하나의 설화는 사악한 행동과 구원에 대한 거짓을 퍼뜨린 죄로 추방당한 베일의 여신 이야기입니다. 그러나 일부 데마시아인들은 지금까지도 가족이나 용서와 관련한 문제에 대해 가르침이 필요하면 베일의 여신을 기리는 기념물을 세우는 경우도 있습니다.

All this talk of swords and wings... why can't they talk of cuddly things?

온통 검과 날개에 대한 이야기뿐...
꼭 안아주고 싶은 친구들에 대한
이야기는 언제 해?

제2장 – 쌍둥이의 탄생

별이 가득한 하늘 아래서
각각 빛과 어둠을 안고 태어난
케일과 모르가나.
손을 맞잡은 채로, 자매의 운명으로 태어나
아름답고 때 묻지 않은 데마시아 땅에서
훗날 탄생할 왕국을 기다렸다.
마법의 폭풍이 휘몰아치던 세계였지만
나무가 우거진 해안가에 자리 잡은
데마시아는 몰아치는 폭풍을 피할
안식처가 되었다.

제14장 – 종곡

모르가나의 이야기는 신화가 되었고
가려진 비밀과 그림자만이 남았다.
하지만 케일이 남긴 유산은
모두의 가슴속에서 눈부시게 빛났다.
바람은 케일의 재림을 속삭였다.
타곤 산의 빛이 다시 번쩍이고
온 세상에 어둠이 내릴 때
남쪽을 바라보라.
그리고 데마시아를 위해 기도하라.

—하이 실버미어
크라운가드 가문 도서관
소장 서사시 '날개 달린
자매에게 바치는 찬가'
에서 발췌

귀금속

원시적인 원소 마법이 귀금속의
형태로 초기 데마시아인들의 손에
들어갔습니다. 이러한 귀금속은 목걸이,
브로치와 같은 장신구는 물론 왕관으로
가공되기도 했습니다.

페트리사이트가
완벽한 것은
아닙니다. 마법이 제대로
무효화되지 않은 경우, 매우
부자연스럽게 벗겨지거나
뒤틀릴 수 있습니다.

WINGED PROTECTION

날개의 수호

마시아 예술과 건축에서 날개와 깃털은 검과 방패만큼이나 흔히 등장합니다. 이것은 자유와 초월에 대한 열망을 떠올리게 하는 동시에 발로란 전역에서 가장 훌륭한 사냥꾼 중 하나인 은색날개 칼날부리와의 연관성을 강조하기도 합니다.

포악한 칼날부리

마시아의 높고 험준한 바위산에 서식하는 칼날부리는 희귀하고 탐욕스러운 포식자로, 혼자 떨어져 있는 농부들이나 심지어 무장한 군부대까지 종종 공격하는 것으로 알려져 있습니다. 이러한 특성에도 불구하고 일부 특출난 자들은 이 고결한 생명체와 교감하는 법을 배웠습니다. 칼날부리들은 이렇게 깊은 유대를 형성한 자들에게 등을 내어 주는 일도 있다고 합니다. 칼날부리 기수들은 데마시아 군대에 복무하며 적진을 정찰하고 교란합니다.

은색날개 사육

은색날개는 노란색과 하늘색 깃털을 지닌 채 알에서 태어납니다. 은색날개의 대표적 특징인 은빛 깃털과 엄청난 공격 속도는 성체가 된 후에야 발현됩니다.

퀸과 발러

귀족 가문인 부벨르의 후원을 받는 데마시아 정예 기동대원이자 기사, 퀸은 전설적인 독수리 발러와 함께 적의 영토 한복판에 잠입해 갖가지 위험한 임무를 수행합니다. 퀸과 발러의 강력한 결속력은 전투에서 무시무시한 힘을 발휘합니다. 적들은 그들의 상대가 데마시아 제일가는 영웅, 그것도 하나가 아니라 둘이라는 사실을 알지도 못한 채 순식간에 목숨을 잃고 맙니다. 상황에 따라 곡예 수준의 동작을 보여 주는 퀸이 민첩한 몸놀림으로 석궁을 꺼내 들면, 발러는 공중에서 유영하며 숨어 있는 적을 찾아냅니다. 데마시아의 적에게는 그야말로 공포의 한 쌍입니다.

HONOR & TRADITION

든 데마시아 어린이는 자신에게 기대되는 역할과 의무를 알고 있습니다. 데마시아인들은 아무리 초라하더라도 낯선 자를 자신의 가족처럼 도우며 매사에 용기와 존중, 정의와 자비를 실천하는 것이 자신들의 의무라고 생각합니다.

위대한 오를론이 피난민들을 이끌고 룬 전쟁에서 벗어나 훗날 데미시아가 될 땅에 도착한 이래로 데마시아인들은 안전과 번영을 가져다준 이러한 가치관을 소중히 여겨 왔습니다.

하이 실버미어, 크라운가드 도서관,
페트리사이트에 대한 언급인가?

왕의 한 수

외부인들은 데마시아인들이 지나치게
진지하며 의무에 집착한다고 오해하지만,
이들 역시 남들 못지않게 춤추고, 노래하고,
장난치는 것을 좋아합니다. 특히 데마시아인들은
가족이나 동료는 물론 낯선 사람들과 '왕의 한 수'
라는 게임을 자주 즐깁니다.

흔한 렐스톤의 변형 게임인 왕의 한 수는 각
참가자가 돌의 움직임을 기억하는 동시에 상대를
혼란스럽게 하며 한발 앞서 나가야 하기 때문에
정신적 결투로 여겨집니다.

THE WEIGHT OF EXPECTATIONS

기대의 무게 | 아만다 제프리

괭이로 땅을 치는 시트리아의 어깨는 고된 노동에 불타는 듯했다. 질척질척한 땅이 막사를 둘러싼 참호를 파내려는 그녀의 노력에 강하게 저항했다. 그녀는 동이 트려면 두 번의 종소리가 남았을 무렵부터 깨어나 연장과 흙, 도랑 외에는 아무것도 보이지 않는 듯 열중했다. 도랑벽의 헐거워진 흙을 긁던 그녀는 흙과 쇠의 향연에 갑작스레 난입한 한 쌍의 신발을 발견하곤 까무러칠 듯 놀랐다.

"잘했다, 신병. 듀란드가 울고 갈 실력이군." 그녀는 잠시 동안 목소리를 알아듣지 못했다. 시트리아는 위를 올려다보았다. 신발의 주인은 그녀가 치르는 불굴의 선봉대 시험을 감독하는 감독상등관 펠이었다. 먼지와 저녁노을 속에서 보이는 그녀의 금빛 갑옷과 후광은 아름다웠다. 넓은 어깨에 걸맞은 코를 가진 그녀의 얼굴에는 큰 미소가 걸려 있었다.

'내가 너무 지쳐서 헛것이 보이는 건가.'

"동쪽 방벽에 비하면 아무것도 아니죠."

몇 시간 동안 입을 열지 않은 탓에 시트리아의 목소리는 칙칙하고 건조했다.

뒤에서는 막 교대한 병사들이 참호를 마저 파고 있었지만, 시트리아는 거의 휴식을 취하지 않은 채 하루 종일 이곳에 있었다.

"이리 나오게. 나머지는 담당 병사들에게 맡기고. 아직 저녁 경비 임무가 남아 있지 않은가. 그전에 밥은 먹어야지." 펠이 도랑에서 나가 손을 내밀었다. 시트리아는 벌겋게 부어올라 욱신거리는 손이 진흙투성이라는 것도 잊은 채 펠의 손을 덥석 잡고 올라섰다. 막사로 돌아가려는데, 펠이 어깨를 잡더니 고개를 저었다.

배낭을 잊은 것이다.

시트리아는 아래로 손을 뻗어 배낭을 쥔 후 짜증을 느낄 힘도 없이 등에 둘러멨다. 안에 돌밖에 들지 않은 이 가방은 최근 들어 펠 상등관만큼이나 그녀를 끈질기게 따라다녔다.

지난 2주간 펠은 진흙과 비, 혹은 더한 환경 속에서 행군, 보행, 달리기를 지시했다. 이러한 시험이 있을 때마다 시트리아는 자신의 몸무게 절반을 등에 지고 가야 했다. 시트리아와 다른 신병들은 그 상태로 융해수 강을 건너고, 한밤중에 예고 없는 달리기를 하고, 급조한 들것 위에 누워 부상자 역할을 하는 덩치 큰 펠을 짊어지고 '적'의

영토를 가로질러 퇴각하는 훈련을 했다.

배낭에 들어 있는 각각의 돌에는 친구이자 예전 동료였던 9대대 소속 병사의 서명이 쓰여 있었다. 첫 주에는 돌을 한두 개 '잃어버리는' 헛된 상상을 했으나 돌에 적힌 이름을 보고 각각의 돌이 뜻하는 이들을 생각하자 배낭이 조금은 가볍게 느껴졌다.

하지만 그것도 한계가 있었다.

그때 이후로 시험이 더욱 힘들어졌지만 통과할 수만 있다면, 전설적인 불굴의 선봉대의 일원이 될 수만 있다면… 가족들이 얼마나 자랑스러워할지 상상하자 시트리아의 가슴이 아려 왔다.

펠이 성큼성큼 걸음을 옮기자 시트리아는 조용히 따라갔다. 그들은 측량사 한 명과 문설주를 옮기고 있는 일련의 병사들이 지나갈 수 있도록 옆으로 비켜섰다. 시트리아는 처음 입대했을 때 소란스러운 군 막사가 부담스러웠지만, 지금은 자랑스럽게 느껴졌다. 확실한 목표와 같은 이상을 가지고 있는 데마시아인들이 한데 모여 땀 흘리는 이곳은 본토보다 안전하고 질서 있는 작은 데마시아, 어둠 속의 안식처와도 같았다.

배식 구역에 도착하자 취사병들이 부산하게 나눠 주는 뜨거운 죽에 신선한 빵 덩어리를 찍어 먹고 있는 병사들이 보였다. 참을 수 없는 냄새에 시트리아의 뱃속이 요동쳤지만, 펠은 걸음을 늦추지 않았다. 시트리아는 시선을 앞에 고정하고 펠을 따라

갔다. 고작 죽 따위에 집중이 흐트러져서야 어떻게 선봉대원이 되어 전투에서 승리할 수 있겠는가?

펠은 병사 한 무리 옆에 서 있는 선봉대원을 가리켰다. "저길 봐, 신병. 저 친구는 번더라고 하지. 내가 아는 번더라면 이미 텔스톤 토너먼트를 시작했을 거야."

소란의 중심에는 탁자를 가운데 두고 앉아 게임을 하고 있는 두 명의 병사가 있었다. '흠. 데마시아에서 가장 훌륭한 병사들도 텔스톤을 즐기는군.'

상등관은 시트리아를 넌지시 바라봤다. "텔스톤 좀 하나?"

시트리아는 아버지와 함께 수없이 텔스톤을 했던 기억을 떠올렸다. 연습에 연습을 거듭했고 결국 아버지는 일부러 져 주는 것을 그만둔 지 오래라고 고백했다. 그녀는 이전 9대대 소속 분대에서도 가장 실력이 좋기로 유명했다.

"웬만큼 합니다."

드디어 거무튀튀한 죽을 받아 온 시트리아는 숟가락을 입에 밀어 넣자마자 혀를 데고 말았다.

"천천히 먹어, 신병. 최소한 앉아서 먹어야지." 시트리아의 의심이 표정으로 내비쳤는지 펠은 안도의 말을 꺼냈다. "걱정 마. 식사 중에는 방해하지 않을 거니까."

시트리아는 그릇을 통째로 삼켜 버리고 싶은 충동을 억눌렀다. 지난 2주간 펠이 시트리아를 고되게 혹사하긴 했어도 거짓말을 한 적은 없었다. 동료에 대한 믿음 역시 시험의 일환인지 모른다.

시트리아는 자제력을 최대한 끌어모아 숟가락을 내려놓고 병에 물을 채운 뒤 통나무 의자로 향했다. 근처에서는 나무 그루터기로 급조한 탁자 위에서 텔스톤 게임이 막 끝나려는지 시끌벅적했다. 취사병 중 한 명이 칼날부리 정찰병에게 2대 1로 이기고 있었다. 다른 취사병들은 다 부진 체격에 머리가 희끗희끗한 기수의 집중을 돌리려 냄비를 쨍그랑거리고 있었다. 기수는 소란에도 흔들리지 않고 앉아 있었다. 시트리아는 그녀가 돌의 순서를 조용히 읊으며 입술을 움직이는 것을 보았다.

"어때, 친구들? 살짝 보여 줄까?" 젊은 취사병이 말했다.

"보여 줘, 보여 줘." 무리가 외쳤다.

그는 과장된 몸짓으로 돌을 집어 들어 뒤에 서 있는 자들에게 보여 주며 충격받은 척을 했다. 시트리아는 돌을 슬쩍 보고 가슴이 철렁했다. 기수가 돌 이름 순서를 잘못 외고 있던 것이다. 경기는 오래가지 않아 끝났다. 시트리아는 음식을 입에 욱여넣으며 실망감을 감췄다.

새 참가자 둘이 무리의 중심에 앉았다. 펠의 분대에 소속된 불굴의 선봉대원 번더는 젊고 홀쭉한 남자로, 어두운 갈색 머리를 하고 있었다. 그가 도전한 상대는 마르고 탄탄한 근육질에 볼에 흉터가 있는 다른 여자 선봉대원이었다. 새로운 게임이 시작되었지만, 이번 게임은 시트리아가 알고 있던 텔스톤 게임과 달랐다. 두 참가자는 시트리아가 한 번도 보지 못한 강렬한 시선으로 서로를 조용히 노려보고 있었다. 주변에 점점 모여드는 사람들도 두 사람과 마찬가지로 조용해졌다. 시트리아가 게임이 시작되었다는 것을 알아차리기까지는 약간의 시간이 걸렸다.

두 병사는 아무 말도 없이 서로에게서 시선을 뗀 후 상대가 게임을 진행하도록 돌을 내려다보았다. 게임은 시트리아가 지금껏 봐 왔던 어떤 경기보다도 빨리 진행되었는데, 그녀가 아는 규칙을 따르는 것 같지도 않았다. 두 참가자는 침묵 속에 돌을 놓고, 움직이고, 뒤집고, 확인했다. 여자 선봉대원이 갑자기 나무 그루터기를 한 번 치더니 번더의 갈색 눈을 차분하게 바라보았다. 번더는 돌의 이름을 나직이 읊으며 돌을 뒤집었다.

시트리아는 자신이 먹는 것도 잊은 채 숟가락을 입에 반쯤 가져간 상태에서 넋 놓고 멈춰 있다는 사실을 알아차렸다. 숟가락을 그릇에 내려놓으면 참가자들의 집중에 방해가 되리라 생각한 그녀는 조용히 식은 죽을 입에 밀어 넣었다.

탁자를 치면 속삭이듯 읊는 과정이 반복되었다. 두 사람은 감정을 드러내지 않으며 순식간에 게임을 진행했다.

여자의 주먹이 나무 그루터기를 두 번 쳤다.

아무 일도 일어나지 않았다.

참가자들의 시선이 얼어붙었다. 그들은 눈을 돌리지도, 돌을 움직이지도 않았다. 시트리아는 그들이 무엇을 보고 있는지 보려 했지만, 몸이 페트리사이트 조각상처럼 꿈쩍도 하지 않았다.

마침내 번더가 자리에서 일어났다. 그는 갑작스러운 분노로 얼굴이 붉어진 듯하더니, 곧 커다란 웃음을 지었다. 구경하던 무리가 함성을 지르며 축하의 뜻으로 두 참가자의 등을 두드렸다. 번더는 크게 웃다가 이제야 미소를 짓고 있는 상대에게 천천히 박수를 보냈다. 그녀가 이긴 모양이었다.

뒤에서 펠이 갑자기 나타나 말을 거는 통에 시트리아는 그릇을 떨어뜨릴 뻔했다.

"한 판 해 보겠어? 웬만큼 한다고 했으니."

시트리아는 식어 버린 죽의 마지막 한

숟갈을 입에 넣고 난감해하는 뜻으로 어깨를 으쓱해 보였다. "잠깐, 읍, 만요." 그녀는 전혀 준비되어 있지 않았다.

펠이 웃음을 터뜨렸다. "알았네, 알았어. 방해하지 않겠다고 약속했었지. 다 먹고 나면 선봉대원들의 게임 방식을 알려 주지."

시트리아는 둔탁한 소리를 내며 나무 의자에 앉았다. 펠의 손이 시트리아를 지그시 눌렀다. 앞에는 막사 공터에서 그루터기를 대충 깎아 막 만든 탁자가 또 하나 있었다. 위에는 텔스톤 돌이 놓여 있었다. 시트리아는 굉장히 중요한 사실 하나를 알아차렸다. 자신의 맞은편에 메렉 하사관이 앉아 있었던 것이다.

그는 불굴의 선봉대 제1방패의 지휘관이며, 검대장 가렌 크라운가드의 오랜 스승이자 부관이었다. 깜짝 놀란 시트리아는 차렷 자세를 취하려는 듯 자세를 똑바로 고쳐 앉았다. 배낭이 허리를 짓눌렀다.

메렉은 근엄하고 투박한 얼굴로 그녀를 관찰하듯 꼼꼼히 주시했다. 시트리아는 어떻게 해야 할지 몰라 눈앞에 시선을 고정했다.

펠이 활기차게 메렉에게 경례했다. "준비됐습니다, 하사관님."

"고맙네, 펠 감독상등관. 여기부턴 내가 맡지."

펠은 자세를 낮춰 시트리아의 눈높이에 맞추었다. 평소답지 않게 안심시키려는 듯한 표정을 하고 있었다. "걱정할 것 없어, 시트리아. 그냥 게임일 뿐이니. 하지만 궁금해할까 봐 말해 두자면 이것도 불굴의 선봉대 입단 시험의 일부라네. 그럼 행운을 빌지!"

시트리아는 입대 후 들어왔던 수많은 이야기를 떠올리며 긴장했다. 메렉은 전설 같은 실력으로 송곳괴수의 손아귀에서 벗어났다고 한다. 어선 네 척을 파괴한 녀석이었는데, 메렉이 한 달여간 추적한 끝에 비바람이 몰아치는 밤 겨우 잡았다고 했다. 또 메렉과 가렌이 등을 맞대고 싸웠던—

"석 달이었네." 메렉이 그녀의 생각을 방해했다.

시트리아는 화들짝 놀랐다.

"지금 복잡한 마음으로 나에 대해 들은 이야기를 상기하고 있겠지. 내 무용담과 전력에 대해 말이야. 이쯤이면 송곳괴수 차례겠군. 얼굴에 쓰여 있네."

시트리아는 볼이 붉어지는 것을 느꼈다.

"하지만 지금은 내 무용담을 이야기할 때가 아니네, 병사. 자네가 실력 있고 유능한 자인지 확인할 때지." 메렉의 말이 공기를 무겁게 짓눌렀다.

그는 짐짓 자신을 향해 고개를 한 번 끄덕였다.

"명령을 따를 줄 아나, 병사?"

"예, 하사관님!" 목소리가 갈라지자 시트리아는 움찔했다.

'이런. 이제 내가 불안하게 발밑이나 내려다보는 초짜 신병이라고 생각하시겠군.'

"나를 보게." 메렉이 명령했다.

시트리아는 잠시 당혹감에 눈을 깜박이다 위를 올려다봤다. 그는 낡았지만 완벽하게 관리된 갑옷을 입고 있었다. 그 밑의 피부에는 오래된 흉터가 남아 있었다.

"아니, 병사. 눈을 보라고. 시선을 마주해. 명령이다."

시트리아는 볼이 달아오르는 것을 느꼈다. 하사관의 눈을 바라보려니 막사에서 달려나가 9대대의 옛 전우들에게 돌아가고 싶었다.

'지금 포기하는 게 나을지도 몰라. 9대대의 실망을 떠안는 게 선봉대의 동정을 견디기보다 쉬울까?'

아니다. 그녀는 할 수 있었다. 실패하지 않겠다고 굳게 다짐한 시트리아는 시선을 돌리고 싶은 충동에 맞섰다.

메렉은 돌을 가지고 무언가를 하고 있었다. 그는 돌을 보지 않은 채 집어 들어 이쪽 손에서 저쪽 손으로 달그락달그락 넘기며 섞고 있었다. 그녀는 다시 한번 눈을 돌리고 싶은 욕구를 억눌렀다.

시트리아는 메렉이 돌 하나를 집어 그녀의 시선 가까운 곳으로 들어 올리는 것을 보았다. 돌의 앞면이 시트리아 쪽으로 향하고 있었다.

"내게서 눈을 떼지 말게. 이게 무슨 돌인가?" 메렉의 목소리가 차분하고 조용해졌다.

시트리아는 얼굴을 찌푸렸다. 물론 그녀는 어린아이가 아니니, 텔스톤 돌의 문양을 알고 있었다. 하지만 돌을 보지 않은 채 무슨 돌인지 맞추라는 것은 무리인 것 같았다. 그녀는 눈의 초점을 풀어 시선 가장자리에 집중하려고 했다. 가로길이보다 세로가 더 길쭉한 모양이라는 것을 알 수 있었다. 그렇다면….

"검입니다, 하사관님." 그녀는 작은 승리감을 느꼈다.

'이게 뭐라고. 돌을 맞췄다고 해서 선봉대원이 될 준비가 된 것은 아닌데.'

메렉은 고개를 끄덕이지 않고 즉시 말의 앞면이 위를 향하게 해서 탁자 가운데에 탁 놓았다. 그리고 다른 돌을 하나둘씩 집어 올렸다. 시트리아는 저울과 방패 모양이라고 대답했다. 탁, 탁 소리가 울려 퍼졌다.

'점점 감이 오고 있어.'

지친 눈이 마르기 시작하자 시트리아는 눈을 깜박였다.

"탁자 위의 돌 중 하나를 내려다볼 테니 내가 어느 돌을 봤는지 맞혀 보게. 알겠나, 병사?"

'너무 쉬운데. 날 속이려는 건가?'

그녀는 고개를 끄덕였다. "예, 하사관님."

잠시 후 그는 매우 신중하게 시트리아의 오른편 아래로 시선을 돌렸다가 눈을 느긋이 깜박이며 다시 시트리아를 바라보았다.

심장이 뛰었다. '검은 분명 중앙에 있어. 그렇다면 다른 두 돌은 양쪽에 있는 거야.' 돌의 순서는 왼쪽부터 차례로 저울, 검, 방패일 것이다. 그가 시트리아의 오른편을 봤으니 정답은 방패일 터였다. 그녀는 그러길 바랐다.

"방패입니다." 그녀는 느꼈던 것보다 더 자신감 있는 목소리로 말했다.

메렉은 맞혔다는 듯 조용하게 음, 하더니 보일 듯 말듯 고개를 끄덕였다. "한 번 더."

그의 눈이 탁자 중앙으로 내리깔렸다가 시트리아에게 돌아왔다. 준비하고 있던 그녀는 즉시 답할 수 있었다.

"검입니다, 하사관님."

그가 돌 쪽으로 손을 뻗었다. 시트리아는 그가 돌을 뒤집는 것을 지켜보았다.

"위를 보게, 병사." 메렉이 꾸짖듯 말했

다.

'윽, 이제야 실력을 인정받나 싶었는데. 더 집중해야겠어!'

시트리아는 나무 의자 위에서 자세를 고쳐 잡고 발을 바닥에 단단히 디디며 지친 몸과 떨어질 줄 모르는 배낭을 추슬렀다. 그녀는 다시 메렉에게 시선을 돌렸다.

메렉은 말없이 아래로 손을 뻗었다. 소리로 미루어 볼 때, 다른 두 개의 돌도 뒤집는 것 같았다. 이제 내려다봐도 소용이 없을 것이다.

그는 눈을 깜박이는 것처럼 재빠르게 시트리아의 왼편으로 시선을 깔았다가 돌아왔다. 이 순간을 기다리고 있던 시트리아는 즉시 대답하려다 말을 더듬을 뻔했다.

"저울입니다, 하사관님."

그러자 메렉은 의도한 듯 탁자 오른쪽 끝을 보았다. 세 개의 돌이 있는 위치에서 훨씬 벗어난 곳이었다. 그는 천천히 시선을 그녀에게 돌리고 답을 요구하는 듯 눈썹을 추켜세웠다. 그는 방패, 저울, 검을 보지 않았고, 이 사실을 전혀 숨기는 기색이 없었다.

이것이 바로 펠이 말한 시험의 일부인 것이다.

시트리아는 짜증인지 집중인지 모를 감정으로 눈썹이 일그러지는 것을 느꼈다. 앞에 놓인 세 개의 돌이 아니라면 무엇을 본 걸까? 문득 그녀는 메렉이 사용하지 않는 돌들을 탁자 가장자리에 모아 두었다는 사실을 기억했다.

"돌 더미 아닙니까, 하사관님?"

그는 시트리아가 이해할 수 없는 방법으로 그녀를 살핀 후 대답했다.

"그래. 정확히는 망치지. 연습하다 보면 알게 될 걸세." 그는 시선을 돌리지도 고정하지도 않았다. "지금은 내가 뭘 하는 거로 보이나?"

눈을 깜박일 엄두도 내지 못했지만, 시트리아는 그의 시선이 움직이는 것을 놓칠 뻔했다. 이번에는 중앙으로 내리깔렸다가 즉시 왼쪽으로 향했다. 어떤 돌을 고를지 마음을 바꾼 걸까? 그녀는 메렉의 눈을 바라보고 있었지만, 머릿속은 그의 행동을 추측하느라 복잡해 아무것도 눈에 들어오지 않았다.

"거… 검과… 저울인가요?"

메렉의 입꼬리가 살짝 올라가 볼에 주름이 졌다. 예기치 못한 미소였다. 그가 시선을 떼자 시트리아도 눈을 돌릴 수 있었다. 그녀는 안도의 한숨을 내쉬었다.

"나쁘지 않군, 시트리아 병사." 메렉이 생각에 잠긴 듯 말했다. "내가 하나의 돌을 보는 것을 봤겠지. 텔스톤의 규칙을 알고 있다면, 그것이 게임의 어떤 행동을 의미한다고 생각하나?"

이제 시선을 어디로 돌리든 상관없었지만, 시트리아는 탁자 위에 놓인 돌 중 하나를 뚫어지게 바라봤다. 그리고 지친 머리를 이리저리 굴리며 답을 찾으려 애썼다.

한 번의 시선으로는 돌 하나에 대한 정보밖에 얻지 못했다. 그녀는 메렉이 뒤집힌 말은 보지 않았다는 것을 깨달았다.

"지금 알 수 있는 정보로는 '숨기기' 지시를 내리려 한 것이라고 생각됩니다, 하사관님."

메렉은 의도적으로 그녀를 보지 않은 채 돌을 모으는 데 집중했다. "계속하게."

시트리아는 말을 이었다. "두 개의 돌을 보는 것은 '교체' 지시, 돌 더미를 보는 것은 더미에서 돌을 추가하는 '배치' 지시일 것입니다. 말을 하지 않고도 게임의 행동을 주고받을 수 있는 거군요!"

메렉은 임시 탁자 한쪽에 돌을 단정하게 놓아 줄을 만들고, 다시 나무 의자에 앉아 그들이 앉아 있는 공터를 둘러보았다. 그녀의 깨달음에 대한 반응을 보이는 데 전혀 서두르는 기색이 없었다.

"어디 출신인가, 병사?" 그가 느닷없이 물었다.

"클라우드필드입니다, 하사관님." 그녀가 질문에 놀라며 답했다.

"클라우드필드라. 최근 금빛 봄 축제가 열리지 않았나?"

그걸 어떻게 안 걸까? 시트리아는 가슴이 뛰었다. "예, 하사관님. 보통은 놓치곤 하지만, 올해는 언덕에 꽃이 일찍 피어 휴가 중에 볼 수 있었습니다."

"가족들은?" 메렉은 진심으로 궁금한 듯

팔 한쪽을 무릎에 기대고 몸을 앞으로 기울였다. "아직 거기 사나?"

"그렇습니다, 하사관님. 조카가 올해 꽃 뿌리는 역할을 맡았는데, 아버지가 바구니를 들고 쫓아다니느라 눈코 뜰 새 없이 바쁘셨죠. 굉장히 자랑스러워하셨습니다. 저도 그랬고요."

메렉이 고개를 끄덕이자 시트리아는 기분이 훨씬 나아졌다는 사실을 깨달았다. 뱃속의 불편함이 가시는 듯했다. 외지인들은 클라우드필드의 금빛 봄 축제에 대해 아는 경우가 거의 없었는데, 메렉 하사관은 알고 있었다.

"불굴의 선봉대에는 두 종류의 텔스톤 게임이 있다네. '선 긋기'와 조금 전에 본 침묵의 연습 게임이 있지. 선 긋기는 중대한 분쟁을 해결하는 데 쓰인다네. 클라우드필드 출신의 시트리아. 그러니 '침묵의 돌'을 해 보자고."

"예, 하사관님!"

"게임 중에는 그냥 메렉이라고 불러도 괜찮네." 그의 주름진 얼굴이 장난기 어린 웃음으로 구겨졌다. "하지만 그 외의 상황에서 메렉이라고 칭했다간, 자네와 상등관 둘 다 의무병이 금지할 때까지 식량 배급을 반으로 줄일 걸세."

메렉이 웃음을 터뜨리는 것을 보고, 시트리아는 자신의 얼굴이 창백해진 것을 알았다.

"이것도 시험의 일부인가요?" 시트리아는 목소리에 불안감이 묻어 나오지 않기를 바랐다. 그래도 확실하게 알고 싶었다.

"그럴지도 모르지. 펠 감독상등관이 번번이 하는 말처럼 이달의 매 순간을 시험의 일부로 생각하게. 또한 우리 모두가 그렇듯 불굴의 선봉대에서 지내는 하루하루를 그 갑옷을 입을 자격이 있는지 증명하는 시험으로 여기게." 메렉의 표정이 다시 진지해지자 시트리아는 그 말의 무게를 절실히 느꼈다.

그는 잠시 멈췄다가 물었다. "시작하기 전에 더 궁금한 것이 있나?"

번더의 게임이 머릿속을 스쳤다. 이제 대부분은 이해할 수 있었지만, 아직 명확하지 않은 부분들이 있었다. 그녀는 게임을 머릿속에서 다시 곱씹으며 자신이 본 대로 손을 움직였다.

그녀는 그루터기 탁자를 한 번 두드렸다. "이건 '도전'이죠." 시트리아는 느리지만 확고하게 말했다. 하나가 남았다.

그녀는 다시 메렉을 올려다보고 그루터기를 두 번 두드렸다.

"이건 '과시'입니다. 그런데 그 후에… 번더가 그냥 포기한 이유는 뭐죠?"

메렉이 매우 품위 없는 기침 소리를 내더니 충격과 즐거움으로 눈을 크게 떴다. "포기했다고? 번더가?" 그는 주변의 병사들을 둘러보더니 찾던 인물을 발견했다.

"펠 상등관!" 그가 부르자 펠이 서둘러 다가왔다. "여기 시트리아가 말하길 지난 번 게임에서 번더가 포기했다던데. 사실인가?"

펠은 차렷 자세로 서 있었지만, 시트리아는 그녀가 얼굴 전체로 번져 나가려는 미소를 억제하려고 격렬하게 버티는 것을 보았다. "아닙니다, 메렉 하사관님. 사실이 아닙니다."

"그럼 시트리아가 본 게 뭔지 설명해 주겠나?" 메렉의 한 마디 한 마디에서 즐거움이 흘러나왔다.

"번더는 당시 상황과 자신의 능력, 적의 능력을 파악한 뒤 싸움을 오래 끌어도 승리나 명예를 취할 수 없다고 판단했습니다, 하사관님. 번더는 보다 가치 있는 미래의 대결에 대비해서 힘을 비축하기 위해 빠른 결정을 내린 것입니다." 펠은 여러 번 연습한 듯 유창하게 말하며 웃음을 거의 완벽하게 억제하는 데 성공했다.

"잘 알겠네, 펠 상등관. 이제 다시 우리 게임을 몰래 관찰해도 좋네."

"예, 하사관님." 펠은 몇 걸음 안 가 굳었던 표정을 풀고 미소를 지었다. 그리곤 근처 의자로 돌아가 다른 불굴의 선봉대원 몇 명과 함께 폭소를 터뜨리며 앉았다.

메렉은 시트리아에게 설명했다. "번더는 뼛속까지 불굴의 선봉대라네. 그와 함께라면 백 명의 프렐요드 습격자들과 맞서도 든든할 테지."

그가 험담하듯 목소리를 낮췄다. "하지만 그는 고집이 세기로 유명하지. 자네가 포기라고 생각했던 행동은 사실 그가 자신의 가장 큰 적과 몇 년의 사투를 벌인 끝에 얻어 낸 귀중한 승리였다네."

메렉의 주먹이 그루터기를 치자 시트리아는 움찔하며 놀랐다. "한 번 두드리면 과시를 받아들인다는 뜻이네. 1점을 받게 되지." 그가 탁자를 두 번 쳤다. "두 번은 상대의 과시를 맞받아친다는 의미지. 상대가 엄포를 놓는 것인지 시험하고 싶으면 시선으로 탁자를 훑어 모든 돌을 가리키게. 이때 모든 돌의 이름을 외지 못하면 상대는 게임에서 지게 되지."

메렉은 의자에 기대앉았다. "자, 이제 해 보자고! 펠은 적당히 봐주라고 했지만, 9대대의 텔스톤 4관왕에게 자비를 보여 줄 필요는 없을 듯하군." 그는 무성한 눈썹을 추켜세우며 시트리아의 반응을 살폈다.

'아, 그렇군. 나에 대해 들은 이야기 중 금빛 봄 축제는 사사로운 축에 속하겠어.'

"내가 자네를 과소평가한다면 엘드란 대위님이 9대대의 명예에 대한 모독이라고 여기시겠지?"

"예, 분명 그럴 것입니다, 하사관님." 시트리아는 등의 가방을 고쳐 맸다. "준비됐습니다."

그들은 게임의 첫 번째 차례에 돌입했다. 시트리아는 메렉에게 시선을 고정하는 데 온 힘을 쏟으며 돌을 이동하고, 숨기고, 교체했다. 하사관의 분대원들이 보여 준 속도에는 한참 못 미쳤지만, 아직 바보 같은 실수는 하지 않았다.

한 병사가 갑자기 헐레벌떡 달려오더니 메렉에게 보고해 집중을 깨뜨렸다. 시트리아는 고집스럽게 메렉에게 시선을 고정했다. 돌의 순서가 거친 파도에 휩쓸리는 밧줄처럼 빠져나가려 했다. 그녀는 곁눈으로 하사관이 보고를 처리하고 아무 일 없었다는 듯 게임으로 돌아오는 것을 보았다.

"이 변칙 게임을 어떻게 생각하나, 병사?"

'눈을 떼면 안 돼. 눈을 떼면 안 돼.'

"상당히… 특이하네요. 훨씬 어렵긴 하지만…" 그녀는 말을 잇기를 망설였다. 이런 생각을 내비치는 것은 건방지다는 생각이 들었다.

"말해 보게." 긴장감 넘치는 게임에도 불구하고 그의 목소리는 여유로웠다.

더 많은 돌이 탁자에 놓였고, 또 한 쌍이 교체되었다. 한 번에 집중해야 할 것이 너무 많았다. 돌의 순서, 차례를 기억하며 지시를 내리는 새로운 방식도 신경 써야 한다. 시트리아는 아마도 엘드란의 것일 날카로운 돌이 척추를 짓누르는 것을 느끼며 시선을 떼지 않기 위해 노력했다. 이 모든 것에 압도당한 시트리아는 충동적으로 말을 내뱉었다.

"투박한 느낌입니다." 그녀는 자신이 한 말에 놀라 표정이 바뀌었다. "아니, 제 말은…"

거짓말을 하지 않는 한, 한 번 뱉은 말은 주워 담을 수 없었다. 하지만 그랬다간 메렉이 상황을 무마하려는 시도를 즉시 알아챌 것이다. 그의 손이 재빨리 움직였다. 그녀는 극도로 긴장한 탓에 몸을 움츠릴 뻔했다. 그가 그루터기를 두드렸다. 시트리아는 얼굴을 붉히느라 그가 어떤 돌을 보았는지 확인하지 못했다. 그녀는 초조함에 주먹을 쥐락펴락하다 머리를 저었다. 그리곤 '엿보기' 행동을 취하고 돌 하나를 확인했다. 도전에 실패하면 두 개의 말을 더 확인해야 한다. 메렉은 그것을 기다렸지만, 시트리아는 움직이지 않았다.

그럴 자격이 없다고 생각했기 때문이다.

"투박하다고?" 그가 마지막 돌을 놓으며 말했다. "왜 그렇게 생각하지?"

"차갑습니다. 놀이라기보단, 격렬한 전투처럼요." 마침내 모든 돌이 숨겨졌다. 시트리아는 손에 땀이 나기 시작하는 것을 느꼈다.

"차갑다라." 그가 차례 사이에 유지하는 시선이 평소보다 길어졌다. "외부인들은 그렇게 생각할 만하지. 나는 정직함과 솔직함이 우리의 가장 큰 힘이라고 교육받으며 자랐네. 진심이란 것은 소음과 자극에 가려지기 쉬울 때도 있다네. 눈을 보면 그 사람에 대해 많은 것을 알 수 있어. 무엇을 생각하고 있는지, 무엇을 느끼고 있는지 말해 주지. 나는 일반적인 게임 백 판보다 이 한 판의 게임으로 자네에 대해 더 많은 것을 알게 되었네, 시트리아."

그는 시트리아의 시선을 잠시 더 마주 보다가 게임으로 돌아갔다. 돌들의 자리가 어지럽게 교체됐다. 시트리아는 집중하려 애를 쓰는 와중에 무언가를 깨달았다. 자신이 상상했던 것보다 메렉을 훨씬 더 잘 알고 신뢰할 수 있다는 느낌을 받은 것이다.

게임은 점점 더 복잡해지고 있었다. 두 사람은 이미 열두 차례가 넘도록 돌의 앞면을 확인하지 못했고, 점수는 각각 1점이었다. 일반적인 게임이었다면 지금쯤 과시 행동을 취할 준비가 되었을 것이다. 지금은… 콕 집어 말할 수는 없지만, 메렉의 눈에서 아직 때가 아니라는 느낌을 받았다.

몇 차례가 빠르게 지나갔다. 그녀는 주변에 꽤 많은 사람들이 모여들었다는 걸 알아챘다. 군중은 되도록 침묵을 유지했고, 시트리아는 그들을 마음 뒤켠으로 몰아냈다. 그들이 신경 쓰지 않는 것이 의도적으로 집중했기 때문인지 단순히 지쳤기 때문인지 판단할 여유는 없었다.

두 명의 공병이 제5방패와 제8방패의 막사 위치에 대한 문제를 가지고 메렉을 찾아왔다. 그는 이번에도 참을성 있게 답했다.

"이 게임이 격렬한 전투 같다고 했지." 그가 돌을 빠르게 교체하며 말했다. "데마시아는 격동의 시기에 세워졌다네. 우리는 그 격동의 시기를 다시는 겪지 않기 위해 훈련하고, 싸우고, 지키는 걸세. 이 게임은 다른 게임에 비해 격렬하게 보일지도 모르겠지만, 게임일 뿐이라네, 시트리아."

"물론입니다, 저는—"

"불굴의 선봉대는 다른 데마시아인, 심지어 다른 병사들조차 평생 마주칠 일이 없는 격렬함, 폭력, 마법, 공포에 맞서야 한다는 사실을 명심해야 하네. 선봉대원들은 자신이 근방이나 머나먼 땅에서 죽을 수도 있다는 사실을 인지하고 있네. 끔찍한 괴물의 발톱에 당할 수도 있고, 부자연스러운 무언가로 변하게 된다면 동료의 손에 죽을 수도 있지. 이 갑옷을 입은 모든 병사들은 데마시아인들이 집을 짓고 가족을 형성하며 금빛 봄 축제를 즐길 수 있도록 모든 것을, 심지어 목숨까지도 바치는 것이 자신의 궁극적인 존재 이유라는 것을 알고 있네."

시트리아는 얼굴을 붉혔다.

"알고 있습니다, 메렉 하사관님. 그래서 이곳에 온 겁니다. 저는 수많은 이야기를 읽었고, 대부분의 분대원들이 견디지 못할 장면도 봐 왔습니다. 하지만 제가 느낀 것은 분노뿐이었습니다! 우리가, 제가 구해주지 못했기 때문에 데마시아인들이 고통받고 죽어 갔다는 사실이 분합니다."

시트리아는 맹렬히 뛰는 심장 박동을 가슴과 귀로 느낄 수 있었다. 그녀는 주먹을 쥐고 있었다.

"좋아." 메렉이 천천히 고개를 끄덕였다. 시트리아는 그의 눈에서 인정으로 보이는 빛을 읽었다. "자네 차례네."

그녀는 숨을 깊이 들이쉬며 진정하려 애썼다.

'내가 이성을 잃게 하려는 건가? 평정을 유지할 수 있는지, 아니면 번더와 성격은 같지만 실력은 떨어지는 인물인지 알아보려고? 나도 나름의 실력이 있다고.'

시트리아는 눈을 내리깔아 돌 두 개의 위치를 교체했다. 두 사람은 전보다 훨씬 빠른 속도로 게임에 다시 몰입했다.

또 다른 병사가 메렉에게 달려와 질문을 했다. 시트리아는 방해받는 것에 짜증이 났다. 병사가 중얼거리는 동안 뒤에서 펠의 속삭임이 들렸다. "우리가 도와줄게, 신병."

시트리아는 혼란스러워하며 병사의 말을 들어 보았다. 병사의 말은 전혀 말이 되지 않았다.

"…그러니까 하사관님, 당연히 오늘 밤에는 제2방패의 새 검들을 대장장이의 '망치' 아래에 놓아야 합니다. 그렇지 않으면 절대로 '저울'을… 윽, 못 하겠어! 왕관! 기사! 저울, 망치, 깃발, 검, 힘내, 시트리아!"

또 다른 병사가 웃음을 터뜨리며 메렉의 주의를 끌던 병사를 팔꿈치로 쿡 찌르곤 끌고 갔다. 그는 아직도 메렉을 향해 아무 돌 이름이나 외치고 있었다.

메렉이 미소를 지었다. "벌써 자네를 위해 싸워 주는 동료들이 생긴 것 같군. 상대가 나일지라도 말이야!"

그들은 게임으로 돌아갔다. 시트리아는 방패와 깃발이 기억한 위치에 있는지 확신할 수 없었다. 두 돌의 위치가 맞거나 서로 반대인 것만은 확실했지만, 게임이 길어질수록 머릿속으로 순서를 기억하는 것이 힘들어졌다.

"우리는 서로에 대한 신뢰를 확인하기 위해 이 게임을 하는 걸세. 그래서 전략 게임인 것이지. 하지만 자네가 생각하는 방식과는 다르네."

메렉의 말투는 침착했지만 희미하게 망설이는 듯하기도 했다. '하사관님이 평정을 잃고 있는 걸까?'

"왜 불굴의 선봉대가 이런 변칙 게임을 하는지 말해 보겠나?" 그가 별거 아닌 듯 물었지만, 시트리아는 이것 역시 시험의 일부라는 사실을 상기했다.

불굴의 선봉대는 왜 이리도 특이한 침묵의 게임을 하는 걸까? 그것에 대해 고민하는 와중에도 돌은 계속 움직이고 자리를 바꾸었다. 두 사람 외에는 아무도 인지하지 못하는 변화였다.

"적에게 알리지 않고 동료와 소통하는 훈련이기 때문입니다." 방패의 위치는 확신할 수 없었지만, 이 대답만큼은 분명했다. "눈짓만으로 경고나 지시를 보낼 수 있다면, 전장에서 생명을 구할 수 있을지도 모르죠."

익숙해졌다고는 할 수 없어도 시트리아는 드디어 이 게임 방식에 적응했다는 기분이 들었다. 어렵긴 했지만, 게임 방법은 터득했다.

그녀는 이어서 말했다. "그보다 더 깊은 의미도 있는 것 같습니다. 저는 텔스톤이 기억력을 겨루는 게임이라고 생각했습니다. 아버지가 가르쳐 주셨을 땐 그랬죠. 저는 데마시아인답게 매일 열심히 연습했습니다. 9대대에서 게임에 참가했을 때는 기억력이 다가 아니라는 것을 배웠습니다. 자신의 행동을 계획하고 적의 움직임을 예측하는 것이었죠."

메렉이 다시 고개를 끄덕였다. 두 사람 사이에서 돌이 춤추듯 오갔다.

"하지만 그것도 전부는 아니죠?"

메렉이 시트리아의 질문에 답했다. 이번에는 망설임이 전혀 느껴지지 않았다. "용기가 중요한 것이네. 자네와 나의 용기가. 실력도 중요하지만, 용기가 받쳐 주지 않는 실력은 의미 없다네. 예를 들어…."

그는 손을 뻗어 나무 그루터기를 두 번 두드렸다.

과시 행동이다.

모여서 구경하던 수많은 사람 중 하나가 숨을 크게 들이켜자 주변에서 주의를 줬다. 해가 지평선에 걸려 있었고, 멀리서 칼날부리의 울음소리가 들려 왔다. 집에서 멀리 떨어져 있는 은색날개들이었다. 메렉이 푸른 눈동자를 빛내며 시트리아의 회색 시선을 침착하게 응시했다. 시트리아는 전에 본 듯한 의문을 찾으려 했다. 그녀는 마음속에서 용기를 찾으려 노력했고, 몇 년간 갈고닦은 실력에서 태어난 용기를 마침내 찾을 수 있었다.

그녀는 손을 들어 답했다. 한 번, 그리고 두 번.

메렉이 결정할 차례였다. 시트리아가 돌

의 순서를 알고 있다는 것을 믿을지 말지 선택해야 한다. 그녀는 최대한 확신에 찬 시선으로 메렉을 바라보았다.

그는 미소를 짓고 눈으로 돌을 훑어 증명을 요구했다.

그녀는 왼쪽부터 차례로 돌에 손을 가져갔다. "망치. 저울. 검." 그녀는 돌을 뒤집기 직전에 이름을 읊었다. 하나하나가 실력의 증표였다. "깃발. 기사." 다시 한번 정답을 맞혔지만, 마지막으로 방패와 왕관이 남아 있었다. 그간의 연습과 실력, 투지에도 불구하고 시트리아는 어느 쪽이 방패이고 어느 쪽이 왕관인지 알 수 없었다. 그녀는 망설였다.

"다음은?" 메렉의 목소리에는 감정이 없었다.

그녀의 손이 여섯 번째 돌 위에 놓였다. 그녀는 숨을 깊이 들이쉰 다음 말했다. "방패."

답은 왕관이었다.

주변의 무리가 격려와 위로, 분노와 놀람의 함성을 터뜨렸다. 시트리아는 멍한 상태로 앉아 있었다. 뱃속은 동료들의 이름이 새겨진 돌로 가득한 배낭만큼이나 무거웠다. 그녀는 동료들의 명예를 지키지 못했다. 친구들을 실망시켰다. 그들의 이름을 질 자격이 없었다.

메렉이 탁자 위로 몸을 기울였다. 소란 속에서도 근엄한 목소리가 분명히 들려왔다.

"진정한 불굴의 선봉대원처럼 용기 있게 싸웠군. 다음 게임을 기대하겠네."

THE THRONE

프렐요드

JORD

혹독하고 가차 없는 기후의 땅
프렐요드의 주민들은 태어날 때부터
전사이며, 극악의 환경 속에서
살아남아야 합니다. 긍지와 독립심이
대단한 이곳 사람들은 발로란 전역의 이웃들로부터
질서 없고, 거칠고, '야만적'이라 불리곤 합니다.
그러나 이것은 프렐요드의 문화를 창조한 고대
전통을 이해하지 못한 데서 생긴 편견입니다. 수천
년 전, 세 자매 아바로사, 세릴다, 리산드라 사이의
동맹이 룬테라 전체를 소리 없이 위협한 전쟁으로
인해 깨졌습니다. 이로 인해 북쪽 땅은 혼돈과
끝날 줄 모르는 겨울에 잠식되었습니다. 이제는
혹독한 밤과 얼음에 영향을 받지 않는 특출난
필멸자들만이 프렐요드를 이끌 운명, 혹은 자격이
있다고 여겨집니다.

서리방패의 부단한 노력에도 불구하고 신화와
전설은 사라지지 않았습니다. 겨울 발톱 부족
약탈자들은 데마시아와 녹서스 국경을 침범하며
세력을 넓혀 가고 있습니다. 마지막으로 거칠고
독립적인 부족과 집단들은 좀 더 평화로운 미래를
위해 아바로사의 젊은 여왕 애쉬에게 충성을
바치기 시작했습니다.

하지만 상황은 여전히 암울합니다. 프렐요드에
또다시 전쟁의 그림자가 서서히 드리우고 있으며,
누구도 벗어날 수 없을 것입니다.

냉기 수호자

칼 바람 나락 깊은 곳에는 무시무시한 불멸의 지적 존재들이 세계를 가르는 경계를 향해 울부짖고 있습니다. 이들은 얼음 정수 감옥에 갇혀 오랫동안 룬테라를 지켜봐 왔으나, 설명할 수 없는 이유로 마침내 그 얼음이 녹아내리기 시작했습니다.

고대의 마법

옛 노래는 대부분 잊혀졌으나 대지를 창조한 오른, 탄생과 죽음을 반복하는 애니비아, 육체에서 영혼을 분리하는 볼리베어까지, 일부 프렐요드인들은 지금까지도 금지된 반신들의 이름을 감히 입에 담곤 합니다. 화롯불과 노래만 있으면 마법과 믿음 사이의 거리는 얼마든 메울 수 있습니다.

LIVING MYTHS

검은 비밀

냉기 수호자와 그들의 고향인 공허
세계의 사악한 힘은 주변 얼음
정수에 스며들었습니다. 검은 줄무늬와
역류하는 원소의 힘으로 가득한 검은 얼음이
그 결과입니다. 인간의 상상을 뛰어넘는 악의
결정체지만, 그 기원을 아는 자들에게는 큰
문화적 가치를 지니고 있습니다.

냉기의 화신

매우 희귀한 현상이긴 하지만, 프렐요드
부족들의 피에는 무시무시한 고대
계약의 힘이 있다고 전해집니다. 어머니에게서
그 혈통을 물려받는 냉기의 화신들은
일반인보다 힘이 세고 튼튼하며 냉기에
강합니다. 또한 이들만이 큰 노력을 통해 절대
녹지 않는 마법의 얼음 정수로 만든 무기를
다룰 수 있습니다.

THE AVAROSANS

아바로사 부족

아바로사의 유산

독한 북부의 땅을 최초로 정복한 세 자매에 대해서는 확실하게 알려진 사실이 별로 없지만, 어둠과 불확실함으로 가득한 이 시대와 관련해 가장 많이 언급되는 이름은 아바로사입니다. 아바로사의 얼음 정수 궁전이나 아바로사가 땅속과 별빛 너머에서 치른 전투들은 아바로사의 이름 아래 하나로 뭉친 모든 부족에게 귀감이 되고 있습니다. 이들은 아바로사가 언젠가 돌아와 모든 부족을 하나로 통합하겠다는 약속을 지켜 주기를 바라며 기도합니다.

서리 궁수

바로사 부족은 냉기의 화신이자 전쟁의 어머니인 애쉬가 이끌고 있습니다. 애쉬는 절제력이 뛰어나고 총명한 데다 이상주의적인 면을 갖추고 있지만 지도자라는 역할을 부담스러워하기도 합니다. 고대 마법의 힘이 흐르는 혈통을 이어받았기에 얼음 정수의 활을 무기로 사용할 수 있습니다. 아바로사 부족민들은 애쉬가 아바로사 여왕의 화신이라고 굳게 믿으며, 애쉬는 이들과 함께 먼 옛날 자신의 부족이 살았던 영토를 되찾아 다시 한번 프렐요드를 통일시키려 합니다.

THE WINTER'S CLAW

겨울 발톱 부족

혹한의 분노

찬 혹하고 무자비한 전쟁의 어머니, 세주아니가 이끄는 겨울 발톱 부족은 프렐요드에서도 가장 두려운 부족 중 하나로 꼽힙니다. 세주아니의 부족은 자연과의 투쟁을 통해 생존하고 약탈하면서 혹독한 겨울을 납니다. 세주아니는 아무리 위험한 전투라고 할지라도 자신의 드류바스크를 타고 공격을 진두지휘하며 얼음 정수 철퇴를 휘둘러 적을 얼리고 산산조각냅니다.

죽음의 위협

추 위 속에 도사리고 있는 죽음은 수많은 형태로 나타납니다. 그것은 이빨이나 칼날, 살을 에는 듯한 동상, 또는 끔찍한 기아일 수도 있습니다. 살아남으려면 모든 죽음을 물리치고 모든 위협을 넘어서 모든 기회를 낚아채야 합니다.

겨울 발톱 부족은 매일 동이 틀 때마다 선택의 갈림길에 섭니다. 살아남기 위해 무엇이든 하지 않으면 죽을 수밖에 없죠. 겨울 발톱 부족에게는 선택의 여지가 없습니다.

서리방패
THE FROST GUARD

얼음 마녀

많은 서리방패 부족은 은둔하는 지도자 리산드라가 프렐요드 부족에 생명과 지혜를 선사하는 살아 있는 성인이라고 믿습니다. 실상은 사악한 존재에 가까운 그녀는 원소 마법으로 얼음 정수의 힘을 어둡고 끔찍하게 왜곡시켜 자신의 깊은 비밀을 밝혀내려는 자들을 가차 없이 응징합니다.

역사 날조

III 렐요드의 문화적 역사 대부분은 풍부한 구전 설화를 통해 전해지고 있지만, 항상 그랬던 것은 아닙니다. 리산드라는 대부분의 부족이 겉보기에 자애로워 보이는 서리 사제들을 받아들인 것을 이용해 고대 설화의 '불편한' 진실들을 지움으로써 황량하고 무미건조한 현재와 영광스러운 과거를 구분하기 위해 오랫동안 노력해 왔습니다. 서리방패 부족 역시 계속해서 진실을 부정해 왔으나, 결국 발밑에 숨겨진 끔찍한 거짓을 마주해야 할 것입니다.

A GOOD DAY

좋은 날 | 앤서니 레이놀즈

브리나는 이가 맞부딪히지 않도록 어금니를 꽉 물고 두껍게 쌓인 눈 속을 힘겹게 헤치며 걸어갔다. 세찬 바람이 몰아쳐 얼음과 눈이 얼굴을 때렸지만, 그녀는 움츠리지 않았다. 남들 앞에서 나약함을 보일 수는 없었다.

그녀의 부족은 겨울 발톱 소속이었으며, 얼어붙은 북부가 던지는 그 어떤 시험도 견딜 수 있었다.

정오가 가까워지자 어둑한 하늘이 지나온 동쪽부터 점차 밝아졌다. 한겨울이라 해가 지평선에서 보일락 말락 하다 다시 가라앉곤 했다. 더 먼 북부 지역에서는 해가 아예 뜨지 않았다.

이번 사냥에는 다섯 명이 나왔다. 브리나의 사촌인 할가, 쉬버본

스, 라일러는 오른편에서 대열을 유지하며 걸었고, 나머지 한 사람은 선두에서 정찰하느라 보이지 않았다.

"아무것도 없잖아. 시간 낭비야. 이러다 굶어 죽겠어. 우리 부족은 몇 달 전에 남쪽으로 이동했어야 해." 제일 가까이서 걷고 있던 할가가 중얼거렸다.

브리나는 짜증스러운 듯 눈을 굴렸다. 할가는 음식과 벌꿀주를 배부르게 먹고 있을 때조차 불평할 거리를 찾곤 했다.

"조용히 해. 안 그러면 내 칼로 조용하게 만들어 줄 테니." 쉬버본스가 으르렁거렸다.

할가는 그쪽을 쏘아보았지만 아무 말도 하지 않았다. 이번 사냥

의 대장을 맡은 날카로운 눈빛의 쉬버본스는 인내심이 없을 뿐 아니라 빈말로 위협하지 않는 남자였다.

브리나는 할가의 말이 틀리길 신께 빌었지만, 오늘도 힘든 하루가 될 것이라는 사실을 뼛속까지 느낄 수 있었다. 마지막으로 사냥에 성공한 것은 한 달도 더 전의 일이었고, 겨우내 썩지 않지 않도록 소금에 절여 둔 음식은 이미 몇 주 전에 동났다. 평소 사냥하는 지역보다 훨씬 먼 곳에서 폭풍 까마귀 부대를 습격하여 잠시 숨을 돌릴 수 있었지만, 적들이 가지고 있던 식량으로는 오래 버틸 수 없었다. 브리나의 부족은 기아에 시달리고 있었다.

그들은 아무 말 없이 걸었다. 발밑에서 눈이 으스러지는 소리 외엔 고요했다. 브리나는 창을 지팡이처럼 짚고 한 걸음 뗄 때마다 눈 속을 깊이 찔렀다. 어깨에는 활을 둘러메고, 허리춤에는 화살통을 찼으나 아직 사용할 기회는 없었다. 야영지에서 출발한 지 네 시간이 지났지만, 사냥감의 모습은 보이지 않았다.

브리나는 뱃속에서 나는 꼬르륵 소리를 무시하려고 노력했다. 며칠째 묽은 사골국 외에는 아무것도 먹지 못했다. 바람이 거세지자 브리나는 털가죽 망토를 단단히 여미며 걸었다. 정오의 일출이 다가오고 있었지만, 머리 위의 구름이 짙어져 별이 사라지고 사방이 어두워졌다.

절망이 서서히 그녀에게 손아귀를 뻗었다. 불안한 생각이 벌레처럼 머릿속을 파고들며 속삭였다.

'모두 여기서 죽고 말 거야. 고립된 채 얼어 죽겠지.'

브리나는 고개를 저어 생각을 떨쳐 냈다.

눈 언덕에는 어슴푸레 울퉁불퉁한 바위가 마치 동상 걸린 거대한 손가락처럼 솟아 있었다. 이 먼 곳에는 나무도, 생명의 기척도 없었다. 적막하고 얼어붙은 황무지가 사방으로 끝없이 펼쳐졌다.

이따금 북쪽 멀리에서 깜박이는 불빛이 보였다. 얼음투성이 툰드라를 걷고 있으니 일 분이 한 시간처럼 느껴졌다. 브리나의 정신은 오로지 한 발, 한 발 내디디며 움직이는 데 쏠렸다. 허기와 피로로 모든 감각이 무뎌지는 듯했다.

멍한 상태에 빠져 있던 브리나는 눈앞에 불쑥 나타난 어둠 속 형체에 한 박자 늦게 반응했다.

깜짝 놀라 펄쩍 뛴 그녀는 한 발짝 물러서 허둥지둥 창을 겨누다 그것이 정찰을 맡은 얼음 위를 달리는 자 시그룬이라는 것을 알아차렸다.

흐릿한 색의 점박이 무늬 망토를 꽉 여민 시그룬은 바위 더미 한가운데 미동도 없이 서 있었다. 브리나가 가고 있는 방향으로 열두 걸음도 채 안 되는 거리에 들어서고 나서야 그 모습이 보였다.

단단히 땋아 묶은 시그룬의 머리는 하얗게 센 지 오래였고, 얼굴에는 세월의 흔적이 강렬히 새겨져 있었다. 양쪽 눈가는 다년간 얼어붙은 눈밭의 반사광에 찡그린 탓에 깊은 골이 파여 있었다. 브리나의 부족에서, 어쩌면 겨울 발톱 부족 전체에서 가장 나이 많은 구성원일지도 모르는 인물이었지만 눈에서 생기가 불타는 듯했다. 그녀의 피를 말리는 듯한 눈빛을 견딜 수 있는 자는 많지 않았다. 전쟁의 어머니인 시그룬의 피의 서약자들조차 그 깜박임 없는 시선 앞에서는 두려움에 떨었다. 키가 크고 늑대처럼 다부진 체격의 시그룬은 강철같은 눈으로 브리나를 응시했다.

"졸고 있나, 매끈이? 내가 적이었다면, 넌 지금쯤 죽었을 게다."

볼이 빨개진 브리나는 작은 소리로 욕지거리를 하며 고개를 떨궜다. 시그룬의 눈을 보면 오랜 시간이 지났는데도 그날의 습격이 떠올랐다. 할가, 쉬버본스, 라일러는 눈을 밟으며 다가와 섰다. 할가의 얼굴에 핀 조소를 보니 이미 시그룬의 질책을 들은 모양이었다.

"놀란 눈토끼처럼 펄쩍 뛰던데, 매끈이. 오줌도 지렸지?"

"너도 날 알아채지 못했잖아, 할가." 시그룬이 할가에게 돌아서며 꾸짖었다. "브리나에게 더 실망한 것뿐이야."

할가는 얼음 서린 수염 사이로 씩 미소를 지었다. "누가 얼음 위를 달리는 자 시그룬을 알아챌 수 있겠어요."

"뭘 찾으셨나요?" 쉬버본스가 물었다.

시그룬이 잠시 할가를 내려다보자 그의 미소가 점점 옅어졌다. 결국 할가는 시선을 돌렸다. 시그룬은 쉬버본스 쪽을 돌아보며 고개를 끄덕였다.

"6리 앞에 흔적이 있어. 언덕 바로 너머, 북서쪽이야."

"엘누크인가요?" 매듭 무늬 문신으로 뒤덮인 라일러의 얼굴은 항상 그렇듯 진지했다. 브리나는 라일러가 웃을 수 있긴 한 건지 의심스러웠다.

시그룬은 고개를 저었다. 목소리에서 희미한 흥분이 느껴졌다. "천둥뿔이야. 아주 큰 놈이지."

브리나의 눈이 커다래졌고, 라일러는 감탄사를 중얼거렸다. 할가조차 불평하지 않았다.

"얼마나 걸릴까요?" 쉬버본스가 물었다.

"별로 오래되지 않은 흔적이야. 두 시간쯤 전에 이곳을 지난 것 같더군."

브리나는 어느새 피로를 잊었다. 어린 천둥뿔 한 마리면 부족 전체가 한 달 넘게 먹을 수 있었다. 기대감에 부푼 브리나의 입속에 침이 고였다.

무리는 지시를 기다리며 쉬버본스를 바라보았다. 긴 머리를 한 그는 마치 자신에게만 들리는 목소리에 귀를 기울이듯 머리를 한쪽으로 기울이고 토템 뼈 목걸이를 손에 쥐었다. 뼛조각은 대부분 북부의 신과 정령들의 모습을 본떠 만든 것이었다. 브리나는 쉬버본스가 듣는 것이 그들의 목소리인지 궁금했다. 얼음 불사조와 바다표범 자매 등 몇 명의 신들은 알아볼 수 있었지만, 망치를 든 숫양과 머리 두 개 달린 까마귀처럼 모르는 신도 있었다.

쉬버본스는 목걸이를 머리에 가까이 댄 채 하늘을 올려다보았다. 머리 위에는 심상치 않은 구름이 가득했고 바람은 더욱 거세지기 시작했다. 정오가 다 되어 가고 있었지만, 오히려 전보다 훨씬 어두웠다. 그래도 천둥뿔은 놓칠 수 없는 사냥감이었다.

쉬버본스는 목걸이를 달그락달그락 소리가 나게 흔든 다음 손을 펴 들여다보았다.

"두 시간 거리라고 하셨죠?" 쉬버본스가 시그룬 쪽을 보며 물었다.

"더 가까울 수도 있고."

쉬버본스가 생각에 잠긴 채 고개를 끄덕였다. "쫓아가 보죠." 그 말에 라일러는 신중히 고개를 끄덕였고, 할가는 큰 함성을 터뜨렸다. "하지만 빨리 이동해야 합니다. 폭풍이 심상치 않아요."

"따라올 수 있겠어, '매끈이'?" 할가가 말했다.

브리나는 그를 쏘아봤다. "발목을 잡지 않을 테니 걱정하지 마."

"잡아도 안 기다려 줘. 죽게 두고 갈 거야. 약해 빠진 놈들이 없어져야 부족이 더 강해지지." 할가가 으르렁댔다.

"그럴 일 없어." 브리나가 주먹을 말아 쥐며 말했다. 할가는 조롱하듯 웃더니 돌아섰다.

브리나는 시선을 느끼고 근처에 서 있는 시그룬을 돌아봤다. 시그룬이 두 사람의 대화를 지켜본 모양이었다. 브리나는 더욱 밀려드는 수치심에 얼굴을 붉혔다.

"네게 매끈이라는 별명을 지어 준 게 우리 막내였지?" 시그룬이 전보다 부드러운 목소리로 말했다.

'흐롤러.'

브리나는 고개를 끄덕였다. "맞아요."

"그 녀석이 보고 싶구나."

브리나는 시그룬을 올려다보았다. 얼굴이 어두웠다.

"저도 그래요."

할가는 모욕의 의미로 그녀를 매끈이라고 불렀다. 도끼나 검을 들고 적과 싸운 적이 없어 부족에게 인정받지 못했다는 뜻이었다. 그러나 흐롤러가 매끈이라고 불렀을 때, 브리나는 웃곤 했다.

시그룬의 막내아들이었던 흐롤러는 브리나보다 한 살 많았다. 그 역시 브리나와 같은 처지였기에 두 사람 모두 그 별명에 웃을 수 있었다.

"야, 그래도 나는 피투성이 약탈자의 표식을 가지고 있거든!" 그는 왼쪽 뺨의 울퉁불퉁한 상처를 자랑스레 가리키며 말했었다. "나를 보면 다들 진정한 공포의 의미를 알게 될 거야!"

"진정한 덜렁이의 의미겠지." 브리나는 웃음을 터뜨리며 말했다.

때는 한여름이었고, 둘은 어린아이였다. 흐롤러가 뽐내던 흉터는 일주일 전 연회장으로 뛰어가다 넘어져 돌에 머리를 부딪친 후에 생긴 것이었다. 두 사람 모두 그것이 위대한 영웅의 이야기라기엔 무리가 있다는 사실을 알고 있었다. 그것은 둘만의 농담이었다.

매복 사건은 그해 겨울에 있었다. 굶주림에 시달린 오랜 적대 부족, 폭풍 까마귀가 습격한 것이다. 당시 부족의 전사들은 대부분 약탈이나 사냥 때문에 마을을 떠나 있었다.

결국 대학살이 일어났다.

브리나의 어머니는 모피 더미 아래에 브리나를 숨기고 습격자 셋을 죽였지만, 곧 화살을 맞아 쓰러졌다. 언니 역시 습격에 희생되자 브리나는 혈혈단신이 되었다.

브리나는 멍한 얼굴로 눈물을 흘리며 천막에서 도망쳤다. 그때 흐롤러의 모습이 보였다. 그는 창을 맞고 눈 속에 쓰러져 있었다.

불타는 마을의 연기를 보고 시그룬와 다른 사냥꾼들이 돌아왔을 때, 브리나는 흐롤러 곁에 무릎을 꿇고 있었다. 시그룬은 마지막 남은 자식인 흐롤러의 죽음에도 눈물을 흘리지 않았다. 그녀에겐 딸이 없었고, 다른 아들들은 전부 약탈과 질병으로 죽었다. 대가 끊긴 것이다.

보복을 위한 습격대가 구성되었고, 전사들은 얼굴에 피와 재를 발랐다. 복수심에 불타던 브리나는 그들과 함께 가고 싶었지만, 나이가 너무 어렸다. 시그룬은 브리나의 어깨에 손을 올렸다.

"네 어머니는 훌륭한 전사였어. 진정한 겨울의 딸이었지. 네가 내 아들과 친구였다는 것도 알아. 우리 동족들은 더 좋은 곳으로 갔단다. 언젠가 다시 만나 함께 끝없는 설원을 누비며 사냥하게 될 거야."

시그룬은 그렇게 말하곤 다른 이들과 함께 어둠 속으로 사라졌다. 폭풍 까마귀 부족에게 피의 대가를 치르게 한 그들은 다음 날 돌아왔다. 시그룬은 브리나를 향해 고개를 끄덕여 보였다. 그러나 그 이후 두 사람은 오늘까지 한마디도 하지 않았다.

"사냥할 시간이야." 쉬버본스가 명령하자 브리나는 고통스러운 기억에서 빠져나왔다.

시그룬은 브리나에게 고개를 끄덕여 보였다. 두 사람의 마음이 같은 곳을 향하고 있는 것이 분명했다. 그들은 그날 모든 것을 잃었다. 부족을 제외한 모든 것을.

다섯 명의 사냥꾼은 한 무리의 늑대처럼 어둠 속을 달렸다. 시그룬은 앞장서서 전방을 맡았고, 가장 어리고 경험이 부족한 브리나가 중앙에, 할가와 라일러는 양옆에서 달렸다. 사냥대장인 쉬버본스는 뒤처지는 사람이 없도록 후방에서 주시하며 위험에 대비했다.

시그룬은 속도를 올렸다. 브리나는 숨을 거칠게 몰아쉬고 있는 사람이 자신뿐만이 아니라는 사실에 안도했다. 인내심 강한 라일러조차 지칠 줄 모르고 달리는 시그룬의 속도에 맞추느라 애를 먹고 있었다.

그들은 천둥뿔의 발자국을 따라갔다. 브리나는 그 크기에 놀랐다. 발자국 하나의 너비가 두 뼘이 넘는 데다가 깊이 역시 비슷한 수준이었다. 녀석은 군데군데 있는 큰 눈더미를 그대로 뚫고 지나간 듯했다. 거대하고 재빠른 녀석이 분명했다. 사냥꾼들도 점점 거리를 좁히고 있긴 했지만, 그 속도가 만족스럽지 않은 것 같았다.

눈이 내리기 시작하자 할가가 짜증을 냈다. 브리나도 그 이유를 알고 있었다. 눈이 오면 달리는 것이 힘들어질 뿐 아니라, 눈이 많이 쌓이면 시그룬조차 천둥뿔의 흔적을 찾기 어려워지기 때문이다. 사냥꾼들은 다가올 폭풍이 놈의 흔적을 완전히 지우기 전에 녀석을 찾아내길 바라면서 걸음을 재촉했다.

바람이 차가운 파도처럼 거세게 울부짖으며 탁 트인 툰드라를 휩쓸었다. 체력을 극한으로 밀어붙인 브리나는 가죽과 털로 만든 옷 아래에서 땀이 나는 것을 느꼈지만, 얼굴은 얼어붙을 듯 차가워 눈썹과 속눈썹에 서리가 내려앉았다. 할가의 수염은 딱딱하게 얼어 있었다. 거친 바람을 막아줄 지형지물이 전혀 없는 이곳에서 멈춘다면 오래 버티지 못할 것이다.

계속해서 나아갔지만 폭풍은 점점 거세졌다. 시그룬은 굴하지 않고 무리를 이끌었다. 브리나는 그녀가 무슨 수로 방향을 가늠하고 있는 것인지 알 수 없었다.

거센 눈발 탓에 겨우 몇 걸음 앞밖에 보이지 않았다. 이제 사냥감의 흔적은 보이지 않았다. 시그룬은 눈앞에서 완전히 사라졌고, 양옆에 있는 할가와 라일러의 모습만이 보였다. 번개가 번쩍이며 천둥소리가 들려오기 시작했다.

브리나는 갑자기 뒤에서 어깨를 잡는 손에 깜짝 놀라 비명을 질렀지만, 다행히도 비명은 바람 소리에 묻혔다. 쉬버본스였다. 굽은 뿔처럼 생긴 콧수염이 새파래진 입가에 고드름처럼 매달려 있었다. 브리나가 멈춰 서자 할가와 라일러가 가까이 다가왔다. 잠시 후, 시그룬의 형상이 얼음 망령처럼 폭풍 속에서 나타났다.

"왜 멈춘 거야?" 시그룬이 바람 소리를 뚫고 소리쳤다.

"하늘이 번쩍이는 걸 보셨죠?" 쉬버본스가 목걸이의 토템 하나를 흔들며 고함쳤다. "폭풍의 신이 노하신 거예요!"

"아직 흔적을 찾을 수 있어! 가까워지고 있다

고!" 시그룬이 소리쳤다.

방금 무리가 남긴 발자국조차 눈에 덮인 채 완전히 사라지다시피 했지만, 브리나는 시그룬의 말을 의심하지 않았다. 그러나 쉬버본스는 고개를 저었다.

"불길한 징조예요! 돌아가야 해요!"

브리나는 시그룬이 반박할 거라고 생각했지만, 놀랍게도 그녀는 오던 길로 돌아가기 시작했다. 나머지도 군말 없이 걸음을 돌렸다. 제 자리에 서 있는 건 브리나뿐이었다. 브리나는 혼란과 실망이 뒤섞인 눈으로 시그룬을 바라보았다.

"거의 다 왔잖아요!"

시그룬은 어깨를 으쓱할 뿐 걸음을 늦추지 않았다.

브리나는 몸을 돌려 네 사냥꾼의 등에 대고 외쳤다. "여기까지 왔잖아요! 부족이 우릴 믿고 있다고요!"

"다음 기회가 있잖아. 신들의 노여움이 가시면 다시 사냥을 나갈 거야." 라일러가 소리쳤다.

"부족은 지금 굶주리고 있어! 사냥감을 못 본 지 몇 주나 지났잖아!" 브리나가 그들을 뒤쫓아가며 소리쳤다.

"그럼 혼자 사냥하든가, 매끈이. 불가에 앉아서 네 숭고한 희생에 건배 정도는 들어 주지." 할가가 어깨너머로 짜증을 냈다.

"오늘 사냥에 실패하면 사람들이 죽을 거야." 브리나가 소리치자 쉬버본스가 걸음을 멈추고 뒤를 돌아보았다. 다른 사냥꾼들도 멈춰 섰다.

"그럼 부족에서 가장 약한 자들이 흙으로 돌아가는 거지. 그게 겨울 발톱 부족의 순리라고!" 쉬버본스가 말했다.

"우리가 전부 죽으면?"

"그럼 신의 뜻이지!"

브리나는 다른 사냥꾼들을 응시했다. 자신이 빈손으로 돌아가는 것에 자존심이 상해 이러는 것일까?

"우리가 폭풍 속에서 죽으면, 부족은 가장 뛰어난 사냥꾼 다섯을 잃는 거야. 그럼 모두가 위험해지지." 쉬버본스가 소리쳤다.

"가장 뛰어난 사냥꾼 넷과 매끈이 하나겠지." 할가가 조소를 띄우며 말했다. 브리나는 그를 노려보았다. 그 얼굴에 주먹을 날려 미소를 지우고 싶었다.

할가의 조롱에 화가 난 것은 브리나뿐만이 아니었다. 시그룬이 다가와 할가의 뒤통수를 후려치자 그는 욕지거리를 내뱉으며 한쪽 무릎을 꿇고 넘어졌다. 그리고 곧바로 일어나 전투 도끼의 자루를 꽉 쥐었다.

"다른 사람이었다면 벌써 내 손에 죽었어요!" 그가 침을 뱉었다. 시뻘게진 얼굴은 얼음과 바람 때문만은 아니었다.

"그럼 덤벼 보든가, 꼬맹아." 시그룬은 눈을 부릅뜬 채 그를 응시했다.

할가는 입술을 핥았다. 그의 시선이 시그룬의 허리춤에 매인 기다란 사냥용 칼 한 쌍으로 향했다. 그녀는 무기를 잡으려는 행동을 보이지 않았다. 적어도 아직까지는.

쉬버본스와 다른 사냥꾼들은 가만히 서서 반응을 기다렸다.

명망 있는 사냥꾼에게 덤비는 것은 어리석다고 생각한 할가가 마침내 도끼를 쥔 손을 풀었다. 그는 투덜거리며 돌아섰다.

"그래도 바뀌는 건 없어. 알겠어, 브리나?"

쉬버본스가 할가, 브리나, 시그룬을 차례로 바라보았다.

"브리나와 같은 생각이십니까?" 쉬버본스의 물음에 시그룬은 어깨를 으쓱했다.

"아직 놈을 추적할 수 있어. 네가 말했다시피 우리가 폭풍 속에서 죽게 된다면 그건 신의 뜻이겠지."

쉬버본스는 눈썹을 찡그리고 목걸이를 한 번 흔들고는 고개를 끄덕였다.

"갑시다."

그들은 마침내 눈 덮인 검은 바위 사이에서 사냥감을 발견했다. 브리나가 여태껏 본 천둥뿔 중 가장 큰 녀석이었다.

가히 늑대배의 뾰족한 뱃머리에서 뭉툭한 후미까지 닿을 만한 크기였다. 굉장한 싸움이 벌어졌을 터였다. 녀석이 살아 있었다면 말이다.

거대한 짐승은 옆으로 뻗어 누워 있었다. 주변의 눈은 피로 붉게 물들어 있었고 땅은 깊이 파여 있었다. 이곳에서 큰 싸움이 벌어진 듯한 모습이었다.

사냥꾼들은 무기를 준비하고 조심스레 다가섰다. 그들은 한마디도 없이 본능적으로 흩어졌다. 음산하게 울부짖는 바람이 사납게 소용돌이치며 눈을 헤집어 놓았다.

브리나는 양손으로 창을 쥐고 낮은 자세로 움직이며 적을 찾아 주변을 살폈지만, 죽은 천둥뿔에게 계속해서 시선을 빼앗겼다. 진정 괴물 같은 녀석이었다.

녀석의 크고 육중한 몸은 얼어붙은 검은 털에 뒤덮여 있었다. 머리에서 튀어나온 무시무시한 뿔은 다른 부족들이 우는 고래를 사냥할 때 쓰는 넓은 작살보다도 길었다. 벌어진 입 사이로 놀라우리만치 작고 끌처럼 생긴 이빨이 보였고, 튀어나온 분홍색 혀에서는 죽음의 울음소리가 들리는 듯했다. 작은 두 눈은 크게 벌어져 허공을 응시하고 있었다.

"무엇에 당한 걸까요?" 브리나가 물었다. 고드름처럼 날카로운 두려움이 가슴을 찔렀다.

"무엇이든 간에, 아직 근처에 있을 거야." 시그룬이 활시위에 화살을 건 채 낮은 소리로 말했다.

"잡아 둔 사냥감에 남이 손대는 걸 달가워하지 않겠지." 할가가 날카롭게 말했다. 그 역시 활을 준비하고 주변을 둘러보고 있었다.

쉬버본스가 조심스럽게 천둥뿔 시체로 다가가 상처를 살펴보았다. 시그룬은 이리저리 눈을 굴리며 서리 사제가 토템을 읽듯 바닥의 흔적들을 자세히 살폈다. 브리나, 할가, 라일러는 흩어진 채 바깥쪽을 경계했다. 브리나는 죽은 천둥뿔에게서 나는 자극적인 사향 냄새를 맡을 수 있었다.

"옆구리에 길게 난 상처가 있어. 목도 온전치 않고. 도끼나 창으로 생긴 상처가 아니야." 쉬버본스가 말했다.

"설인 짓인가?" 라일러가 말했다.

브리나는 그 말에 몸서리를 쳤다. 이번 사냥을 나올 때 가장 걱정한 것은 툰드라 늑대나 폭풍 까마귀 사냥대였지, 설인을 만날 거란 상상은 하지 못했다. 설인은 보통 이렇게 남쪽까지 내려오지 않았다. 설마 그 생각이 틀렸던 것일까?

"잠깐." 시그룬이 꿇어앉아 장갑 낀 손으로 눈을 훑었다. "이건…"

"뭐죠?" 브리나가 물었다.

설인도 끔찍하지만, 시그룬의 입에서 나온 말은 훨씬 더한 것이었다.

"거친발톱이야!" 그녀가 고함쳤다.

녀석은 엄청난 속도로 눈더미를 폭발시키듯 뚫으며 나타났다.

브리나는 밝은색의 털과 번쩍이는 노란 눈의 형상만을 보았다. 창을 들어 올릴 새도 없이, 거친발톱이 라일러에게 달려들어 칼날 같은 발톱을 휘둘렀다. 그는 한참을 끌려간 후 땅에 나가떨어졌다. 짐승은 엄청난 무게로 라일러를 누르며 발톱으로 공격했고 이빨로 물어 숨을 끊었다. 거친발톱은 꼬리로 눈을 세차게 후려치며 다른 사냥꾼들에게 덤벼들었다. 녀석이 크게 포효하자 브리나의 심장이 마구 요동쳤다.

거친발톱은 무리의 우두머리인 듯, 겨울 발톱 부족의 가장 강력한 전사들이 타는 드류바스크 얼음 멧돼지보다도 컸다. 여섯 개의 다리를 가진 거친발톱은 고양잇과 짐승처럼 유연하고 빠르

게 움직였다.

시그룬이 가장 먼저 반응했다. 거친발톱은 화살에 맞자 고통에 찬 소리를 내질렀다. 그녀는 다시 한번 재빨리 활시위를 당겼다. 또다시 화살이 짐승의 몸에 적중했다.

거친발톱은 노란 눈으로 시그룬을 노려보며 돌진했다.

녀석은 엄청나게 빠른 속도로 두 번 뛰어올라 거리를 좁혔고 할가가 쏜 화살에 맞아도 멈추지 않았다. 브리나는 소리 없는 함성을 내지르며 창을 내리고 앞으로 뛰쳐나갔다. 하지만 속도가 너무 느렸다.

시그룬은 활을 내려놓고 날아드는 발톱을 피하려 필사적으로 몸을 굴렀다. 세월이 흐른 탓에 예전 같은 속도는 아니었다. 발톱을 정면으로 맞지는 않았지만, 완전히 비껴갈 수는 없었다. 발톱이 가죽조끼를 뚫고 등을 할퀴자 그녀가 휘청거렸다.

짐승은 으르렁거리더니 다시 한번 시그룬에게 돌진했다. 인간의 힘으로는 맞설 수 없는 속도였다.

하지만 녀석은 양손에 전투 도끼를 쥔 쉬버본스가 고함을 치며 달려드는 탓에 잠시 주춤했다.

브리나는 그 틈을 타 거리를 좁혔다. 그리고 공포와 저항심으로 가득한 함성을 내지르며 온 힘을 다해 거친발톱의 옆구리를 정확히 공격했다.

거대한 맹수는 시그룬에게서 떨어졌다. 강한 움직임에 창이 손에서 빠져나가자 브리나는 중심을 잃고 눈 속에 무릎을 꿇었다. 거친발톱 우두머리가 돌아섰다.

노란빛을 띤 죽음의 눈이 그녀를 내려다보았다. 브리나의 머리만 한 거대한 앞발이 그녀의 얼

굴을 후려쳤다.

브리나는 그대로 쓰러졌다.

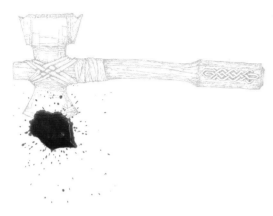

브리나는 일어나고 싶지 않았다. 두꺼운 털가죽에 둘러싸여 따뜻하고 포근했다.

그녀는 얼굴을 찡그렸다. 멀리서 고함과 거대한 형체가 으르렁대는 소리가 들렸지만, 아주 먼 곳에서 희미하게 들릴 뿐이었다. '그냥 꿈이야.' 브리나는 몽롱하게 생각하며 다시 털가죽 속으로 파고들어 잠들려 했다. 그러나 끊임없이 들려오는 소리에 결국 한숨을 쉬며 눈을 떴다.

어두운 하늘이 눈앞에 펼쳐졌다. 위에서 눈발이 휘몰아치는 것이 보였다. 마치 이 세상에서 본 적 없는 무중력 공간에서 거친 춤을 추는 것 같았다. 눈송이 하나하나가 빙글빙글 나부끼는 것이 참 아름다웠다. 눈이 얼굴에 내려앉는 것이 느껴졌지만, 전혀 차갑지 않았다.

이 또한 꿈이라면, 참 좋은 꿈이었다.

비명이 들리자 짜증이 일었다. 이번에는 좀 더 가까운 곳에서 포효가 들려왔다. '대체 뭘까?'

문득 브리나는 혼란스러워졌다. 자신이 누워 있는 곳은 털가죽 위가 아니라 눈 속이었다. 하지만 쓰러진 기억은 없었다. 그때, 브리나는 한쪽 눈이 보이지 않는다는 것을 알아차렸다. 오른쪽 눈에서 보이는 것은 어둠뿐이었다. 모자나 담요가 얼굴을 가렸다고 생각한 그녀는 손을 들어 올려 만져 보았다. 그러나 손에 묻어 나온 것은 피였다.

갑자기 고통이 느껴지며 그녀가 처한 상황이 매우 명확하게 떠올랐다. 머릿속을 덮고 있던 혼란은 얼음 용이 허물을 벗듯이 사라졌다. 고함은 동료 사냥꾼들이 브리나를 후려쳐 빈사 상태로 만든 거친발톱과 처절한 사투를 벌이며 내는 소리였다.

하지만 브리나는 아직 죽지 않았다.

그녀는 신음하며 무릎을 짚고 몸을 추슬렀다. 뜨거운 무언가에 오른쪽 눈을 얻어맞은 느낌이었다. 얼굴 전체가 미친 듯이 욱신거렸다. 그녀는 구역질이 올라오는 것을 참으며 한 손을 얼음 위에 올리고 몸을 지탱했다. 머리가 빙빙 돌았다. 다행히도 메스꺼움은 금세 사라졌다. 그녀는 조심스레 다시 얼굴을 만져 보았다. 핏방울이 눈 위로 떨어졌다. 손가락을 더듬어 보자 눈썹부터 뺨까지 난 상처가 느껴졌다. 그녀는 고통에 눈을 찌푸렸다. 아직도 오른쪽 눈이 보이지 않았지만, 눈을 잃었을까 두려워 만져 볼 엄두가 나지 않았다.

브리나는 비틀거리며 몸을 일으켰다. 눈앞이 울렁였다. 그녀는 휘청거리며 아직도 끝나지 않은 격렬한 싸움을 바라보았다.

거친발톱 역시 화살 여러 발을 맞은 채 피를 흘렸다. 녀석이 으르렁대며 돌아서자 눈이 사납게 번득였다. 귀를 납작하게 붙이고 성난 꼬리를 마구 휘둘렀다. 벌어진 입 주변의 흰 털이 피로 덮여 있었다.

시그룬과 쉬버본스가 거친발톱의 주위를 돌고 있었고, 할가는 쓰러져 있었다. 죽진 않았지만 다리 한쪽을 크게 다친 듯했다. 그는 고통으로 인상을 쓰고 욕지거리를 뱉으며 활을 더듬거렸다. 라일러는 부서진 인형처럼 근처에 널브러져 있었다.

시그룬과 쉬버본스 모두 다친 상태였지만, 다리를 저는 거친발톱 역시 힘이 빠져 가는 듯했다. 싸움의 결과가 어떻게 될지는 미지수였다.

브리나는 문득 거친발톱과 겨울 발톱 부족이 서로 크게 다르지 않다는 사실을 깨달았다. 모두 자신의 고향인 척박한 얼음의 땅에서 살아남고자 발버둥 칠 뿐이었다. 거친발톱 역시 먹여 살려야 할 가족이 있었고, 잡은 사냥감을 사냥꾼들에게 뺏기지 않으려 필사적으로 맞서는 것일지도 몰랐다.

이것이 바로 과거에도 미래에도 변하지 않는 법칙이었다. 삶은 전투였다. 약한 자는 죽고, 강한 자는 살아남는다.

브리나의 가슴속에서 분노가 끓어올랐다. 부족이 견뎌야 했던 수많은 혹독한 나날이 떠올랐다. 자신의 두려움, 나약함이 증오스러웠다. 그 감정은 열기가 되어 몸을 마비시키던 냉기를 몰아냈다. 그녀는 눈을 가늘게 뜨고 거친발톱에게 시선을 고정했다. 그리곤 허리에 차고 있던 사냥용 칼을 칼집에서 꺼내 포효와 함께 돌진하기 시작했다.

죽음이 자신을 데리러 오는 날이 오늘이라면, 창과 칼을 들고 달려나가 끝까지 싸우리라.

근거리에서 쏜 화살이 거친발톱의 두꺼운 목에 명중했다. 녀석은 쉬익 하는 소

리를 내며 바닥에 쓰러져 있는 할가를 향해 돌아섰다. 그는 크게 욕지거리를 하며 화살을 더듬었다. 시그룬이 앞으로 뛰쳐나가 브리나의 창으로 녀석을 찔렀다. 거대한 맹수가 시그룬 쪽으로 몸을 틀자, 쉬버본스가 달려들어 도끼날로 옆구리를 강타했다.

맹수가 쉬버본스를 향해 앞발질했지만, 그는 낮게 굴러 공격을 피했다. 그러자 시그룬이 다시 한번 브리나의 창으로 옆구리를 공격했다. 이번에 녀석은 빠르게 반응하며 거대하고 강력한 앞발로 시그룬의 가슴을 강타했다. 그녀가 공중으로 날아가 큰 충격과 함께 근처 바위에 떨어지자 브리나는 비명을 질렀다.

녀석은 화살 하나가 머리 위를 스치자 할가를 향해 돌아섰다. 즉시 자세를 낮추고 금방이라도 달려들 셈이었다.

브리나는 양손에 칼을 높이 쥔 채 분노에 찬 비명을 지르며 눈 덮인 바위에서 뛰어올랐다. 그리고 거친발톱의 어깨에 착지해 칼날을 강하게 내리꽂았다.

짐승은 찢어지는 포효와 함께 몸을 뒤틀며 그

녀를 떼어 놓으려 안간힘을 썼다. 브리나는 한 손으로 칼을 잡고 다른 한 손으로 두꺼운 털가죽을 움켜쥐며 끈질기게 달라붙었다. 격렬한 싸움 끝에 그녀는 옆으로 내팽개쳐져 눈 속으로 나가떨어졌다.

거친발톱이 그녀를 내려다보며 포효했다. 뜨거운 입김에서 썩은 고기 냄새가 났다. 브리나 역시 짐승의 분노에 맞먹는 소리로 울부짖었다.

그 순간 도끼가 거친발톱 우두머리의 뒤통수를 강타했다. 녀석은 마침내 땅으로 쓰러졌다.

맹수는 몇 번 움찔거리더니 이내 잠잠해졌다. 쉬버본스는 브리나를 내려다보았다. "얼굴이…"

브리나는 어깨를 으쓱했다.

"살았으니 됐어."

그녀의 시선이 바위 아래에 쓰러져 있는 시그룬에게 향했다. 브리나는 쉬버본스의 부축을 받아 비틀거리며 시그룬에게 다가갔다. 그녀는 숨이 붙어 있었지만 가슴 부상이 심각해 목숨이 위태로운 상황이었다.

브리나는 힘없이 주저앉았다.

"죽었나?" 시그룬이 신음했다.

브리나는 고개를 끄덕였다. "쉬버본스가 결정타를 날렸어요."

시그룬은 기침을 토해내고 미소를 지었다. 이가 붉게 물들어 있었다. "잘했어. 의미 없이 죽었다면 실망스러웠을 게다." 그녀가 쌕쌕거렸다.

쉬버본스가 할가의 한쪽 팔을 어깨에 걸쳐 부축하며 브리나의 곁으로 왔다. 브리나는 그들을 올려다보았다. 쉬버본스는 시그룬의 상처를 내려다보더니 표정이 어두워졌다. 그는 고개를 저었다.

브리나는 죽어 가는 시그룬이 내미는 손을 마주 잡았다.

"죄송해요. 제 탓이에요. 무리해서 흔적을 쫓는 게 아니었어요."

시그룬은 질책했다. "그런 말 말아라. 오늘은 좋은 날이야! 우리 부족은 배불리 먹을 수 있을 테고, 나는… 설원 너머에서 자식들을 만날 수 있겠지. 그래, 오늘은 좋은 날이다."

"하지만—" 브리나가 입을 뗐지만, 시그룬은 말을 끊었다.

"옳은 일이었어." 그녀가 브리나의 손을 꽉 잡으며 말했다. "겨울 발톱 부족다운 일이었지. 역경과 위험으로부터 도망치는 건 우리의 길이 아니야. 우리 부족에겐 너처럼 대범한 지도자가 필요하단다."

"저는 족장감이 아니에요."

"할 수 있단다. 이제 매끈이라는 별명도 떼었으니."

브리나의 얼굴이 욱신거렸지만 피는 더 이상 떨어지지 않았다. '아마도 얼어붙었겠지.'

거센 폭풍이 가라앉자 맑은 밤하늘이 머리 위에 펼쳐졌다. 그 어둠 속에서 다양한 색으로 빛나는 빛이 보였다. 고요하고 아름다운 모습이었다. 어쩌면 신들이 영웅의 죽음에 조의를 표하고 있는지도 몰랐다.

쉬버본스는 무언가를 낮게 중얼거리며 목걸이를 흔들었다.

시그룬은 브리나의 손을 마지막으로 꼭 쥐었다. "항상 딸이 갖고 싶었는데."

손의 힘이 점점 풀리더니, 거친 마지막 숨결이 빠져나갔다.

그리고 그녀는 깊은 잠에 들었다.

그날 밤 부족은 배불리 먹었다.

브리나와 쉬버본스는 먼 길을 걸어 부족이 기다리고 있는 마을로 돌아왔다. 할가는 걸을 수 없어 땅을 파 그가 쉴 수 있는 공간을 만든 후 사냥감을 지키도록 두고 왔다.

겨울 발톱 부족은 영구적인 건축물을 짓지 않았다. 그들은 유목민으로, 설원 이곳저곳을 이동하며 사냥감을 쫓고 다른 부족을 약탈했다. 그렇

기에 브리나의 부족은 사냥에 성공했다는 소식을 듣자마자 야영지를 헐었다.

브리나는 다른 부족민들과 함께 싸움이 있었던 위치로 돌아왔을 때 할가가 죽고 사냥감이 사라지지 않았을까 걱정했으나 모두 무사했다.

브리나의 얼굴은 부족의 치료사가 동여매 놓았다. 치료사는 아무 말도 하지 않았으나, 그녀는 오른쪽 눈을 다시는 쓸 수 없을 거란 사실을 알고 있었다.

브리나가 까맣게 탄 천둥뿔 고기를 잔뜩 먹은 후 모닥불을 응시하고 있을 때, 쉬버본스가 찾아왔다. 어디에서 구한 건지 모를 벌꿀주 두 잔을 들고 있었다. 그가 뿔로 만든 잔 하나를 내밀자 브리나는 고맙다는 뜻으로 고개를 끄덕였다.

"잘 싸웠어, 상흔의 자매." 쉬버본스가 옆에 앉으며 말했다. "내일 사냥에 함께 갈 거지?"

브리나는 잠시 그가 한 말을 실감하지 못했다. '상흔의 자매.' 마음에 드는 별명이었다.

이 순간을 즐겨야 마땅하지만, 브리나는 자긍심은 느낄 수 없었다. 그녀의 마음은 텅 비어 있었다. 두 사냥꾼은 불길을 응시하며 앉아 이따금 잔을 들이켤 뿐이었다.

"그분은 위대한 전사이자 가장 뛰어난 추적자였지." 브리나가 무슨 생각을 하고 있는지 짐작한 쉬버본스가 입을 뗐다. "함께 곁에서 싸울 수 있어 영광이었어."

"맞아."

"얼음 위를 달리는 자 시그룬을 위하여." 쉬버본스가 말하자 두 사람은 잔을 기울였다.

시그룬은 자식들과 함께 저쪽 세상의 영원한 얼음 벌판에서 사냥하며 약탈하고 있을 것이다. 언젠가 그들 곁으로 갈 수 있다고 생각하자 브리

나는 평온함을 느꼈다.

"내일 죽게 될지도 모르지만, 오늘은 살아남았네." 쉬버본스가 말했다.

"오늘 부족이 배불리 먹었다는 사실이면 충분해."

그 말에 담긴 단순한 진실을 마침내 진정으로 깨달은 브리나는 천천히 고개를 끄덕였다.

이것이 바로 겨울 발톱 부족의 삶이었다.

하루하루가 생존을 건 투쟁이었다. 매일 새로운 새벽을 맞이할 수 있다는 사실을 감사히 여기는 한, 시그룬의 가족과 함께 영원한 사냥을 떠나는 것이 내일인지 스무 겨울 뒤인지는 중요치 않았다.

중요한 것은 바로 오늘, 지금 이 순간 부족이 살아 숨 쉬고 있다는 사실이다. 내일이 되면 또 다른 생존의 투쟁이 시작될 것이다.

깊은 평온함이 마음속에 자리 잡았다. 마침내 모든 것을 이해할 수 있었다.

"좋은 날이야." 브리나가 잔을 높이 들며 말했다.

those who pass will never know... the perfect silence after the snow.

지나치는 이들은 결코 알 수 없으리라…
눈 온 뒤 찾아오는 완벽한 고요함을.

필트오버와 자운

PILTOVER

로란과 슈리마 사이의 주요 교역로를 총괄하는 두 도시국가, 필트오버와 자운은 사회 계층 간의 격차가 서서히 벌어져 위험한 수준에 이르고 있습니다.

발명가와 이들을 돈으로 후원하는 부자들이 많은 것으로 유명한 필트오버는 바다를 굽어보는 자리에 위치한 도시로, 진보적인 분위기에서 번영을 이어 나가고 있습니다. 필트오버에서는 배 수십 척이 매일같이 부두를 오가며 룬테라 전역의 상품을 운반합니다. 이렇게 무역으로 돈을 긁어모은 상인들은 기이한 예술품부터 자신들이 지닌 힘을 과시하는 커다란 기념물에 이르기까지, 갖가지 기발한 분야에 아낌없이 재정을 후원합니다. 최근에는 점점 더 많은 장인들이 신비로운 마법공학 분야에

& ZAUN

뛰어들면서, 독특한 진보의 도시 필트오버는 룬테라에서도
내로라하는 솜씨를 뽐내는 장인들이 가장 가고 싶어 하는 도시가
되었습니다.

반면 오염 물질 가득한 공업 도시 자운은 필트오버 아래쪽에
위치한 지하도시로, 원래 두 도시는 하나였으나 지금은 분리된
채 공생 관계를 유지하고 있습니다. 규제 때문에 자신의 재능이
속박당한다고 느끼는 발명가들은 무슨 연구든 허용되는 자운으로
와서 하고 싶은 실험을 마음껏 진행합니다. 덕분에 공업은
발달했지만 도시 전체는 강한 독성으로 뒤덮이고 말았습니다.
이런 환경에서도 자운 주민들은 암시장, 화학공학, 기계 증강체를
발전시키며 번영의 길을 끈질기게 모색하고 있습니다.

로란과 슈리마를 잇는 좁은 지협은 한때 오쉬라 바자운이라 불렸으며, 고대로부터 상업 활동의 중심지였습니다. 아지르의 몰락 후에도 풍요로운 항구이자 무역로로 이용된 오쉬라 바자운은 이후 자운이라는 이름으로 불리게 되었습니다. 그러나 점점 커져 가던 도시는 무리한 공사로 인해 도시에서 가장 오래된 구역 중 일부가 침수로 무너져 내리며 공동체를 큰 위험에 빠뜨렸습니다. 영향력 있는 상인 연합은 이에 굴하지 않고 필트오버의 외곽 지역으로 관심을 돌렸습니다.

상업의 역사

A·HISTORY·OF COMMERCE

태양 관문

슈 리마의 역사를 기리기 위해 태양 관문이라는 이름이 붙은 이 거대한 연결로들은 필트오버 상인들에게 엄청난 부를 가져다주었습니다. 동쪽과 서쪽을 빠르게 오가는 길이 생기자 녹서스 제국 역시 해안선을 따라 급격히 영토를 늘릴 수 있었으나, 필트오버는 군사 자원 수송 시 매우 높은 위험수당을 부과합니다.

쥬빌리 축제

수 천 년의 역사를 지닌 쥬빌리는 바다와 바다가 가져다주는 풍요에 감사하며 25년에 한 번씩 열리는 지역 축제입니다. 필트오버인들이 쥬빌리를 특이한 전통 축제로 즐기는 반면 자운인들은 좀 더 진지한 전통 의식으로 여깁니다.

MERCHANT·CLANS AND·INVENTORS

야고 메다르다

메다르다 가문의 현 수장인 야고는 필트오버 전역에서 매우 존경받는 인물입니다. 그의 가문은 태양 관문 건설에 중요한 역할을 했습니다.

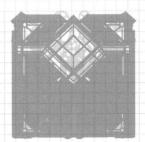

상업의 흐름

필트오버 정부는 가장 부유한 상인 연합이 모인 의회로 구성되어 있습니다. 교통량과 이윤 증가만이 이들의 목적은 아니지만, 최근 메다르다 가문은 태양 관문을 더 빨리 여닫을 수 있도록 마법공학의 힘에 거액을 투자하자며 의회를 설득했습니다. 필트오버 시민들은 열정적이고 이상주의적인 경향이 있기 때문에 지금껏 반대의 목소리는 거의 나오지 않았습니다.

혁신의 문화

독립적이고 성실한 필트오버인들은 언제나 발전을 위해 힘씁니다. 이들은 도시가 지속해서 번영하려면 개방적이고 자유로운 시장이 필수라고 생각합니다.

부의 상징

필트오버의 상인 연합은 각자의 주택, 공방, 교역품, 창고, 발명품 및 사업장을 구분할 수 있도록 고유한 인장을 가지고 있습니다.

캔텍스타의 케이블카

필트오버의 항구는 각지의 주요 도시에서 들어오는 배로 언제나 북적입니다. 이 케이블카는 부두의 상품을 상업지구로 운반하는 역할을 합니다.

항성의 길

필트오버의 거리에는 황금이 깔려 있다는 소문이 있습니다. 단순한 비유임을 몰랐던 여행자들은 부푼 기대를 안고 왔다가 실망하게 되죠.

천공의 금고

필트오버의 건물 내부는 외부에 못지않게 화려하며
종종 독창적인 기술력을 자랑합니다.

진델로의
'미지의 룬테라'

발렌티나 진델로는 일생의 역작인
'미지의 룬테라'로 전 세계
모든 이의 위치도 찾아낼 수 있다고
주장했습니다. 진델로가 원인 불명으로
사라진 후, 많은 사람들은 그녀의 연금술
제조법이 도난당했다고 생각합니다. 그
후 미지의 룬테라는 불가사의한 모습으로
잠들어 있습니다.

진보의 기념물

MONUMENTS
TO·PROGRESS

마 법공학은 마법과 기술을 결합한 신흥 분야입니다. 태어날 때부터 마법에 적성을 가진 소수만이 아니라 누구든지 마법공학으로 만든 정교한 장치를 사용할 수 있습니다.

마 법공학은 매우 희귀한 수정에 내재한 마법의 힘을 이용하며, 그 잠재력은 만들어 낸 사람의 상상력만큼이나 무궁무진합니다. 열이나 내부 압력을 만들어 내지 않고 엔진을 작동시키는 것부터 가장 단단한 강철을 절단할 수 있는 광선을 쏘는 것까지 여러 가지 놀라운 일이 가능하죠. 마법공학 제작 과정은 철저히 비밀에 부쳐지고 있으며, 모든 기능장은 자기만의 방식으로 작업합니다.

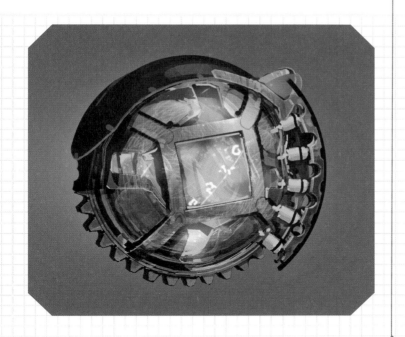

부유한 자여, 눈을 돌려 자세히 보라!
외투 안에 요들 셋이 목말을 타고 있으니!

모든 마법공학 장치는
세상에 하나밖에
없는 귀중한 물건입니다.
하나하나 맞춤으로 제작되며
완성하는 데 수년이 걸리기도
합니다.

마법공학의 힘
HARNESSING HEXTECH

원반 바이크

마법공학, 정교한
엔지니어링,
혁신적인 기술을 조합해 만든
이 원반 바이크는 위험할
정도로 빠른 속도를 낼 수 있어
조종하려면 숙달된 실력을
지녀야 합니다.

지하 세계의 질서

화

공 남작들은 서로 느슨한 동맹 관계를 유지하고 있습니다. 화공 남작들과 이들의 조직원들은 자운이 혼란에 빠지지 않도록 지하도시의 각 지역을 지배합니다.

땅속 세계
THE·WORLD BENEATH

경계 구역 시장

자운과 필트오버의 경계 지역에는 번화한 시장과 상업지구 건물이 모여 있습니다. 이곳은 자운에서 가장 다채로운 곳으로, 사회적 계급을 막론하고 각계각층의 사람들을 만날 수 있습니다.

마법공학압식 승강기

자운에서 지상으로 가려면 한참을 힘들게 올라가야 하지만, 거대한 승강기를 이용하면 훨씬 빠르게 이동할 수 있습니다. 자운과 필트오버 주민들은 가장 큰 공공 승강기에 '솟아오르는 포효'라는 이름을 붙였습니다.

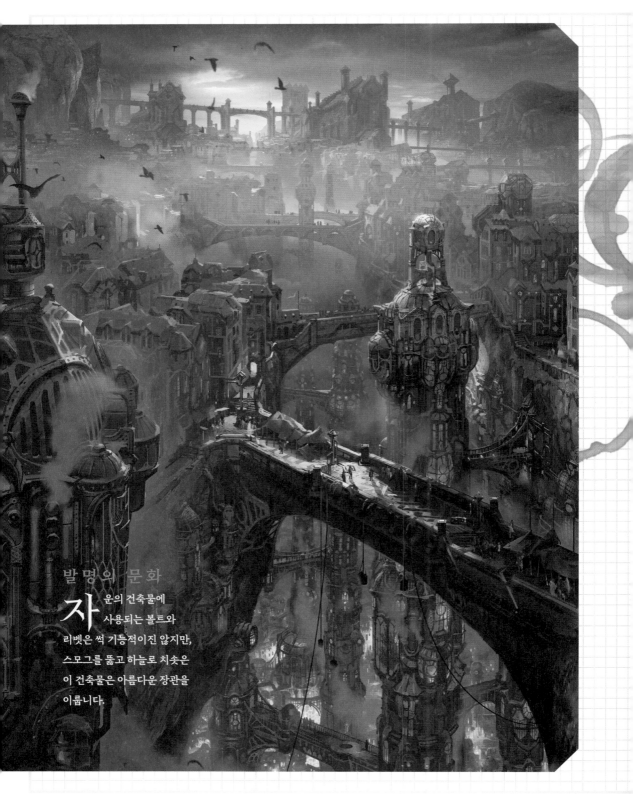

발명의 문화

자운의 건축물에 사용되는 볼트와 리벳은 썩 기능적이진 않지만, 스모그를 뚫고 하늘로 치솟은 이 건축물은 아름다운 장관을 이룹니다.

화학공학 연구

마법공학 제작에 필요한 자금과 수단을 이용할 수 없는 자운의
연구원들은 대신 강력한 화학 물질을 동력원으로 사용합니다.
화학공학은 마법공학과 비슷하게 작동하지만, 훨씬 안정성이 떨어지고
독성 물질을 만들어 내며 폭발의 위험이 있습니다.

REBELLIOUS ·GENIUS·

불굴의 천재성

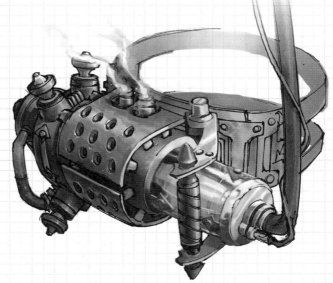

철과 유리

자운의 대형 구조물은 대부분 고온의
주조소에서 제련되거나, 위에서 버려진
자재를 수거해 제작된 격자 철제로 건축됩니다.
지하도시는 지상과 매우 멀리 떨어져 있지만,
어두움과는 거리가 멉니다. 화학공학 조명, 광택을
낸 강철, 조각된 태양샘이 깊은 곳을 밝히고 있기
때문입니다.

영광된 진화

많은 자운인들이 세련되지만 딱딱한 필트오버의 그림자 속에서 생활하지만, 자운은 진정한 천재들의 고향으로 여겨집니다. 어떤 이들은 야망을 이루기 위해 자신의 몸을 도구로 활용하며 실험을 진행하기도 하죠. 이들은 강력하다 못해 끔찍하기까지 한 인공물을 이식하며 몸을 강화하곤 합니다.

잿빛 대기

자운에는 산업 규제가 거의 없습니다. 외부인들이 보기에 이 지하도시의 대기는 탁하고 매캐한 화학 약품 냄새로 가득합니다. 하지만 이는 자운의 탓만이 아닐지도 모릅니다. 필트오버산 합성 마법공학 수정 제조 과정이 자운의 잿빛 대기에 크게 한몫한다는 소문이 있기 때문이죠.

위험한 삶
DANGEROUS LIVING

지하동굴 채집꾼

자운에서는 그냥 버려지는 것이 없습니다. 심지어 지하동굴의 독성 지대도 뒤지면 귀중한 물건을 얻을 수 있습니다. 이곳의 환경은 아무런 보호 장비를 착용하지 않을 경우 인체에 치명적이기 때문에 채집꾼들은 값어치 있는 물건을 찾아 폐기물 사이를 헤집고 다니는 것으로 생계를 유지합니다.

화공 펑크족과
지하동굴 고아들

자운의 노동자들은 수명이 짧아 많은
고아가 생겨납니다. 말썽을 일으키는
젊은이들의 갱단은 대부분 자운의 빈민가에서
활동하지만 그 구성원은 필트오버를 포함하여
사회 각계각층 출신입니다. 이러한 화공 펑크족과
지하동굴 고아들은 구걸하거나 작은 신체를
활용해 금품을 훔치기도 합니다. 지저분하고
힘든 생활에도 불구하고, 자운인들은 매우 강인한
성품을 지녔습니다. 이들은 자신의 고향은 물론
다양한 발명의 길을 추구할 수 있는 자유가 있다는
사실을 자랑스레 여깁니다.

지하동굴

THE
SUMP

THE JUBILEE JOB

심부름

이안 세인트 마틴

지하도시 주민 모두가 쥬빌리 축제 준비에 한창이던 축제 전날, 니콜라의 운이 마침내 바닥났다.

그의 계획은 참으로 훌륭했다. 그는 지난 이틀간 점찍어 둔 지점을 면밀히 조사하고 관찰했다. 그 시간 동안 건물 내부 사람들의 일정을 파악하고, 도주 경로를 설계하고, 안에 어떤 귀중품이 보관되어 있을지 예측해 뒀다.

이 모든 걸 종합해 본 결과, 니콜라는 이번 일이 상당히 짭짤하다는 결론을 내렸다. 성공하기만 한다면 그를 집요하게 괴롭히는 빚을 갚고, 남은 돈으로 도둑 생활을 잠시 접을 수 있을 것이다. 중간층에서는 목숨을 잃을 일 없이 두 다리 뻗고 잘 수 있다.

무엇보다 중요한 것은 그 건물에 조직의 문양과 상징이 붙어 있지 않다는 점이었다. 니콜라는 그간의 경험으로 화공 남작들의 소유물을 건드리면 안 된다는 사실을 배웠다. 그랬다간 지하동굴의 부식성 액체 구덩이에 빠져 죽게 될 테니. 표면상 니콜라가 노리는 건물은 개인 소유의 작은 창고였다. 바다에서 들어온 물건들이 지하도시 위로 운반되기 전 거치는 중간 창고였다.

그는 도시가 축제로 정신이 없을 때를 기다렸다. 모두의 관심이 다른 곳으로 쏠리고 마지막으로 뱃속이 견딜 수 없을 만큼 허기지게 되자 니콜라는 건물로 진입했다.

하지만 단 1분도 지나지 않아 자신이 실수를 저질렀음을 깨달았다. 단 하나의 실수였지만, 계획 전체가 엉망진창이 되고 손목에 쇠고랑이 채워지기에 충분한 실수였다. 밖에서 볼 땐 건물의 주인이 누구인지 전혀 알 수 없었다. 그러나 안에 들어서자 확실하게 알 수 있었다.

건물에 들어서자마자 우악스러운 손에 어깨를 잡힌 니콜라는 곧 주체할 수 없는 졸음에 빠지며 사나운 일진을 저주할 수밖에 없었다.

둔탁하게 긁는 소리에 마침내 니콜라가 깊은 잠에서 깨어났다. 그의 신발이 마룻바닥에 긁히며 나는 소리였다. 머리가 욱신거렸고, 눈을 깜박일 때마다 머릿속이 갈라질 듯한 통증이 일었다. 그는 주변을 살피려 애썼다. 정신을 잃기 전에 있던 곳이 아니었다. 창고가 밀집된 거리의 부산한 소음은 귀가 먹먹한 공장의 굉음으로 바뀌어 있었다.

그를 잡아끌고 있는 손은 황동과 시계태엽으로 만든 갈퀴 집게였다. 양옆에서는 쿵쿵대는 발소리가 들렸다. 쇠로 된 신발이 살이 남아 있는 발을 감싸고 있었다. 모두 화학공학으로 만든 번쩍이는 황동 장치였다. 니콜라를 잡고 있는 자 중 하나는 아직 인간의 얼굴을 하고 있었다. 투박하고 상처투성이인 얼굴에 붙은 코는 납작하게 뭉개져 있었다. 다른 한 명은 미노타우로스의 머리와 비슷하게 만든 투구를 쓰고 있었는데, 머리 뒤쪽의 뿔처럼 생긴 배기구에서 매캐한 녹색 매연이 흘러나왔다.

그들은 아무 말 없이 니콜라를 땅에 내팽개쳤다. 통증이 다시 한번 곤두선 신경을 자극했다. 재빨리 곁눈질로 주변을 둘러보자 호사스러운 넓은 방이 보였다. 펜트하우스 같기도, 갱단 두목의 은신처 같기도 한 방이었다. 녹색 유리로 된 돔형 천장을 통해 골짜기 벽과 바닥을 가로질러 펼쳐진 자운의 경치가 보였다. 현란하고 위험천만하면서도 생기가 넘치는 모습이었다.

근처 주조 공장 탑에서 불길이 뿜어져 나오며 방 안으로 붉은빛이 쏟아지자 눈앞에 광경이 또렷하게 펼쳐졌다.

마침내 머릿속이 맑아진 니콜라의 눈에 자신의 목숨을 쥐고 있는 빛나는 은빛 손의 주인이 보였다.

니콜라의 심장이 철렁했다.

"그냥 지금 죽여 줘요."

"그렇게는 안 되지." 칼날 끝을 따라 새겨진 아름다운 문양처럼 정제된 목소리가 들려왔다. "그럼 재미가 없잖아?"

그 많은 화공 남작 중에 하필 이 남자라니.

니콜라는 죽은 목숨이었다. 눈앞에 있는 남자가 흥미를 잃는 순간 니콜라의 심장은 멎을 터였다. 남자는 지하도시에서 명성이 자자한 인물로, 자비심이라곤 없었다. 다른 조직들조차 그를 경계할 정도였다.

그의 이름은 바로 은빛손 카비크였다.

자운에서 활동하는 화공 남작들은 허풍이 심하긴 하지만, 대부분 필트오버에 의존한다는 사실을 숨기지 않았다. 지상의 상인 연합과 무역 조합이 그들에게 의존하는 것과 마찬가지였다. 침수로 두 도시가 분리되기 전의 시대부터, 양쪽 세력은 안정을 위해 서로 협력하며 공생하는 관계였다. 카비크는 그중에서 특이한 인물이었다. 자운 위에 자리한 금과 빛의 도시를 대놓고 싫어했으며, 잔혹하고 말이 통하지 않았다. 만약 다른 조직이나 갱단이 양 도시 간의 균형을 위협했다면, 이미 오래전에 지하동굴로 쫓겨났을 것이다. 그러나 은빛손은 자운에서 가장 훌륭한 화학공학 연구소를 보유하고 있었으며, 그가 생산하는 기계 관절과 호흡 장치는 필트오버 마법공학 장치와 맞먹는 수준이었다. 이러한 장비는 지하도시 거주자들에게 간절히 필요한 것이었다. 덕분에 그는 대상인 연합의 미움을 받으면서도 자신의 지위를 유지할 수 있었다.

은빛손 카비크는 법의 심판을 받지 않는 자였고, 그렇기에 자운에서 가장 위험한 인물 중 하나였다.

"기운 내라고, 젊은이." 카비크가 긴장을 늦추게 만드는 느긋한 목소리로 말했다. "운도 없지. 도둑질하는 상대가 누군지도 몰랐다니. 그래도 다른 도둑들보다 훨씬 실력이 좋더군. 베켄스에게 잡히기 전에 가옥 내부에 거의 도달했잖아. 그런 도둑은 참 오랜만이야. 신나지 않나?"

니콜라는 화공 남작의 질문에 대답해선 안 된다는 것을 알고 있었다. '말하게 놔두면 바로 본론을 말하겠지.'

화공 남작이 입고 있는 세련된 의상은 먼지 하나 없었으며, 키가 크고 날렵한 그의 체격에 딱 맞았다. 움직일 때마다 조용히 마찰음을 내는 은빛 손 위로 보이는 살은 문신으로 덮여 있었다. 복잡한 문양이 얇은 흰색 리넨 상의를 통해 보일 듯 말 듯 목을 따라 얼굴까지 이어졌다. 갱단 표식과 니콜라가 알지 못하는 무늬였다. 니콜라는 문득 그의 몸 전체가 문신으로 덮여 있을지 궁금했다.

화공 남작은 허리를 숙이고 고개를 한쪽으로 기울였다. 옥색 눈 한 쌍이 니콜라를 자세히 뜯어보았다.

"나는 실력 있는 자들을 존중하지." 카비크가 씩 웃자, 그의 손처럼 빛나는 은니가 보였다. "자네는 아주 재수가 없었다고 생각할지도 모르지만, 내 생각은 다르네. 지금 내게는 실력 있는 녀석이 필요하거든. 이 바닥의 많은 놈들이 못 미덥고 실망스럽지만, 자네에게서 가능성이 보여. 그래서 자넬 여기로 데려와 기회를 주고자 하는 걸세. 마침 쥬빌리 축제이기도 하고 말이야."

순간, 니콜라의 가슴이 조여 왔다. 쿵쿵거리는 머릿속의 울림이 점점 강해졌다.

"그럼 본론으로 넘어가지." 화공 남작이 날렵한 몸놀림으로 자리에서 일어났다. "선택지를 주겠네. 밖으로 나가서 간단한 심부름을 처리하고 작은 '보상'을 받거나, 아랫동네로 긴 여행을 떠나는 거야. 편도 여행 말일세, 젊은이."

미노타우로스 투구를 쓴 남자가 니콜라 뒤에서 키득거리자, 아스팔트가 갈리는 듯한 소리가 났다.

"베켄스는 자네를 아랫동네로 보냈으면 하는군." 카비크가 말했다.

니콜라가 침을 꿀꺽 삼키고 속삭임에 가까운 소리로 입을 열었다. "어떤 일이죠?"

"윗동네로 가서 명망 높은 타리오스트 가문의 어떤 인물을 찾는 거야."

은빛손은 그 이름을 말하는 것조차 고통스러운 듯이 천천히 내뱉었다. 이곳의 사정을 헤아리고 있는 사람이라면 은빛손 카비크가 유력한 해상 무역 세력인 타리오스트 가문을 극도로 혐오한다는 것을 알고 있었다. 그러나 그 이유는

아무도 몰랐다.

카비크는 방을 배회하기 시작했다. "유감스럽게도, 타리오스트 가문 사람 중 한 명이 최근에 사망했다네. 시신은 가문 전통에 따라 화장한 후 타리오스트 가문 금고에 안치될 예정이지. 그 유골함을 훔쳐다 주게."

니콜라는 쿵쿵 울리는 머리를 진정시키려 애쓰며 그 요청에 대해 생각해 보았다. 화공 남작이 죽은 귀족의 유골을 왜 훔치려 하는 걸까? 최후의 모욕이라도 주려는 건가? 아니면 그보다 더한 짓을 하려고?

"아마 이유가 궁금하겠지." 카비크의 말투가 흐트러지며 걸음이 빨라졌다.

"놈들은…" 그가 잠시 말을 멈췄다. "내게서 아주 많은 것을 앗아 갔네. 잿빛 대기에 맹세하건대, 자네에게서도, 자운의 모두에게서도 말이야. 필트오버인들이 쥬빌리 축제를 어떻게 보내는지 본 적 있나? 그자들에게 쥬빌리는 즐거운 행사야. 왜 아니겠나? 바다는 아름다움과 끝없는 부의 상징이니 말일세. 하지만 놈들은 바다의 어두운 이면을 본 적이 없지. 물에 잠긴 건 우리였지 필트오버가 아니잖나."

카비크는 순식간에 니콜라에게 다가와 은빛 손으로 어깨를 그러쥐었다. 손가락이 살을 짓누르며 부드러운 마찰음을 내자, 니콜라는 비명을 지르고 싶은 충동을 억눌렀다. "유골이 왜 필요한지는 신경 쓰지 말게." 녹색 눈이 니콜라를 꿰뚫었다. "내가 한 약속은 반드시 지키지. 자네는… 어떻게 할 텐가?"

니콜라는 심장이 마법공학압식 망치처럼 뛰

는 소리를 들을 수 있었다. 말이 나오지 않아 허겁지겁 고개를 끄덕이자 두통에 정신을 잃을 것만 같았다.

"훌륭해!" 카비크는 즉시 니콜라를 쥔 손을 놓고 일어나 반짝이는 은니를 드러내며 웃었다. "잘 생각했네, 젊은이. 자, 시간이 없으니 빨리 움직여야 하네. 하지만 그전에 줄 게 있지. 볼스크?"

뒤에서 뼈톱의 전원이 켜지며 찢어질 듯한 소리가 나자, 니콜라는 온몸에 소름이 돋았다. 카비크는 빛나는 은빛 손으로 니콜라의 턱을 쥐고 들어 올려 자신의 얼굴 앞에 갖다 댔다.

"마음 단단히 먹으라고, 애송이. 이 시술은 좀 아플 거야. 미안하지만, 잠시 죽어 줘야겠네."

니콜라는 자신의 죽음이 이런 모습일 줄은 상상도 하지 못했다.

지하동굴에서 나고 자란 그는 큰 기대를 품지 않는 것에 익숙했다. 그는 약간의 즐거움이라도 최대한 끌어모아 그것이 죽기 전 마지막으로 보게 될 모습인 것처럼 소중히 대하곤 했다. 실제로 그렇게 될 확률이 높았다.

그럼에도 불구하고 니콜라는 자신의 삶이 다를 거라고 믿었다. 지하동굴의 탁한 연기 너머에서 편하게 숨을 쉬고 생각하며 불량배, 사기꾼, 남작들과 마주칠 일이 없는 사람이 된 자신의 모습을 상상했다.

자운에는 니콜라가 가 보지 못한 곳이 정말 많았다. 중간층은 그 심장부였다. 예술과 음악, 감성으로 가득하며 생기 넘치는 그곳은… 안전했다. 그리고 최상층은 너무 높은 곳에 있어 필트오버와 섞여 있었지만 자운만의 정체성을 잃지 않은 곳이었다. 니콜라에게 있어 진정한 자운은 지하동굴이 아닌 그런 곳이었다. 그는 그림자에 가려진 이곳을 간절히 벗어나고 싶었다.

간절한 마음은 도둑질로 이어졌다. 자원은 언제나 모자랐고 수요는 많았기에 강하고 빠르며 똑똑한 자만이 살아남을 수 있었다. 니콜라는 힘이 세진 않았지만, 다행히 날쌔고 영리한 편이긴 했다.

그러나 그 운이 니콜라를 이곳으로 이끌었다. 뼈톱이 다가오고 주삿바늘에 의식이 흐려지자, 니콜라는 차라리 그림자 속에 머무르는 것이 나았을까 하는 의문이 들었다.

니콜라가 처음으로 느낀 것은 가슴에서 나는 덜거덕거리는 소리였다. 너무 작은 새장에 너무 많은 새들이 갇힌 채 날뛰며 탈출하려고 싸우는 듯한 느낌이었다. 진동은 점점 커지며 고통스러운 욱신거림으로 변했다. 그러더니 계속해서 커져 규칙적인 심장 박동과 비슷한 형태가 되었다. 혈관에 산성 물질을 주입한 듯한 고통이 온몸 구석구석을 채우며 퍼져 나갔다.

니콜라는 자리에서 벌떡 일어나려 했지만 몸이 묶여 있다는 것을 깨달았다. 무언가 주변을 단단히 감싸고 있어 어두웠다. 그는 자신을 둘러싸고 있는 얇은 고무 재질의 덮개를 손으로 만져 보았다. 그리고 틈새를 찾아 손을 더듬다 갈라진 곳을 발견하고 잡아 뜯기 시작했다.

밝고 차가운 빛이 눈을 찔렀다. 니콜라는 답답하지만 비교적 안전한 고치 속으로 다시 들어갈 듯 몸을 움츠렸다. 그는 눈을 찌푸리고 시야가 돌아오길 기다리며 가쁜 숨을 고통스레 내쉬었다.

니콜라를 둘러싼 모든 것이 깨끗하고 눈부시게 변해 있었다. 익숙한 화학 공학 약품과 지저분한 증기 냄새, 혀끝을 감돌던 부식된 쇠 맛이 느껴지지 않았다. 처음으로 접하는 극도로 깨끗하고 차가운 공간 말고는 아무것도 느낄 수 없었다.

그곳은 자운이 아니었다.

그 사실을 깨달은 니콜라의 몸이 흥분으로 떨리자 가슴 속에서 날카로운 통증이 퍼져 나갔다. 떨리는 숨을 내쉰 니콜라는 가슴이 조용히 진동하는 듯한 느낌을 받았다. 무언가 아주 잘못되었다.

부들거리는 손으로 가슴을 더듬자 주름 잡힌 살과 얇은 철사로 굵게 봉합된 흔적이 만져졌다. 눈을 깜박여 눈물을 걷어 내고 아래를 보자, 손바닥 길이의 흉터가 가슴을 반으로 가르

고 있었다. 피부밑에서는 희미한 녹색 빛이 깜박였다.

봉합선 끝에 쪽지가 달려 있었다. 니콜라는 얼굴을 찡그린 채 쪽지를 당겨 얼굴에 가까이 댔다.

안녕, 애송이.
지금쯤 혼란스러울 테니 설명해 주지. 신뢰라는 건 누군가가 내가 원하는 일을 해 주리라 믿는 것이 아니라, 그의 본성을 이해하는 거라네.
예를 들어 도둑의 본성은 거짓말하고 도망치는 거지.
그래서 자네 가슴에 새 심장을 넣었네.
열두 번째 종이 울리기 전까지 내가 원하는 것을 가져오지 못하면 그 심장이 멈추게 될 걸세.
걱정하지 말게. 도움이 될 만한 단서를 남겨 뒀으니.
시간이 없으니 서두르는 게 좋을 거야!

— 자네가 아는 누군가가

니콜라의 위장에 남아 있던 얼마 안 되는 음식물이 티끌 하나 없는 바닥으로 쏟아졌다. 구토와 공황은 새로운 심장의 진동을 악화시킬 뿐이었다. 그는 숨을 고르며 진정하려고 애썼다. 머리를 비우고 생각을 정리해야 했다.

'열두 번째 종? 지금이 몇 시지?'

'여기가 어딘지도 모르겠어!'

'집중해! 단서를 남겨 뒀다고 했잖아.'

니콜라는 쪽지를 다시 읽어 보았다. 시야가 맑아지자 화공 남작이 개조한 건 심장뿐만이 아니라는 것을 알 수 있었다. 팔과 손에 문신이 새

겨져 있었다. 시술한 지 얼마 지나지 않아 피부는 아직도 붉은 기를 띠었다. 그의 몸에는 지시문, 청사진, 지도가 빼곡했다.

몸 위에서 바늘이 춤추는 듯한 느낌에 피부를 긁고 싶은 충동이 들었다. 니콜라는 잠시 숨을 고르며 이 갑작스러운 상황에서 오는 충격을 감당하려 했다. 가려움과 충격을 머릿속에서 밀어낸 그는 일에 대해서만 생각했다. 카비크의 심부름 말이다.

'중요한 것은 일뿐이야. 일을 마치면 목숨을 부지할 수 있어.'

그는 피부의 지도로 시선을 옮겼다. 새겨진 모양과 길은 생전 처음 보는 것이었다. 그는 문득 깨끗한 냄새와 낯선 방을 의식했다.

그들은 니콜라를 필트오버로 보낸 것이다.

니콜라는 그제야 주변 환경을 제대로 인식하기 시작했다. 도둑의 본능이 일어나자, 조금 전까지 느끼던 충격과 공포가 희미해지며 집중력이 돌아왔다.

니콜라는 마른세수를 하고 덮개를 빠져나와 바닥에 섰다. 차가운 흰색 돌바닥이 발에 닿자 몸에 소름이 돋았다. 그는 자신의 토사물을 밟지 않으려 조심조심 걸음을 뗐다. 차고 깨끗한 공기는 달콤하게 느껴지기까지 했다. 숨을 들이켜자 머리가 어지러웠다.

방에는 니콜라를 감싸고 있던 것과 똑같이 생긴 덮개들이 에나멜 타일 위에 가지런히 줄지어 놓여 있었다. 얇은 천에 희미한 형태가 비치는 것으로 보아 안에는 시신이 든 듯했다. 니콜라를 시신으로 위장해 이곳으로 보낸 모양이었다. 그런 생각이 들자 다시 한번 등골이 오싹해졌다.

방 안을 찬찬히 둘러보던 니콜라는 커다란 옷바구니를 발견했다. 그는 바구니 안에 든 옷과 개인 소지품을 뒤져 평범한 필트오버 젊은이처럼 보일 만한 의복을 찾았다. 니콜라는 스무 살이 목전이었지만 지하동굴에서 영양 결핍 상태로 성장기를 보낸 탓에 키가 작고 빼빼 말랐다. 그는 이런 신체 조건과 여전히 어린 티가 나는 얼굴을 도둑질에 여러 번 이용해 왔다. 오늘도 분명 그럴 것이다.

니콜라는 나란히 놓여 있는 덮개 사이로 신속히 움직이며 타리오스트 가문 귀족의 시신을 찾았다. 그러나 쉽게 일을 끝낼 수 있을지도 모른다는 희망은 곧 사라졌다. 누워 있는 것은 영면에 든 평범한 필트오버 시민들뿐이었다. 상인 가문의 고위 구성원이라면 좀 더 보안이 철저한 곳에 안치되어 있을 터였다. 니콜라는 상의 소매를 내려 팔의 문신을 가리고 출구를 찾기 시작했다.

니콜라의 오른쪽 팔뚝에는 그가 깨어난 영안실은 물론 인접한 방과 복도의 청사진이 새겨져 있었다. 오랫동안 건물에 침입해 도둑질하는 생활을 이어 온 그는 순식간에 지도 구석구석을 기억할 수 있는 재주를 가지고 있었다. 그는 피부 위를 손가락으로 훑으며 화장터로 향하는 길을 더듬었다.

"이 녀석!" 니콜라의 뒤에서 여자의 목소리가 들렸다. "거기서 뭐 하는 거야? 여긴 들어오면 안 돼!"

니콜라는 즉시 소매를 내린 다음 팔을 휘저으며 어색한 걸음으로 청소부에게 달려갔다. "제발

아빠를 돌려보내 주세요!" 니콜라가 눈물을 짜내고 여자의 작업복 위에 얼굴을 파묻으며 소리쳤다. "아빠는 돌아가신 게 아니라 주무시고 계신 것뿐이에요!"

청소부는 니콜라가 통제 구역에 무단 침입했다는 사실도 잊은 채 표정을 누그러뜨렸다. "진정하렴." 그녀가 니콜라의 머리에 가볍게 손을 올리며 다독였다. "다 괜찮을 거란다, 애야."

그녀는 니콜라를 조심스레 영안실에서 데리고 나가 어찌 된 일인지 더 밝은 조명이 늘어서 있는 복도로 향했다. 강렬한 빛이 눈을 찌르자 가짜 눈물을 짜내기가 한결 쉬웠다. 두 사람은 벤치에 앉았다. 니콜라는 손으로 얼굴을 가리는 척하면서 지나가는 사람들을 하나씩 뜯어보았다.

"가족들은 어디 있니, 애야?"

"모, 모르겠어요." 니콜라는 깨끗한 공기를 너무 많이 들이마셔 머리가 어지러워지지 않을 선에서 숨을 가쁘게 몰아쉬며 코를 훌쩍였다. "저, 저랑 아빠 단둘이 살았어요. 그런데 아빠가 아, 아, 안 보여요!"

"저런." 청소부가 니콜라의 머리를 부드럽게 쓰다듬으며 한숨을 내쉬었다. "물을 가져다줄 테니 여기서 기다리렴. 그런 다음 함께 아버지를 찾아보자꾸나. 알겠지?"

니콜라가 다시 한번 왈칵 눈물을 쏟을 듯한 표정을 지으며 고개를 끄덕였다.

"여기 꼼짝 말고 있어." 그녀는 자리에서 일어나더니 오른쪽으로 돌아 복도를 걸어갔다. 니콜라는 그녀가 모퉁이를 돌아 시야에서 사라질 때까지 기다린 후, 왼쪽으로 향했다.

니콜라는 의심을 사지 않도록 주의하면서 걸음을 재촉했다. 그는 눈을 이리저리 굴리며 티끌 하나 없는 주변 환경과 마찬가지로 티끌 하나 없는 행인들을 살폈다. 화학공학 심장이 가슴 속에서 쿵쾅거렸고, 복도에서 기계음이 들렸다. 멀리서 울리는 거대한 종소리가 메아리쳤다.

일곱 번째 종이다. 종이 다섯 번 더 울리기 전에 일을 마치고 은빛손에게 돌아가야 한다. 그는 기계 장치에서 나오는 불빛이 옷에 비치지 않기를 빌며 자신도 모르게 앞자락을 쥐었다.

니콜라는 문신을 들키지 않으려고 기억에 의존해 길을 찾으며 반드시 필요할 때만 그늘진 벽감 속에 숨어 팔을 걷어 보았다. 건물 평면도는 정교한 기하학적 양식으로 정리되어 있어 보기엔 아름다웠지만, 길을 찾기에는 너무 헷갈렸다. 지하동굴에서 도둑질할 때는 그곳의 상징과도 같은 무너진 통로들이 훌륭한 은신처가 되어주었지만, 이곳은 전혀 달랐다. 그는 사람들의 시선에 노출되어 있었다.

니콜라의 기억이 맞는다면 화장터는 몇 걸음 떨어지지 않은 곳에 있었다. 그는 다시 문틈으로 숨어 문신을 확인했지만, 모퉁이를 돌아서자 그럴 필요가 없었다는 사실을 깨달았다.

문 양옆에 무장한 경비가 보초를 서고 있었다. 푸른색과 황금색 갑옷을 입은 그들의 어깨에는 타리오스트 가문의 빛나는 검 문양이 위풍당당하게 새겨져 있었다. 손에 능숙하게 든 소총은 고리와 수정이 정교히 장식된 데다가 총신 역시 얇은 선으로 세공되어 있어 예술 작품이라 불러도 손색없을 정도였다.

니콜라는 화장터 앞을 지나치며 곁눈질 한 번으로 이 모든 정보를 파악했다. 그는 티 나지 않게 경비들이 서 있는 쪽을 흘깃 봤다. 면갑 달린 투구가 자신의 움직임을 좇지는 않았지만, 이 문으로 들어갈 수 없으니 다른 길을 찾아야만 했다.

옆방 문에 달린 명패에는 '창고'라는 글자가 아름답게 새겨져 있었다. 니콜라는 청소부에게서 슬쩍한 머리핀을 이용해 신속히 문을 따고 안으로 들어갔다.

창고 내부는 바깥과 다르게 비좁고 실용적인 모습이었다. 방 전체를 메우고 있는 철제 받침대와 선반에는 다양한 형태와 크기의 도구, 비품, 보관함이 놓여 있었다. 니콜라는 높은 선반 틈새를 비집고 다니며 정신없이 이름표를 살폈다.

마침내 수수한 모양의 점토 단지가 늘어선 선반이 나타나자 니콜라는 걸음을 멈췄다. 단지는 니콜라의 주먹 두 개 크기로, 옆방의 화장터에서 쓰일 유골함이었다. 그는 유골함 하나를 집어 들며 귀족의 유골함과 바꿔 칠 계획을 머릿속에 그려 보았다.

반대편 선반에는 끈적한 액체가 든 유리관 여러 개에 경고 표시가 붙어 있었다. 이름표를 살펴본 니콜라는 그것이 화장로로 쓰는 일종의 연료라고 추측했다. 그는 유리관을 하나 챙겨 손안에서 굴려 보았다. 궁지에 몰리거나 유골함을 가지고 탈출할 때 주의를 돌리는 용도로 쓸 수 있을지도 모른다.

근처에 타리오스트 가문 구성원이 있다면 누구든 문제가 생겼다는 것을 눈치챌 정도로 큰 소리가 나겠지만. 니콜라는 유리관을 사용할 일이 없기를 빌며 주머니에 쑤셔 넣었다.

니콜라는 왼쪽 팔꿈치의 문신을 보고 창고와 화장터가 여러 개의 천장 통기관으로 연결되어 있다는 사실을 알아냈다. 위를 올려다보니 통기관으로 향하는 작은 쇠격자 구멍이 보였다. 성인 남성이 들어가기엔 너무 작았지만, 니콜라라면 들어갈 수 있을 터였다.

니콜라의 몸은 통기관에 간신히 맞았다. 팔을 앞으로 쭉 뻗고 몸을 비틀며 안으로 들어간 니콜라는 이동하는 동안 얇은 강판이 흔들려 소리가 나지 않도록 최대한 주의하며 앞으로 나아갔다. 주변의 온도가 점점 높아지자 이마에 땀이 배어나기 시작했다. 화장터로 향하는 통기구가 분명했다.

잠시 후, 쉭 하는 소리와 함께 불꽃이 타들어가는 소리가 희미하게 들려왔다. 통기관이 갈라지는 지점에서 옅은 주황빛이 일렁이는 것이 보였다. 니콜라는 좁은 통로를 비집으며 오른쪽 길로 돌아 화장터 바로 위까지 도달했다. 그는 통기관 끝의 격자 문 앞에 멈춰서 아래에 펼쳐진 광경을 내려다보았다.

화장터에는 여섯 명의 조문객이 서 있었다. 속이 비치는 검은 베일과 망토 밑에 타리오스트 가문의 밝은 색상이 돋보이는 고급 의상을 입은 조문객들은 화장로로 이어지는 짧은 경사로의 양옆에 줄지어 있었다. 그 사이에는 금색과 푸른색의 화려한 로브를 입은 여성이 미동도 없이 누워 있었다.

그녀의 아름다움은 멀리서도 확연했다. 막

중년으로 접어든 나이에도 젊었을 적의 생기를 간직한 채 연륜에서 나오는 우아함을 갖추고 있었다. 그녀가 대체 무슨 잘못을 했기에 은빛손이 꾸민 사악한 계략의 희생양이 된 것인지, 은빛손이 그녀의 유해에 무슨 짓을 할지 궁금해지자, 니콜라는 속이 뒤틀리는 듯했다.

'은빛손은 왜 이 사람을 증오하는 거지?'

망토를 걸친 타리오스트 조문객 중 하나가 입을 열었다. "그리하여 우리는 이 자리에 모여 추모합니다. 사랑하는 오렐리 4세, 고귀한 타리오스트 가의 보석과도 같았던 그녀를 기억합시다. 그녀가 우리 모두의 가슴속에 영원히 살아 숨쉬기를, 그녀의 기억이 우리를 부를 때 마침내 다시 만나 품에 안을 수 있기를."

'오렐리라. 아름다운 이름이네.'

니콜라는 조문객들이 한 명씩 마지막 인사를 한 후 시신이 불길 속으로 서서히 옮겨질 때까지 기다린 다음, 통기구 문을 뜯어내 열었다. 우레 같은 소리를 내는 자운의 기계 장치에 익숙한 니콜라에게 화장로는 놀라울 만큼 고요했다. 타리오스트 조문객 중 한 명이 기이한 가루를 한 움큼 집어 불길 속으로 던지자, 불꽃이 밝은 푸른색으로 변하며 방 전체가 파랗게 물들었다. 니콜라는 벽에 그림자가 비치지 않도록 주의하면서 조용히 바닥으로 내려섰다.

얼마 지나지 않아 오렐리 타리오스트의 시신은 잿더미가 되었다. 그녀의 가족들은 불길이 오렐리를 집어삼키는 모습을 말없이 바라보았다. 그중 한 명이 계기판을 조작해 불을 끄자, 화장터에는 무거운 침묵이 감돌았다. 화장된 유해를 수습하는 조문객들의 손길은 매우 공손했다. 이런 광경은 처음이었다. 그들은 부드러운 푸른색 기운이 감도는 황금 상자에 유해를 옮겼다.

상자를 본 니콜라의 눈이 휘둥그레졌다. 유골함은 마법공학으로 만든 물건이었다. 그는 손에 들고 있던 단순하게 생긴 도자기 단지를 내려다보았다. 유골함을 바꿔 치려는 계획은 무용지물이 되었다. 조문객들이 남은 유해를 담자 유골함은 전기 신호음과 함께 잠겼다.

이제 두 번째 계획대로 진행할 수밖에 없었다. 아주 어리석은 계획이긴 하지만.

문 너머에서 여덟 번째 종소리가 희미하게 들려왔다.

그 소리를 들은 니콜라의 기계 심장이 마구 요동쳤다. 서둘러야 한다. 화장로는 아직 뜨거웠고, 얼마 전까지 타오르던 불길의 여파로 금속 덮개가 탁탁거렸다. 그는 조용히 도자기 유골함의 뚜껑을 돌려 열고, 유리관에 들어 있던 액체 연료를 쏟아부은 다음 대충 닫았다. 조문객 중 하나가 울음을 터뜨리자 그녀를 위로하는 데 모두의 관심이 쏠렸다. 니콜라는 그 틈을 타 화장로에 유골함을 던져 넣었다.

화장로에 남아 있던 열기는 연료를 불태우기에 충분했다. 거대한 화염이 폭발하듯 일며 화장터의 천장까지 솟구쳤다. 놀란 사람들은 뒤로 물러섰고, 가장 가까이 서 있던 조문객은 바닥에 쓰러졌다. 니콜라는 조문객의 손에서 미끄러진 마법공학 유골함이 바닥에 떨어지는 것을 보았다.

니콜라는 즉시 몸을 날려 유골함을 낚아챘고 동시에 타리오스트 가문 경비들이 문을 박차고 들어왔다. 통기관으로 다시 기어오르는 것은 무리였다. 모두가 혼란에 빠져 있었다. 니콜라는 상황을 최대한 이용하기로 했다.

경비들이 눈 앞에 펼쳐진 상황을 인지하기도 채 전에, 니콜라는 둘 사이를 가로질러 뛰어 나갔다. 반들반들한 복도 위를 미끄러져 나온 그는 전속력으로 달리기 시작했다. 곧 정신을 차린 경비들은 소리를 지르는 조문객들 쪽으로 몸을 돌렸고, 니콜라는 복도를 날듯이 뛰어갔다.

니콜라는 왼쪽 팔뚝 안쪽에 그려진 길을 따라 이리저리 방향을 바꾸며 서둘러 문신을 살폈다. 조금만 더 가면 거리로 나가는 출구가 있었다. 밖으로 나간 후 필트오버를 벗어나 자운으로 다시 내려가기만 하면 일은 끝이었다.

뒤쪽 복도에서 경비들이 니콜라를 맹렬히 쫓아오며 성난 고함을 치고 있었다. 화학공학 심장이 지칠 줄 모르고 아려 왔지만, 니콜라는 영안실에서 나가는 문을 발견하곤 힘이 솟아나는 것을 느꼈다. 지하동굴에서 달릴 때는 얼마 못 가 폐가 타는 듯 쓰리고 혀끝에 구리 맛이 났다. 그러나 이곳의 공기는 너무도 깨끗하고 상쾌해 신이 났다. 영원히 달릴 수 있을 것만 같았다. 문을 박차고 나가자 시야가 하얘졌다.

니콜라는 인공조명에 익숙했다. 그는 번쩍이고 깜박이는 불빛을 평생 보며 지내 왔다. 그러나 지금 니콜라의 시야를 메운 것은 햇빛이었

다. 가공되지 않은 순수한 직사광선. 니콜라는 그런 빛을 본 것이 처음이었다.

어릴 적, 니콜라는 위대한 천상의 존재들에 대한 동화를 들은 적이 있었다. 너무도 눈부시고 아름다워 평범한 인간은 잠시 보는 것만으로도 눈이 멀어 버린다는 존재였다. 니콜라는 깜박이는 눈으로 머리 위에 떠 있는 불타는 구체를 바라보며, 그 이야기가 사실이었다는 것을 깨달았다. 그 빛은 드넓은 필트오버에 펼쳐진 화려한 지붕과 탑 하나하나에 쏟아지며 눈부시게 반짝이고 있었다.

그 순간 경비들이 니콜라를 따라잡았다.

정신을 차린 니콜라는 양팔이 족쇄가 채워진 채 무릎에 놓여 있는 것을 발견했다. 머리는 강하게 얻어맞은 충격으로 욱신거렸다. 요즘 들어 무서울 정도로 친숙해진 감각이었다. 주변은 부드럽게 진동하고 있었으며, 정밀한 기계 장치가 철컹대고 회전할 때마다 규칙적으로 흔들렸다. 그는 자수가 새겨진 푹신한 가죽 좌석 위에 앉아 있었다. 주변을 쓱 둘러보자, 비단 휘장과 작은 벽난로가 타들어 가고 있는 호화로운 객실이 보였다. 뒷문 근처에 앉아 있는 타리오스트 경비 한 명을 제외하면, 객실에는 니콜라와 그의 건너편에 앉아 니콜라가 정신 차리기를 침착하게 기다리고 있는 노인밖에 없었다.

니콜라가 깨어난 것을 본 남자는 정갈하게 다듬은 은빛 수염을 한쪽 손으로 천천히 쓰다듬으며 입을 열었다. "아, 잘됐군. 자네가 가는 동안 깨어

나지 않아 대화하지 못할까 걱정하던 참이라네.”

니콜라는 그가 화장터에서 본 남자라는 것을 알아차렸다. 아직 검은 상복 차림인 그의 무릎에는 마법공학 유골함이 놓여 있었다. 가슴 속에서 성난 새들이 요동치자, 니콜라는 숨을 깊이 들이쉬며 눈살을 찌푸렸다. “가는 동안?”

“그렇다네.” 남자가 거들먹거리는 미소를 지어 보이더니, 커튼을 들어 올렸다. 햇살이 비치며 필트오버의 풍경이 창밖에서 움직였다. “나는 타리오스트 가문의 위탁인 베레다이라네. 여긴 우리 집으로 향하는 내 개인 차량 안이고. 집에서는 정보 수집에 특화된… 아주 거친 요원들

이 기다리고 있지. 내가 장담하는데, 아주 실력이 좋은 친구들일세.”

‘자운에서도, 필트오버에서도 고문 협박을 받다니.’ 니콜라는 자신에게 운이란 게 있긴 한 건지 의심이 들기 시작했다.

“물론 일을 더 쉽게 마무리하는 방법도 있네.” 베레다이가 손을 내려 커튼이 제자리로 돌아오자, 객실 내부에 시원한 그림자가 드리워졌다. “자네는 내 고용주인 타리오스트 가문에 있어 매우 귀중한 물품을 훔치려 했어. 금전적 가치보다는 타

리오스트 가문에 의미가 있는 물품을 말이야. 그 사실로 보아, 자네는 이 가문에 개인적인 감정을 가진 자의 명령을 받아 온 것 같군. 그게 누구인지 말하면 내 부하들이 자네 때문에 고문실을 청소하느라 진이 빠지게 되는 일은 면할 수 있을 걸세.”

니콜라는 앞에 앉아 있는 부유한 상인을 노려보았다. 남자는 거만하고 완고한 동시에 점잖은 얼굴을 하고 있었다. 그는 손이 더러워질까 봐 끼고 있는 벨벳 장갑을 한 번도 벗은 적이 없을 것이다. 니콜라의 눈에 그는 스스로 만든 황금 철창 속에서 만족하는 죄수로 보일 뿐이었다. 그는 자운인들이 혐오하는 전형적인 인물이었다. 니콜라는 아무 말도 하지 않았다.

베레다이는 한숨을 쉬었다. “좋을 대로 하게. 나도 짐작 가는 바가 있으니. 자네 몸에 그려진 문신을 봤지.” 그가 니콜라의 팔을 향해 손짓했다. “그리고 자네가 잠들어 있는 동안 우리 요원들이 그 가슴 속의 인공 심장을 면밀히 조사했다네. 화학공학으로 만든 것치고는 상당히 정교하더군. 자운에서 그런 물건을 만들 수 있는 자는 흔치 않지.”

베레다이가 몸을 앞으로 기울였다. 그의 눈이 벽난로의 불빛에 반짝였고, 얼굴에는 비열한 미소가 떠 있었다. “은빛손이 보냈지?”

니콜라는 뻔히 티가 나도록 눈이 휘둥그레지는 것을 막지 못한 자신을 저주했다. 베레다이는 키득대더니 승리에 만족하며 뒤로 기대앉았다.

“그자는 언제나 골칫거리였지. 크게 영향력 있는 인물은 아니었지만. 세상에는 주제 파악을 하지 못하는 자들이 있다니까. 자네 같은 지하도시 사람들은 그게 문제야. 끼어선 안 될 자리에 끼고 싶어 하고, 자기 위치에서 벗어나려 발

버둥 치지." 그는 진저리가 난다는 듯 손사래를 쳤다. "자네도 그러니 이 꼴이 난 걸세."

니콜라는 어깨를 들썩이며 웃음을 터뜨렸다. 경비가 손등으로 후려치자 잠잠해졌지만 웃음을 완전히 잠재우진 못했다.

베레다이가 한쪽 눈썹을 추켜세웠다. "이 상황이 재미있나?"

"주제를 모르는 건 우리의 문제일지도 모르지. 하지만 당신의 문제는 오만함이야." 니콜라는 피로 얼룩진 이를 드러내며 웃었다. "당신 부하가 실수를 했어. 그걸 찾지 못했지. 그러니 당신이 이 꼴이 난 거야."

상인은 성난 눈으로 경비를 쏘아본 후, 니콜라에게 시선을 돌렸다. "뭘 찾지―"

베레다이가 질문을 끝내기도 전에, 니콜라는 답을 내놓았다. 그는 화장터에서 쓰다 약간 남은 연료를 품속에서 꺼내 벽난로에 던져 넣었다.

쥬빌리 축제를 즐기느라 여념이 없는 사람들로 가득한 필트오버의 부산한 거리에 펑 하는 소리가 희미하게 들렸다. 베레다이의 기계 마차 뒷문이 왈칵 열리자, 빛나는 금속 관절 다리가 지탱하고 있는 거대한 몸체가 휘청했다. 거리로 굴러떨어진 니콜라는 한 손으로 얼굴에 묻은 그을음을 털어 내고 다른 한 손으로는 마법공학 유골함을 가슴에 단단히 안았다.

니콜라의 머리 위로 푸른 하늘이 무서울 만큼 한없이 펼쳐졌다. 끝을 알 수 없는 그 광대함에 압도된 니콜라는 걸음을 멈출 뻔했다. 늙은 베레다이가 비틀거리며 나와 서둘러 마차 쪽으로 달려오고 있는 경비들에게 고함치는 소리만 아니었다면, 니콜라는 그 자리에 멈춰 섰을 것이다.

니콜라는 달렸다. 하늘의 장관에 정신이 팔렸던 니콜라는 그제야 자신을 둘러싼 도시가 얼마나 활기차고 경이로운지 알아차렸다. 깨끗한 옷을 차려입은 사람들이 거리를 가득 메운 채 느긋하게 걷거나 베레다이의 기계 마차와 비슷하게 생긴 기계식 탈것으로 이동하고 있었다. 상점과 진열대에서는 도저히 무슨 용도인지 알 수 없는 정교한 물품들이 행인들을 유혹했다.

모든 것이 쥬빌리 축제를 기념하는 색채로 물들어 있었다. 거리의 창문과 가로등에는 꽃이 한 아름 장식되어 있었다. 축제를 즐기는 사람들은 거리 곳곳에서 노래하고 악기를 연주했으며, 필트오버인들의 가슴에서 우러나온 행복감이 공기를 메우고 있었다. 그들은 육지와 바다를 서로가 없으면 살 수 없는 연인으로 묘사하는 노래를 불렀다.

니콜라는 그 가사가 사실이라고 생각했다. 자운과 필트오버 모두 바다를 통해 생계를 유지했고, 그것은 기릴 만한 일이다. 그러나 자운에서 쥬빌리는 바다에 대해 숙고하고 기념하는 엄숙한 행사다. 파도가 가져다주는 풍요로움에 감사하는 의미도 있지만, 더 중요한 의미는 바다에 경의를 표하는 것이었다. 필트오버는 바다라는 연인의 사랑이 노여움으로 변했을 때의 공포를 겪어 본 일이 없다.

이내 정신을 차린 니콜라는 당장 닥친 문제에 집중했다. 그는 축제 인파로 가득한 도시에서 무장한 경비 둘에게 쫓기고 있었다. 복잡한 장소는 원치 않는 추격자들을 따돌리기에 가장 좋은 곳이었다. 니콜라는 군중 속으로 뛰어들었다.

타리오스트 경비들에게서 벗어나기는 꽤 쉬웠

다. 니콜라는 부산한 거리와 큰길을 따라 구불구불하게 돌며 달렸다. 이따금 왔던 길을 되돌아가며 시야에서 벗어나 어느 방향으로 갔는지 추측하기 힘들게 만들었다. 그러나 이 과정은 시간이 많이 들었고, 그에겐 남은 시간이 얼마 없었다.

니콜라는 거대하고 화려한 분수 앞에서 걸음을 멈추고 숨을 고르며 상황을 정리했다. 팔에 새겨진 지도는 영안실 내부의 청사진이었으므로, 밖에 나온 지금은 쓸모가 없었다. 필트오버와 자운 사이를 직접 잇는 가장 빠른 이동 수단인 솟아오르는 포효로 가야 했다. 유골함을 가지고 그 거대한 승강기에 살아서 도착할 수 있다면 다음 쥬빌리 축제를 볼 수 있을지도 모른다.

긴 그림자가 늦은 오후의 서서히 이지러지는 빛을 가리며 니콜라의 머리 위로 드리워졌다. 위를 올려다보자, 분수 중앙의 조각상 위에 우뚝 서 있는 사람의 형상이 보였다. 호리호리한 장신에 민머리를 한 여자였다. 건장한 신체를 감싼 유연하고 가벼운 갑옷에 금색과 푸른색이 섞여 있었다. 타리오스트 가문 문장이 새겨진 부채꼴 형태의 금색 칼날들이 살기로 가득한 꽃잎처럼 그녀의 등에 둘려 있었다. 팔뚝 아래로부터 이어져 나오는 번개에 휘감긴 두 칼날과 잘 어울렸다.

그녀는 마치 칼로 만든 천사 같았다.

"우리 물건을 가지고 있는 것 같은데." 천사는 분노로 번쩍이는 눈으로 니콜라를 꿰뚫을 듯이 내려다보았다. "타리오스트 가문의 물건을 훔친 죗값은 목숨으로 갚아라."

순간 멍하니 침묵하던 니콜라는 본능적으로 달리기 시작했다.

니콜라가 성인기에 접어들 때까지 살아남을 수 있었던 것은 도망치는 데 능했기 때문이다. 아무리 물건을 훔치는 재주가 좋아도 훔친 것을 가지고 탈출할 수 없다면 소용이 없다. 니콜라는 탈출에 아주 능숙했다.

그러나 지금 이 순간에는 두 가지 문제가 탈출을 어렵게 만들고 있었다. 첫 번째는 그가 팔에 안고 있는 마법공학 유골함이다. 은은한 빛을 뿜으며 탁탁거리고 있는 유골함은 매우 눈에 띄는 물건이었다. 두 번째는 몇 걸음 뒤에서 그를 추격하고 있는 중무장 암살자다. 그녀의 손에 잡힌다면 그 아름답게 세공된 수많은 칼날 중 하나에 당하고 말 것이다.

타리오스트 가문의 요원인 그녀는 끈질긴 동시에 날렵했다. 니콜라는 그녀에게서 도망치기 위해 자신이 알고 있는 모든 수법을 동원했지만, 소용이 없었다. 군중 속에 섞이려고 해도 그녀가 가로등 위를 타고 오르거나 건물 벽에 칼을 꽂고 쫓는 바람에 무용지물이었다. 어디로 도망가든 그녀는 인파를 꿰뚫어 보며 표적을 시야에서 놓치지 않았다.

아홉 번째 종이 울리자 태양이 지평선 아래로 완전히 가라앉아 하늘이 진홍색, 자색, 주황색으로 물들었다. 니콜라가 쫓기지 않고 즐길 수 있었다면 장관이었을 것이다.

자운 최상층의 건물들이 보이기 시작하자 지친 다리에 힘이 솟아나기 시작했다. 자운의 가장 높은 구역에 자리한 이 건물들은 필트오버

하층부와 뒤섞여 여러 건축 양식이 혼재했다. 니콜라는 연철과 녹색 유리로 뒤덮인 탑을 향해 전속력으로 달렸다.

그가 중간층에 도달했을 때, 추격자는 여전히 몇 걸음 뒤에서 쫓아오고 있었다. 솟아오르는 포효가 멀지 않은 곳에 있을 것이다. 그는 이제 완전히 자운의 구역으로 들어왔다. 필트오버의 정돈된 격자식 거리는 사라지고, 위에서 보면 지문처럼 보일 만큼 어지럽게 굽이치며 하강하는 거리가 미로처럼 나타났다. 침수로 쓸려가고 파괴된 구역이 여기저기에 흩어져 있었다. 시간이 바닥나기 전에 천사에게서 도망치기에 완벽한 환경이었다.

공기가 축축하고 미끈해지자 매캐한 냄새에 혀가 아리고 폐가 쓰려 왔다. 니콜라가 태어나며 처음으로 들이켠 공기다. 그는 평생 이 공기를 마시며 살아왔기에 익숙했지만, 천사는 그렇지 못할 것이다. 뒤에서 날아온 칼 하나가 머리 위를 한 뼘 차이로 스치며 다 무너진 공동 주택 벽에 박혔다.

추격자의 속도가 느려지고 공격에도 실수가 생기고 있었다. 니콜라는 공포감에도 불구하고 씩 웃었다. 이제 우위에 있는 것은 자신이었다.

열 번째 종이 자운에 울려 퍼진 직후, 니콜라는 마침내 간절히 원하던 소리를 들었다. 오래된 톱니바퀴의 불협화음, 마법공학압식 장치의 바람 빠지는 소리, 도르래가 끝도 없이 이어지는 견고한 사슬을 끌어당기며 끼익 울리는 소리. 솟아오르는 포효가 눈앞으로 다가왔다.

거대한 기계식 승강기인 솟아오르는 포효는 양쪽 도시의 사람들을 다양한 층으로 실어 날랐다. 자운인과 필트오버인이 목적지를 향해 올라가고 내려가면서 만나게 되는 곳이었다. 넓은 통로를 따라 이동하는 승강기의 벽에는 구멍이 숭숭 뚫려 있었다. 군데군데 부서진 도관과 기워 붙인 석판 조각들은 세월의 흔적과 기타 불온한 원인으로 닳은 상태였다.

그것이 바로 니콜라가 원하는 바였다. 솟아오르는 포효를 타지 않고, 통로에서 이어지는 수십 개의 안전한 터널 중 하나를 찾아 사라지려는 계획이었다.

니콜라가 솟아오르는 포효에 거의 도달했을 때, 유리와 녹슨 쇠로 만들어진 큰 문이 스르르 닫혔다. 니콜라는 문을 두드렸지만, 안에 있던 안내원들은 얼굴을 찌푸리더니 시계를 가리키며 고개를 저을 뿐 문을 열지 않았다. 거대한 기계 장치가 힘겹게 마찰하는 소리가 들리더니 승강기가 서서히 하강하기 시작했다. 천사의 칼이 니콜라의 머리 뒤를 스칠 듯 지나가며 바람을 일으켰다. 발밑 터널에서 몰아치는 공기에 입에서 나온 욕지거리가 묻혔다. 니콜라는 승강기 통로 끝으로 가 뛰어내렸다.

떨어지는 시간은 단 몇 초에 불과했지만 영원하게 느껴졌다. 유골함이 손에서 미끄러지자 가슴 속의 기계 심장이 펄쩍 뛰었다. 그는 허겁지겁 상자를 잡아채 다시 단단히 움켜쥐었다. 유골함을 가슴에 꼭 끌어안은 니콜라가 자신이 떨어지는 중이었다는 것을 상기한 순간, 갑작스러운 고통과 함께 추락이 끝났다.

쇠와 유리로 된 솟아오르는 포효의 천장에 착지하며 다리를 휘청였다. 밑에서 수십 쌍의 눈이 얼빠진 듯 올려다보았다. 그러나 니콜라가 의식한 시선은 따로 있었다.

승강기 통로 입구 쪽을 올려다보자, 타리오스트 가문 요원이 보였다. 그녀는 숨을 내쉬더니 몸을 곧추세우고 차가운 눈으로 그를 내려다보았다. 그리고 장갑 낀 얇은 손가락 두 개로 자기 눈을 가리키더니, 니콜라를 향해 내밀어 보였다. 니콜라를 태운 승강기는 이내 빠른 속도로 하강하며 그녀의 시야에서 사라졌다.

죽음의 천사에게서 마침내 벗어난 니콜라는 어깨에 지고 있던 무거운 짐이 날아간 듯한 느낌이었다. 몸을 추스르고 벽을 살피자 전에 이용한 적이 있는 터널이 눈에 들어왔다. 그는 터널로 뛰어들어 지하동굴로 돌아가기 시작했다.

열한 번째 종이 골짜기 벽을 타고 울리는 소리가 망치의 굉음처럼 들려왔다. 시간이 거의 바닥나고 있었다.

무너진 공장과 공동 주택의 잔해로 가득하고 부식성 오물이 도처에 고여 있는 지하동굴을 돌아다니는 것은 매우 위험한 일이었다. 그 외에도 수없이 많은 위험 요소가 도사리고 있어 부주의하거나 나약한 자라면 목숨을 잃기에 십상이었다. 평생을 지하동굴에서 지내 온 니콜라에게도 쉬운 일은 아니었다. 은빛손의 거처로 발걸음을 재촉해야 하는 상황에서는 특히 그랬다. 시계가 똑딱거리며 그의 최후를 향해 나아가고 있었다.

그는 화공 남작에게 가는 것에 너무 집중한 나머지 갱단원들이 접근하고 있다는 사실을 뒤늦게 눈치챘다.

"필트오버인이 여긴 어쩐 일로 온 거야? 그 단지, 비싸 보이는데?"

아홉 명의 패거리는 니콜라와 비슷한 나이대로 보였다. 올이 다 드러난 누더기를 아무렇게나 주워 입은 그들은 먹잇감을 노리는 들개 같은 미소를 지었다.

"묻는 말에 답해야지." 갱단 대장이 으르렁대며 지저분한 손에 들린 녹슨 단검을 내보였다. 다른 두 명이 니콜라 뒤로 다가왔다. 하나는 긴 사슬을 잘그락거렸고, 다른 하나는 잘라낸 배관을 손바닥에 탁탁 치고 있었다. 니콜라는 자신의 모습을 내려다보았다.

그는 자신이 필트오버식 의복을 입고 매우 비싸 보이는 상자를 든 채 지하동굴 빈민가에 왔다는 사실을 깨달았다. 매우 어리석은 행동이었다. 이곳에서 어리석음은 곧 죽음을 의미했다.

"어떻게 할까, 애들아?" 대장이 패거리를 찬찬히 둘러보았다. "그냥 가진 걸 뺏고 처리해 버릴까, 아니면 윗동네에 사는 거위 같은 녀석들에게 몸값을 요구해 볼까?"

니콜라는 두 명의 갱단원 사이에 있는 틈을 보고 돌진했다. 그러나 이미 눈치채고 있던 대장은 그의 멱살을 잡아 끌어당긴 뒤 느슨하게 목을 졸랐다.

"나를 아주 화나게 만드는구나, 꼬맹이." 니콜라는 이 빠진 단검의 칼날이 목에 닿는 것을 느꼈다. "이 예쁘장한 머리만으로도 몸값을 받을 수 있을지도 모르지."

니콜라가 다급히 외쳤다. "너희가 지금 누굴 상대하고 있는지 알기나 해? 이런 짓을 하고도 무사할 것 같아?"

대장이 이리저리 살피는 시늉을 했다. "널 도와줄 사람은 보이지 않는걸?" 그가 과장된 몸짓으로 어깨를 으쓱해 보였다.

"다시 한번 보시지!"

니콜라는 황동으로 만든 화학공학 신발이 땅을 울리는 소리, 연기가 쉭쉭 뿜어져 나오는 소리, 갈퀴 손이 올라가며 삐걱거리는 소리를 들은 얼간이가 단 한 명도 없었다는 사실이 믿기지 않았다. 무시무시한 덩치의 베켄스가 놀라운 은신 능력을 갖추고 있다는 사실에 감사할 따름이었다.

베켄스는 다른 녀석들이 상황을 인지할 새도 없이 두 명을 쳐서 날려 버렸다. 그들이 버려진 작업실 쪽으로 날아가 골판지 형태의 철판 벽에 부딪히자 천둥 같은 소리가 짧게 울렸다. 이내 힘없이 땅에 떨어진 그들은 움직이지 않았다. 나머지 녀석들이 베켄스를 향해 곤봉과 단검을 휘둘렀지만, 전부 황동 갑옷에 튕겨 나가거나 부서질 뿐이었다. 베켄스는 그 모습에 왁자하게 웃음을 터뜨렸다. 신이 난 그의 공격이 한층 난폭해졌다.

베켄스는 살육에 능숙한 것이 틀림없었다. 니콜라는 그가 이 일을 즐기고 있다는 인상을 강하게 받았다. 그의 갈퀴 손은 누더기를 갈가리 찢고 사람을 간단히 해치워 버릴 수 있었다. 한 녀석이 베켄스의 어깨에 올라타 허둥지둥 단검으로 공격할 지점을 찾았다. 베켄스가 투구의 뿔에 달린 배기구로 고온의 증기를 뿜자 올라탄 녀석은 얼굴에 가해진 엄청난 통증에 울부짖으며 바닥에 떨어졌다. 무리의 대장은 비명을 지를 틈도 없이 머리에 강력한 일격을 맞아 처참한 몰골이 되었다. 끔찍한 광경에 말문이 막힌 니콜라는 구토가 치밀어 오르는 것을 간신히 참았다.

갱단의 위협을 받긴 했지만, 가슴속에 어쩔 수 없는 연민이 차올랐다. 도둑질로 생계를 유지해 왔어도 사람을 해치고 싶었던 적은 한 번도 없었다. 니콜라는 베켄스 주변의 난장판을 멍하니 바라보며 은빛손이 내놓은 제안 중 유골함을 훔치는 쪽을 택해 다행이라는 생각밖에 들지 않았다.

베켄스가 거구를 움직여 손목을 톡톡 두드렸다. "시간이 거의 다 됐어." 그가 다시 한번 키득거리자, 투구에서 녹색 연기 기둥이 뿜어져 나왔다. "이제 뛰는 게 좋을 거야, 도둑 꼬맹이."

니콜라는 은빛손 카비크의 탑 문을 마구 두드리며 목이 쉴 때까지 들여보내 달라고 소리쳤다. 가슴 속의 새들이 천둥처럼 날뛰며 금방이라도 뚫고 나올 듯했다. 자운과 필트오버의 모든 시계가 머리 위를 압박하는 느낌이었다. 그러나 어떤 시계도 은빛손의 시계탑만큼 위압적이진 않았다. 그를 굽어보는 시계탑의 톱니바퀴가 이빨처럼 미소 지으며 열두 번째 종을 치려하고 있었다.

그러나 아무 일도 일어나지 않았다. 니콜라는 발을 동동거리며 마법공학 유골함을 들어 올리고 문을 발로 찼다.

니콜라는 목이 메었다. "열어 줘요! 가져왔단 말이에요…."

그는 맡은 임무를 다했다. 불가능해 보이는 상황에서도 임무를 해낸 후 시간에 맞춰 돌아왔다. 이제 안으로 들어가기만 하면—

종소리의 굉음이 공기를 울렸다. 두 번째, 세 번째 종소리도 마치 꺼져 가는 엔진의 다급한 진동처럼 계속해서 이어졌다. 종은 열두 번째 울림 뒤에 멈췄다. 니콜라의 죽음을 알리는 소리가 자운에 퍼져 나갔다.

그 소리에 압도당한 니콜라는 털썩 주저앉았다. 그리고 분노에 찬 눈물을 쏟으며 가슴 속의 기계 심장이 멈추기만을 기다렸다.

"이것 보게." 문이 활짝 열리며 들어 본 적 있는 느긋한 목소리가 들려왔다. "말끔하게 빼입으니 꽤 보기 좋잖아?"

"정말 간발의 차이로 도착했군." 은빛손 카비크가 니콜라를 위층에 있는 자신의 방으로 안내하며 말했다. "약간의 극적인 요소도 나쁘지 않지."

화공 남작의 목소리는 낮고 멍했다. 그는 빛나는 기계 손에 들린 마법공학 유골함에 온 정신을 쏟고 있었다. 그들은 니콜라가 은빛손을 처음 만났던 넓은 방에 도착했다. 그로부터 하루가 채 지나지 않았지만, 벌써 까마득한 과거의 일처럼 느껴졌다. 카비크 밑에서 일하는 수술의 볼스크가 조악한 장비로 채워진 수술 구역에 서 있는 것이 보였다. 니콜라는 중앙에 있는 얼룩진 가죽 의자에서 눈을 뗄 수 없었다. 그곳에 묶인 채 원하지 않는 수술을 받는 자신의 모습이 보이는 것만 같았다.

"자, 일을 잘 마친 데 대한 보상이네." 카비크

는 외투에서 작은 기계 장치를 꺼내더니 니콜라를 향해 들어 보였다. 화학공학으로 제작된 소형 장치는 무언가를 작동시키는 조작판 같았다. 니콜라는 그것이 자신의 기계 심장을 정지시키는 스위치라는 것을 단박에 알아보았다.

카비크가 킬킬댔다. "오늘 밤에 스위치를 누르게 될 줄 알았는데 말이야. 운 좋은 줄 알게. 내 시계는 약간 느리거든. 받게." 그가 장치를 니콜라에게 던졌다. "이제 안심해도 좋네. 스위치는 그거 하나뿐이니."

니콜라는 장치를 잠시 응시하곤 바닥에 팽개쳤다. 장치가 산산이 부서지자 남은 조각까지 발로 거칠게 밟아 부쉈다.

카비크가 웃음을 터뜨렸다. "새로운 심장은 덤이야, 꼬맹이."

니콜라의 머릿속에 오만 감정이 스쳤지만, 감사한 마음은 들지 않았다. 뇌리에서 분노, 충격, 공포가 한데 몰아쳤다. 시신 덮개 속에서 보았던 가슴의 기다란 상처가 다시 떠올랐다. 천사의 이글거리는 눈빛, 지하동굴 부랑배들이 죽던 순간의 표정. 그러나 그를 괴롭히는 모든 감정 중에서도 가장 강한 것은 죄책감이었다. 그가 한 행동에 대한 후회는 가슴속 깊은 곳의 응어리가 되어 있었다.

"아름다운 분이셨어요." 니콜라가 조용히 입을 뗐다.

카비크는 유골함을 내려다보았다. "지금도 아름답지." 그가 주머니에 손을 넣으며 가만히 답했다. 그리곤 끝에 사파이어가 박힌 손가락 길이의 작은 황금 원통을 꺼냈다. 그것을 유골함에 갖다 대자, 부드러운 신호음과 함께 마법공학 자물쇠가 열렸다. 놀란 니콜라의 눈이 커졌다.

"나같이 더러운 시궁창 남작이 어떻게 이걸 구했냐고?" 니콜라의 혼란스러운 얼굴을 본 카비크가 열쇠를 들어 올리며 미소를 지었다. "간단하네. 훔쳤지. 내가 자네의 심장을 훔치고, 그녀가 내 마음을 훔친 것처럼. 그러나 나와 다르게 그녀는 훔친 것을 돌려주지 않았네."

니콜라의 머릿속이 혼란스러워지며 다른 모든 감정을 밀어냈다.

"여기?" 화공 남작은 볼스크에게 뚜껑이 열린 유골함을 건네준 뒤 다시 니콜라에게 돌아섰다. "잠시 자리에 앉지. 오래전 있었던 쥬빌리 이야기를 해 줄 테니."

니콜라와 화공 남작은 탑의 천장을 뒤덮고 있는 유리 돔 아래의 낡은 가죽 소파에 자리를 잡고 앉았다. 니콜라는 은빛손을 처음 만났을 때와 전혀 다른 분위기에 얼떨떨한 느낌을 지울 수가 없었다. 그는 카비크가 금속 손가락 사이로 마법공학 열쇠를 굴리는 것을 지켜보았다.

"25년 전 쥬빌리 이후로 이 열쇠를 간직하고 있었네. 나는 다른 화공 남작 밑에서 일하는 깡패에 불과했지. 짧은 경험으로 내가 모든 걸 안다고 착각했었고, 그 믿음에 따라 행동할 만큼 경솔했었네. 하루는 남작과 함께 최상층에서 필트오버인들과 거래를 하고 있었어. 창의적인 방법으로 획득한 호화로운 물건을 거래했지. 그때 그녀를 처음 봤다네."

카비크의 어깨너머로 볼스크가 유골을 유리관에 담는 모습이 보였다.

카비크의 옥색 눈이 빛으로 반짝이는 듯했다.

"오렐리. 한 번 들으면 잊을 수 없는 이름이지. 그 순간 이후로 그녀의 얼굴이 머릿속에서 사라지질 않았네. 나 같은 부랑아가 어떻게 그녀의 환심을 샀는지는 알 수 없네. 가끔은, 절실하게 필요한 순간에 딱 맞추어 운이 따라 줄 때도 있는 모양이지."

카비크는 자리에서 일어나 외투와 상의를 벗으며 볼스크에게 다가갔다. 그의 팔과 상체를 뒤덮고 있는 문신을 응시하던 니콜라는 한 군데가 비어 있다는 사실을 발견했다. 카비크의 가슴 정중앙은 잉크의 바다 위에 홀로 떠 있는 섬처럼 흰 피부로 남아 있었다. 그가 의자에 앉자, 볼스크는 유리관을 문신 기구에 밀어 넣고 작업을 시작했다.

"우리는 각자의 수행원들을 따돌리고 영원한 것 같으면서도 한순간처럼 느껴졌던 며칠간의 여정을 떠났네. 마치 태양과 사랑에 빠진 기분이었어. 그녀에게서 나온 빛이 모든 것을 비춰 나를 둘러싼 세상이 처음으로 또렷하게 보이는 듯했지. 난 그녀를 곧잘 웃게 했다네." 그는 잠시 말을 멈추고 창밖을 바라보며 조용히 웃었다.

볼스크가 쥔 문신 기구의 바늘이 윙윙거리며 카비크의 피부 위를 훑었다.

카비크가 다시 입을 열었다. "언젠간 끝날 거란 사실을 우리 둘 다 알고 있었네. 그녀는 블루윈드 궁에서 태어난 귀족 가문의 영애였고, 태어나기 전부터 어떤 삶을 살아야 할지 계획되어 있었네. 그 계획에 내가 끼어들 자리 따윈 없었지. 갱단 출신 소년이 그녀의 마음을 훔칠 거라곤 누구도 예상하지 못했으니까. 완벽함은 모두가 추구하는 이상이지만, 사랑 없이는 차갑고 외로울 뿐이라네. 함께할 때 우리는 둘 다 가질 수 있었지. 곧 가문 사람들이 그녀를 찾으러 왔네. 하지만 내가 순순히 보내 주려 하지 않자, 그녀와 함께… 내 손을 가져갔지." 그가 은빛 손을 들어 보였다.

"그녀가 마지막으로 한 말, 내가 그녀에게서 마지막으로 들은 말은 약속이었네. 무슨 일이 있어도, 우리의 심장은 언제나 맞닿아 있을 거라고 했지. 이제 자네 덕분에 그 약속을 지킬 수 있게 되었다네."

니콜라는 암흑가에서 일하는 돌팔이 의사에게 예술적 감각이 있을 줄은 꿈에도 몰랐다. 볼스크는 조심스럽고 안정된 손으로 기구를 움직이며 은빛손의 마지막 남은 캔버스를 아름다운 무언가로 채우고 있었다. 작은 부분 하나하나까지 세밀하게 묘사하는 데 상당한 시간이 걸렸지만, 완성된 문신은 그 시간이 전혀 아깝지 않은 모습이었다.

인간의 심장이 화공 남작의 가슴 위에 완벽히 재현되었다. 오렐리 타리오스트의 유골이 잉크와 섞여 그의 일부가 된 것이다. 생전에는 결코 용인되지 않았지만, 이로써 두 사람은 영원히 함께할 수 있게 되었다.

니콜라는 멀리서 들려오는 굉음에 고개를 들었다. 쥬빌리 축제의 첫 불꽃놀이가 골짜기를 타고 지하로 퍼지며 갖가지 번쩍이는 색상으로 자운을 밝혔다.

"서로 맞닿은 심장. 그것이 우리의 약속이었네. 이제 오렐리는 그녀가 있어야 할 곳으로, 내 곁으로 돌아온 걸세." 은빛손 카비크가 미소를

지었다. "쥬빌리 잘 보내게나, 친구."

니콜라는 은빛손을 뒤로하고 지하동굴로 돌아왔다. 심부름은 끝났다. 주머니는 그 사실을 증명이라도 하듯 묵직했다. 그는 살아오면서 수많은 죄를 저질렀지만, 적어도 그날 일만큼은 죄책감에서 벗어날 수 있었다.

새벽이 빠르게 다가오고 있었다. 니콜라는 골짜기 벽을 따라 아무렇게나 뻗어 있는 공업 단지를 올려다보았다. 이곳이 그의 고향이었다. 그는 더 높은 곳에 있는 중간층으로 시선을 옮겼다. 그는 고생한 대가로 며칠간 조용히 지내며 푹 쉬어야겠다고 생각했다. 중간층이라면 휴식을 취하기에 좋을 것이다.

"힘든 하루였나?"

니콜라는 그 자리에 얼어붙었다. 뒤에서 들려온 것은 아름다운 천사의 목소리였다. 칼로 만든 천사의 목소리.

니콜라는 황금 칼날의 차고 납작한 표면이 쇄골에 닿는 것을 느꼈다. 고개를 들어 어깨너머를 보자, 타리오스트 가문 요원의 푸른 눈과 마주쳤다. 그는 허탈한 한숨과 함께 지친 미소를 지어 보였다.

"그래, 이렇게 끝날 리가 없지."

원소 마법으로 유명한 이쉬탈은 가장 먼저 슈리마 제국에 합류한 독립국 중 하나입니다. 사실 이쉬탈 문화는 슈리마보다 훨씬 오래된 것으로 부호루, 장엄한 헬리아, 금욕주의적인 타곤 등의 문명 형성에 영향을 미친 서부 이주민 문화의 일부입니다. 최초의 초월체 탄생에 큰 역할을 했을 가능성이 높습니다.

그러나 이쉬탈의 마법사들은 이웃을 멀리하고 주변의 야생을 방패처럼 이용해 공허와 다르킨으로부터 살아남았습니다. 이미 많은 것을 잃었지만, 전력을 다해 남은 것을 보호했습니다.

수천 년간 깊은 정글 속에 고립된 결과, 이제 고고한 생태도시 이샤오칸은 외부의 영향을 거의 받지 않고 있습니다. 축복의 빛 군도의 대몰락과 뒤이은 룬 전쟁을 멀리서 지켜본 이쉬탈인들은 룬테라의 다른 모든 세력을 근본 없는 침략자로 보며, 불청객을 막기 위해 강력한 마법을 사용합니다.

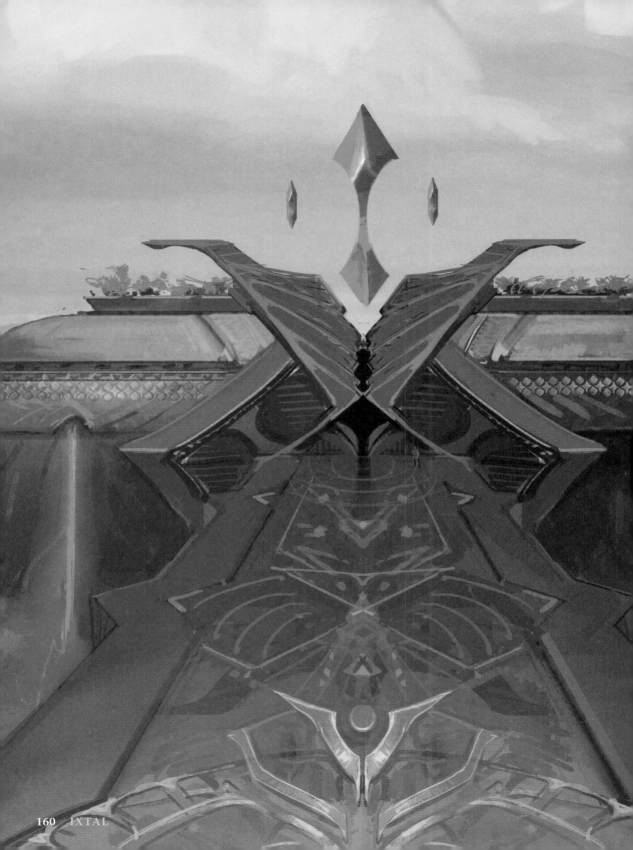

이 노래는 이쉬탈에서 가장 오래된 고대 언어의 해석본입니다. 이샤오칸의 마법사들은 생태도시에서 정식으로 공부를 시작하기도 전에 어릴 적부터 이 노래를 배우곤 합니다.

I.

이 세계의 원소는 우리의 것이라네
우리는 모든 것을 변성시키기 위해 노력하지
원소의 위대함을 이해하고 연마하여
세계를 조종하고 빚는다네
배우고, 발견하고, 발명하고
우리만의 새로운 조합물을 창조하지

II.

의지력과 노력으로 형성되어
우리는 세계를 마음대로 주무른다네
불로 심장을 단련하고
호기심에 숨결을 불어넣으며
물과 관심으로 몸을 보살피고
대지를 통해 사색한다네

III.

우리는 이쉬탈의 자녀들이라네!
자랑스러운 원소 마법의 계승자
마법은 우리의 힘
창조물은 우리의 유산
우리는 세계의 시초이자
미래의 설계자라네!

Bilgewater

빌지워터

른 불꽃 제도에 위치한 빌지워터는 다른 항구도시와는 다릅니다. 바다뱀 사냥꾼, 부두 건달, 밀수업자가 모여드는 이곳에서는 어마어마한 부와 야망도 눈 깜짝할 새에 사라지고 맙니다. 그 누구도 다른 사람의 과거에 관심이 없기 때문에 법의 심판, 빚, 박해를 피해 도망쳐 온 사람들이 새로운 시작을 꿈꿀 수 있는 곳이기도 합니다. 그렇기는 해도 매일 새벽 부둣가에 지갑을 털린 채 목숨을 잃은 부주의한 여행자들이 발견되는 곳이 빌지워터이기도 합니다.

빌지워터는 매우 위험하긴 하지만 정부의 족쇄와 무역 규제에서 벗어난 무궁무진한 기회가 있습니다. 불법 마법공학 기술부터 범죄 조직 수장의 가호까지, 돈만 있다면 무엇이든 살 수 있는 곳이기도 합니다.

빌지워터의 마지막 '해적왕'이 사라지면서 도시는 과도기에 접어들었습니다. 유력한 선장들 대부분도 도시의 미래를 위해 노력하기로 합의했죠. 하지만 바다로 떠날 수 있는 배와 선원이 있는 한 빌지워터는 룬테라에서 가장 다채롭고 유기적인 도시 중 하나일 것입니다.

바다와 더불어 살아가는 삶

Living with the Sea

빌지워터는 다양한 문화가 결합하고 융합하는 곳입니다. 발로란의 옛 신조와 신념은 지역 전통에 맞추어 재해석되는데, 바다와 파도 위에서의 삶은 데마시아 정찰병이나 슈리마 목자가 일상에서 겪는 고난과는 거리가 멀기 때문입니다.

이 나이 든 성직자는 조잡한 바다 괴물 예복을 입은 채 부둣가를 배회하며, 동전 몇 닢이나 따뜻한 음식을 대가로 출항하는 배의 선원들에게 부적을 주고 축복을 내립니다.

수중 무덤

빌지워터 사람들은 망자를 땅에 묻지 않고 바다로 돌려보냅니다. 항구의 묘지는 무수히 많은 부표로 이루어져 있으며 그 아래에는 최근에 죽은 자들의 유해가 가라앉아 있습니다. 부유한 사람들은 물에 떠 있는 사치스러운 묘비에 달린 수중 관에 매장되는 경우가 많지만, 가난한 사람들은 종종 물에 잠긴 통에 연결된 낡은 닻에 한데 묶여 그대로 수장됩니다.

바다뱀 뿔

과거에 어떤 용도로 사용되었는지 알 수 없는 이 거대한 뿔은 현재 빌지워터인들이 뱃길에 너무 가까이 접근하는 바다 괴물들을 쫓아내는 데 사용하고 있습니다.

수염 달린 여신

The Bearded Lady

흐루 문화의 중심에는 생명과 성장, 영속의 운동을 관장하는 여신인 나가카보로스가 있습니다. 여왕 바다뱀, 위대한 크라켄, 수염 달린 여신으로도 불리는 이 신은 거대한 괴물의 머리에 수많은 촉수가 달린 모습으로 묘사됩니다.

빌지워터 주변의 깊은 바다에는 기이한 생물들이 많이 서식합니다. 그중에는 이 세상, 현시대에 속하는 생물도 있지만, 그렇지 않은 존재도 있습니다.

죽음과의 협상

필멸자들은 파도 아래에서
작용하는 원초적인
마법의 힘에 대해 잘 이해하고
있지 못하거나, 일부러 무시하곤
합니다. 어느 쪽이든 간에,
빌지워터 부근에서 '소멸하는'
생물들이 영원히 잠들어
있으리라는 보장은 없습니다.

공물

바다에 공물을 바치는
행위를 단순한 미신
이상으로 받아들이는 빌지워터
사람들은 모든 뱃사람에게 여왕
바다뱀을 위한 헌금을 바치라고
합니다. 출항할 때 선장이 바다에
공물을 던지지 않으면 바다의
분노를 마주하게 되기 때문입니다.

작살잡이

작살잡이는 사냥 함선에서 가장 중요한 선원 중 한 명입니다. 괴물에게 갈고리를 걸어 해치우는 노련한 작살잡이를 중심으로 선원단이 구성되고, 선원들은 그 과정에서 온갖 지식을 배우곤 합니다. 대부분의 작살잡이는 뛰어난 작살 솜씨를 가졌으며 장비 없이 잠수할 정도로 용감하지만, 명성을 얻을 정도로 오래 살아남는 자는 극히 드뭅니다.

전통적인 사냥 도구

가장 노련한 괴물 사냥꾼들은 종종 전통적인 방법이 최고의 방법이라는 사실을 알고 있습니다. 바다뱀 군도의 전통에 따라 만들어진 정교한 올가미와 무시무시한 갈고리는 바다 괴물을 유인하고 사냥하기 위한 것이며, 이러한 도구는 대를 이어 전해집니다.

바다 괴물들은 빌지워터 주변을 끊임없이 공격하고 있습니다. 그러나 수년에 걸쳐 거대한 괴물을 사냥하여 가공하는 산업이 큰 이익을 얻으면서 엄청나게 성장했습니다. 선박들은 사냥한 괴물들을 항구로 운송한 후 고기, 기름, 가죽, 두꺼운 비늘, 심지어는 뼈와 이빨까지 해체하여 번화한 부둣가의 시장에 내다 팝니다.

맥그레건의 도살장부터 핏빛 항구의 유명한 도살장들에 이르기까지, 학살의 부두는 밤낮으로 죽음을 팔아 돈을 법니다. 가장 성공한 선장만이 자신의 부두를 운영하리라는 희망을 품을 수 있기 때문에 대부분의 선장들은 귀중한 상품이 물속에서 썩기 전에 흥정을 통해 최고의 거래를 성사시켜야 합니다.

The Slaughter Docks
학살의 부두

The Serpent Isles

바다뱀 군도

부분의 발로란 주민들은 이곳을 퓨를 불꽃 제도로 알고 있지만, 부흐루 토착민들은 예로부터 바다뱀 군도라 일컬어 왔습니다. 전통 의학과 괴물 사냥 기술을 포함하는 부흐루의 고대 문화는 상당히 높은 평가를 받아 현대 기술에도 반영되며, 일부는 빌지워터의 일상생활에서 모방되기도 합니다. 토착민들은 바다와 바다 생물에 대해 그 누구보다도 잘 알고 있으며, 이들의 안내 없이 빌지워터 주변의 험난한 해협을 무사히 항해할 수 있는 선박은 거의 없습니다.

중앙 집권화된 단일 정부가 존재하지 않는 빌지워터에서는 다양한 갱단 두목, 범죄 조직, 유력 인사들이 권력을 차지하기 위해 경쟁합니다. 그렇다고 해서 빌지워터가 완전한 무법지대인 것은 아닙니다. 어떤 범죄를 저지르고 벗어날 수 있다면 몰라도 대부분의 경우 빠르고 치명적인 보복을 받게 되기 때문입니다. 빌지워터의 진정한 권력은 부에서 나옵니다.

갱플랭크

몰락한 해적왕 갱플랭크는 잔인한 성격에다 종잡을 수 없어 많은 사람들이 두려워합니다. 그는 과거 항구도시 빌지워터를 장악했으나 지금은 영향력을 잃었습니다. 하지만 그렇기 때문에 오히려 갱플랭크가 더 미쳐 날뛰리라고 생각하는 자들도 있습니다. 갱플랭크는 빌지워터를 다른 사람에게 넘기느니 차라리 피바다로 만들어 버릴 인물이기 때문입니다. 이제 권총, 해적검, 화약통으로 무장한 갱플랭크는 잃었던 패권을 되찾기 위한 준비를 끝냈습니다.

미스 포춘

빌지워터의 선장 사라 포춘은 미모로도 유명하지만 무자비한 일 처리 때문에 공포의 대상이기도 합니다. 노련한 빌지워터의 범죄자들 사이에서 그녀는 단연 돋보이는 존재입니다. 어릴 적 자신의 가족이 해적왕 갱플랭크에게 살해당하는 것을 목격했고, 세월이 흐른 후 갱플랭크가 타고 있던 기함을 불태우는 것으로 잔혹한 복수극을 완성했습니다. 사라 포춘을 과소평가했다가는 그 매력에 가려진 예측불허의 실력에 기겁하거나 배에 총알구멍이 날 수도 있습니다.

현상금 게시판

현상금 게시판은 무법지대나 다름없는 빌지워터에서 법질서에 가장 가까운 존재입니다. 여기에는 가장 악명 높은 지명 수배자들의 이름이 현상금에 따라 순서대로 적혀 있죠. 갱플랭크는 주기적으로 자신의 현상금을 바다뱀 은화 한 닢씩 올리며 온 도시를 도발한다고 합니다.

무질서한 집단
A Motley Crew

크라켄 주화 한 줌

상업 도시인 빌지워터는 외화 사용이 자유로운 편이지만, 독자적인 화폐 역시 발행합니다. 동전의 액면가는 크라켄 금화, 바다뱀 은화, 청어 동화로 나뉩니다. 새로운 해적왕이나 여왕이 나타나면, 도시에 대한 주권을 확립하기 위해 자신의 표식을 각 동전에 새깁니다. 가장 최근에 이러한 행위를 한 것은 갱플랭크였습니다.

고지대

빌 지워러에는 일반적으로 인정되는 진리가 있습니다. 높은 곳으로 올라갈수록 익사할 가능성이 줄어든다는 것이죠. 천연 건축 자재가 부족한 빌지워러는 찾거나, 구하거나, 훔칠 수 있는 모든 자재를 동원해서 건설한 도시입니다. 재료는 다른 건물에서 떼어 낸 벽돌부터 빌지워러로 오는 동안 부서진 선체까지 다양합니다.

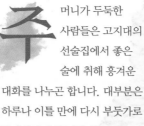

주 머니가 두둑한 사람들은 고지대의 선술집에서 좋은 술에 취해 흥겨운 대화를 나누곤 합니다. 대부분은 하루나 이틀 만에 다시 부둣가로 돌아와 음울한 다음 항해에 대해 선원들과 논쟁을 벌이지만 말입니다.

암시장 동굴

빌 지워러에서 가장 가난한 주민들은 미로와 같이 구불구불한 운하와 노출되지 않은 작은 만에 거주합니다. 이들에게 집과 거래를 위해 오가는 바다 사이에는 별다른 차이가 없습니다. 위험한 수로를 오고 가는 것은 일과 관련된 위험 요소이기 전에 일상생활의 일부인 것이죠.

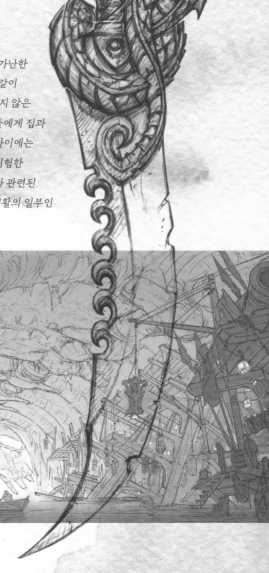

All

I. 어둠 속의 대화

양아?

그래, 늑대야, 나의 동반자야,
내 생에 가장 어두운 친구야, 왜 그러니?

이런.
네 '시적인 화법' 은 별로야.
마음에 안 들어.

어떤 맛도 느끼지 못하는 혀가 쓴 시.
누구도 음미하고 싶어 하지 않는 색채의 소란이지.

짖거나 포효해 봐.
나는 포효가 좋아. 명확하거든.

늑대가 발톱을 거두고 입을 다문다면
양도 가냘픈 읊조림을 멈출 거야.

알겠어. 그만할게.
그런데 사냥하지 않는다면 뭘 해야 하지?

흥미를 끄는 소동이 벌어지고 있어.

뭔가 움직이고 있어.
형태와… 몸체가!
소리도 내고 있어…

Kindred Eve

킨드레드 전야제 | 매튜 던

기쁨으로 날뛰는 혀 위에서 즐거운 곡조가
춤추고 있어.
우리를 기리는 축제야, 늑대야.
빛과 어둠, 폭풍과 고요함,
이빨과 화살의 춤을 기리는 축제지.

축제에 끼어들어 사냥하고 싶어.
사냥감을 쫓고 싶어.

우리의 역할은 관찰하는 거야.
그러면 필멸자들이 왜 우리를 섬기는지
이해할 수 있을지도 모르지.

지루하게 들리는걸.
얼마나 기다려야 해?

축제가 끝날 때까지.

축제가 끝나지 않으면?

모든 건 끝나게 마련이야, 늑대야.

시적인 화법도, 사냥도 없다는 거지… 좋아.

그러니 가까이 와. 함께 가자.
동반자야….

나의 양….

…나의 늑대야.

II. 창백한 기수

매년 부호루 신앙을 따르지 않는 자들이 모여 하룻밤 동안 아무런 규칙도 제한도 없는 방탕한 축제를 즐긴다. 빌지워터의 항구와 섬에 사는 주민이라면 누구든 환영받는다. 촉수 달린 신을 섬기는 수수께끼의 부호루 부족 역시 원한다면 얼마든 참여할 수 있다. 따로 계획하는 이가 있는 것은 아니지만, 매년 마지막 늑대달이 뜨는 날이 되면 축제는 어김없이 열린다.

축제에는 도둑부터 시작해 은행가, 선장, 요리사, 어부, 자유 계약자까지 매우 다양한 문화와 계층의 사람이 수없이 모여들었다. 황혼이 질 무렵이면 기괴한 의상을 차려입은 사람들이 부두를 발 디딜 틈 없이 메웠다. 꽤 많은 수의 참가자들이 부두에서 추락해 물속으로 사라지는 것이 예사였다. 누군가 도와주는 경우는 흔치 않았다. 그러나 이날 밤은 참으로 특이했다. 부두에서 추락해 죽은 자가 한 명도 없었던 것이다. 몇몇 사람들은 여태껏 아무도 죽지 않은 것이 불길한 징조라 속삭였다.

모든 배가 같은 목적지를 향해 움직였다. 그날 밤만은 선장들이 뱃삯을 받지 않았다. 돛대 삭구까지 승객들이 주렁주렁 매달리고, 대형 선박은 가득 찬 구명정을 예인해 가며 출발했다. 수많은 배들이 오싹할 만큼 고요한 물 위를 점점이 장식하며 마녀나무 바위라 불리는 송곳니 모양의 바위섬을 향해 나아갔다.

기이한 차림을 한 축제 참가자들이 짝을 지어 해변을 메웠다. 태양이 완전히 사라지고 밤이 깊어지자, 군중은 한데 모여 죽음을 향해 나아가는 격렬한 삶의 춤사위와 그 죽음을 가져오는 사신을 기렸다. 사람들은 영원한 사신을 기리는 이 축제를 킨드레드 전야제라 불렀다.

참가자들의 출신 지역은 의상으로 쉽게 알아볼 수 있었다. 슈리마인들은 엄니가 있는 우아한 영양과 얼룩무늬 하이에나 모습으로 쌍을 이루었다. 바다 건너 고결한 아이오니아의 혈통을 지닌 자들은 대부분 짝없이 혼자였으며, 뱀과 참새를 본뜬 의상을 입고 있었다. 이외에도 자울치와 피라미, 피투성이 뿔을 단 수사슴과 날쌘 토끼, 장미와 말벌 등 다양한 종류의 의상이 기괴한 모습을 뽐내고 있었다. 그중에서도 가장 인기가 많은 것은 킨드레드에 관한 고대 기록을 바탕으로 만든 발로란의 양과 늑대 의상이었다.

하지만 오늘 밤은 특별했다. 변장한 사람들 틈에 진짜 킨드레드가 섞여 있었기 때문이다. 양은 창백한 달처럼 빛났고, 늑대는 새카만 연기처럼 떠 있었다. 그들은 섬뜩하고 차가우며, 천상의 빛처럼 은은하게 반짝이는 푸른 눈을 하고 있었다. 킨드레드가 다른 날에 진정한 모습을 드러냈다면, 모두가 공포에 차 도망쳤을 것이다. 그러나 킨드레드 전야제에는 생명을 거둬 가는 사신들이 죽음의 균형을 기리는 축제 속에서 아무런 변장 없이도 거닐 수 있었다.

군중은 마녀나무 바위의 반대편으로 오르는 길의 입구에 모여들었다. 햇불이 밝혀진 구불구불한 길은 상점이 늘어선 광장을 지나 절벽 꼭대기까지 이어졌다. 그 끝에는 이파리 없는 거대한 나무가 서 있었다.

"뭘 기다리는 거지?" 늑대가 거대한 혀로 입술을 핥지 않으려 애쓰며 물었다.

"초대를 기다리는 거야, 늑대야." 양이 섬의 모습을 바라보며 답했다.

구부정한 형체 하나가 홀로 길을 따라 내려왔다. 해변에 도달하자, 남자는 걸음을 멈추더니 물속에 놓인 크고 평평한 바위 위로 올라갔다. 파도가 바위 가장자리를 부드럽게 휘감았다. 그가 두 손을 들어 올리자, 군중이 조용해졌다. 무릎까지 잠긴 다리에 달라붙는 수염장어와 발목상어를 걷어차던 자들조차 남자에게 집중하고자 발길질을 멈췄다.

남자의 높은 목소리가 수면을 타고 퍼져 나가 아직 해변에 도달하지 못하고 정박한 배에 남아 있던 자들에게까지 들렸다.

"먼 옛날, 거대한 검은 말을 타고 다니는 창백한 기수가 살았습니다. 그는 어떤 마을에서도 꺼리는 존재였습니다. 그가 마을을 지나는 동안 눈이 마주치는 자는 동이 트기 전에 죽기 때문이죠."

"내가 아는 이야기잖아!" 거대한 그림자 형상을 한 늑대가 신이 나서 혀를 길게 빼고 말했다.

"그러던 어느 밤 창백한 기수는 갈림길에 다다

랐습니다. 한쪽은 깊고 어두운 숲으로, 다른 한쪽은 빛의 도시로 이어지는 길이었습니다. 기수는 고민에 빠졌습니다. 양쪽 길을 모두 지나가려면 시간이 두 배로 걸릴 터였으니…."

이야기를 들려주던 남자는 망토 속에서 모형 도끼를 꺼냈다. 도끼날이 달빛을 받아 빛났다.

그는 무릎을 꿇으며 이야기를 이어 갔다. "창백한 남자는 도끼를 꺼내 들고, 길을 나누고 있는 오래된 엘드록 나무 앞에 무릎을 꿇었습니다…."

늑대는 이해가 가지 않는 듯 고개를 갸우뚱했다. "내가 아는 이야기가 아니었나?"

"오랜 시간에 걸쳐 구전되는 설화는 입을 거칠 때마다 변형되지. 이 이야기는 지나치게 각색되어 그 그림자만을 보여주고 있지만, 우리는 진실한 이야기를 알고 있어." 눈처럼 새하얀 양이 말했다.

이야기꾼은 과장되고 극적인 침묵을 지키며 뜸을 들였다. 수천 개의 비슷비슷한 얼굴들이 그의 몸짓 하나하나를 좇고 있었다. "그리고 도끼를 들어…"

"자신을 반으로 쪼갰습니다!" 군중은 일제히 두려움에 찬 탄성을 내뱉었다.

이야기꾼은 도끼날을 눈썹 사이에 대더니 앞에서 뒤로 머리를 그었다. 하지만 살 대신 두건이 재봉선을 따라 반으로 잘렸을 뿐이었다. 단단히 꼬아 둔 매듭과 눈처럼 흰 종잇조각이 그의 머리에서 쏟아져 나왔다. 얇은 대나무 막대에 붙은 커다란 종이 양이 두건 위에서 튀어나왔다. 밝은 흰색으로 칠해진 양은 솜뭉치로 뒤덮여 있었고, 발굽이 달린 다리에 검은 늑대의 둥그런 주둥이를 하고 있었다. 종이 양의 손에는 신비로운 룬 문자가 적힌 거대한 해적검이 들려 있었다.

이야기꾼은 양손을 능숙하게 놀리며 양이 튀어나오는 동안 다른 손으로 상의를 잡아 뜯었다. 검게 색칠된 나무 막대 여러 개가 코르셋에 붙은 채 남자의 로브를 넓게 퍼뜨려 마치 새카만 털가죽을 가진 거대한 늑대처럼 보이게 했다. 그의 가슴에는 천사 같은 양의 얼굴이 그려져 있었다.

"한참을 가자 두 개의 길은 다시 만났고, 창백한 기수는 자신의 다른 반쪽을 볼 수 있었습니다. 원래 하나의 몸이었는데도 불구하고, 두 몸은 매우 달라져 있었습니다. 그들은 도끼를 강에 던져 버리고, 영원히 함께 걷겠노라 맹세했습니다…."

"다시는 혼자가 되지 않도록?" 양을 바라보는 늑대의 눈은 애정으로 가득했다.

양은 자신의 진짜 얼굴을 가리고 있는 늑대 가면을 어루만졌다. "다시는 혼자가 되지 않도록."

"다시는 혼자가 되지 않도록!" 군중이 일제히 외치며 이야기를 마쳤다.

이야기가 끝나자 환호성이 터져 나오며 밤하늘에 화승총을 쏘는 소리와 웃음소리가 한데 섞였다. 이제 마을로 향하는 길을 따라 걸어갈 차례였다.

이야기꾼은 밟고 있는 바위를 지나쳐 왁자지껄 이동하는 군중에게 종이 검을 휘두르거나 내질렀다. 사람들은 양의 검을 피하며 환호를 보냈고, 흑맥주와 백포도주 잔이 이리저리 넘겨졌다.

종이 검이 늑대의 몸을 그대로 통과했지만, 이야기꾼은 마치 허공을 찌른 듯 이를 눈치채지 못했다.

"양아?" 늑대가 자신이 가장 좋아하는 양에게 말했다. "검을 가지고 있어? 숨기지 마. 검을 보여줘!"

양은 소중한 늑대를 바라보았다. "나는 사랑하는 늑대에게 어떤 비밀도 숨기지 않아. 과거에도, 지금도, 앞으로도."

깜박이는 햇불이 바다처럼 펼쳐진 킨드레드 축제 참가자들을 비췄다. 사람들은 춤추거나, 느긋하게 거닐거나, 걸음을 재촉하며 마을로 향하는 길을 걸어 올라갔다. 군중은 발 디딜 틈도 없이 붙어 있어 한 번 밀릴 때마다 파도처럼 넘실거렸다.

양과 늑대는 신경 쓰지 않고 사람들의 머리 위를 신속하게 움직이며 이 어깨에서 저 어깨로 뛰어다녔다. 그들은 마치 일렁이는 바다를 지나는 산들바람처럼 군중 위를 스치고 지나갔다.

킨드레드 전야제가 시작되었다.

III. 동지

늘어선 상점들은 검은 오징어 먹물로 머리를 검게 물들인 양의 사체를 목줄로 매달아 장식해 뒀다. 여관 주인들은 이따금 사체를 거두어 화로 위의 꼬챙이에 꿴 다음 소금 친 꿀을 듬뿍 바르고 불에 구웠다.

행상인들은 자갈이 깔린 거리를 걷는 인파를 상대로 기념품을 팔았다. 짝을 지어 비슷한 복장을 한 자들 중 보다 과격한 자들이 서로 다투기 시작했다. 늑대는 상어에게 주먹을 날렸고, 하이에나는 수사슴에게 발길질했다. 구경꾼들이 원을 이루며 모여들자 소란은 곧 본격적인 주먹다짐으로 번졌다. 부러진 이빨, 피, 뜯긴 의상 조각들이 거리를 어지럽혔다. 연인들은 남의 시선에도 아랑곳하지 않고 서로 부둥켜안은 채 입술을 꼭 맞댔다. 그중에는 입술

이 닿을 거리에 있다면 누구라도 마다하지 않는 자들도 있었다.

양과 늑대는 커다란 술통 위에 걸터앉아 마녀나무 바위를 가득 메운 필멸자들이 이리저리 밀고 당기며 먹고, 춤추고, 거리를 누비는 모습을 지켜보았다.

"저것 봐! 서로 때려눕히고 있어!"

"누구도 벗어날 수 없는 운명을 조잡하게 흉내 내며 기리는 거야. 흉내와 익살을 즐기고, 머릿속을 비우거나 감정을 표출하며 두려움을 이겨 내려는 거지. 이들은 우리의 진정한 모습을 보는 게 아니라—"

"세상에, 오늘 밤 내가 본 것 중 가장 멋진 의상인 것 같은데! 수염 달린 여신조차 놀라겠어!" 여자의 목소리가 축제의 소란을 뚫고 양의 말을 끊었다.

양과 늑대는 술통 위에서 아래를 내려다보았다. 젊은이 한 쌍이 그들을 올려다보고 있었다.

"굉장하지 않아?" 여자가 옆에 서 있던 남자에게 묻자, 그는 어깨를 으쓱해 보였다. 그녀는 솜뭉치를 정교하게 붙인 후 흰 물감을 예술적으로 발라 만든 의상을 입고 있었다. 남자는 의상에 별 관심을 기울이지 않은 듯, 검은 천을 허리에 두르고 얼굴에 흰 물감을 아무렇게나 바른 모습이었다.

"파란 의상 정말 멋지다." 그녀가 손을 뻗어 양의 어깨를 두드렸다. "늦여름인데, 무슨 수로 털가죽을 이렇게나 차갑게 만든 거야?"

여자의 눈이 늑대에게 향했다. "네 친구 울료는 마법을 썼구나? 해로윙이 연상되는걸. 너희들도 의상 대회에 나가 봐. 못해도 3위는 차지할 수 있을 거야."

양은 늑대를, 늑대는 양을 바라보았다. 신비로운 푸른 빛이 두 사람의 가면 뒤에서 반짝였다. 평소처럼 차갑고, 고요하고, 감정 없는 빛이지만… 혼란스러움이 서려 있었다. 양과 늑대는 고개를 갸우뚱한 채 다시 여자를 바라보았다.

"나는 올해 늑대의 내기에 금화를 걸 거야…. 양이 내게 행운을 내려 줬으면 좋겠어." 그녀는 양과 늑대에게 키스를 날리더니, 잇몸을 드러내며 웃었다.

"둘 다 즐거운 핏빛 킨드레드 전야제 보내!" 여자는 손을 흔들어 작별 인사를 한 뒤 검은 천을 두른 늑대 친구를 끌고 군중 속으로 유유히 사라졌다.

"난 참 나약한 늑대야! 슬프면서도… 화가 나. 사냥하고 싶지만, 그러기 싫은 기분이야."

"그게 바로 '혼란'이라는 거야, 늑대야. 필멸자들이 가슴 가득, 영원토록 느끼는 감정이지."

"혼란이라는 감정이 싫어."

늑대는 고개를 저었다. 양이 손을 뻗어 그의 턱 밑을 어루만졌다.

"그들에게 가장 큰 혼란을 주는 게 바로 우리야, 늑대야."

"그렇다면 혼란은 사냥과 같은 거지? 상대를 쓰러뜨린 후 일어나지 못하게 하는 거야?"

"조금 다르지만 비슷해. 혼란은 상대를 쓰러뜨리는 것과 일어나지 못하게 하는 것의 중간에 있어."

"발톱이 근질거려, 양아. 축제는 끝났어?"

"아직은 맹세를 지켜야 해, 늑대야."

"'아직'은 언제 끝나는데?"

"알아차리지 못하는 새에 끝나겠지만, 네가 바라는 것보다는 늦을 거야."

늑대는 양의 무릎에 턱을 대고 사냥해선 안 되는 수천 개의 심장이 쉴 새 없이 뛰는 소리를 들었다. 그때 문득 기이한 소리가 그의 관심을 사로잡았다.

"이 포효는 누가 내는 소리야, 양아?"

"포효가 아니라 음악이라는 거야, 늑대야."

늑대의 눈빛이 밝아지더니 기다란 혀가 다시 밀려 나와 침을 쏟기 시작했다.

"음악은 쫓아도 돼?"

"그래, 어떤 의미에선 그렇지."

IV. 바퀴 달린 해적선

양과 늑대는 음악의 조각을 따라 무대로 향했다. 검은 털가죽 옷을 입은 음악가들이 어울리지 않지만 서로 보완해 주는 선율을 연주하고 있었다. 음색이 특이한 뿔피리에서 떨리는 소리가 흘러나왔다. 타악기 연주자들은 반구형 북과 기다란 통나무를 마구 두드리고 있었다. 신나면서도 으스스한 곡조였다.

"소리가 내 귀를 쫓고 있어."

"이 음악은 '이끌의 시간'이야. 이빨과 화살을 찬미하기 위해 오늘 밤에만 연주하는 곡이지."

총성이 연달아 들려왔다. 빌지워터인들이 야유하는 소리가 점점 커지며 안개처럼 퍼져 나갔다.

해적 선장처럼 차려입은 여자가 바퀴 달린 모조 범선 뱃머리에 나타났다. 힘센 일꾼들이 밀고 끌며 옮기는 배 위에는 석고 철창이 달린 황금 우리가 놓여 있었다.

"또 새로운 물건이야! 머리가 어지러운걸." 늑대가 바퀴 달린 배를 보고 으르렁거렸다.

"그게 호기심이라는 거야, 늑대야. 빛에 싸인 문이 닫혀 있어…. 문 안에 뭐가 있을까?"

양이 배를 자세히 보기 위해 정육점 차양 위로 뛰어올랐다. 늑대가 그 주위를 맴돌았다.

배가 가까워지자 군중이 양쪽으로 갈라졌다. 황금 우리가 더 크게 보이기 시작했다. 석고 철창이 깜박이는 가로등 빛을 받아 번쩍였다. 안에는 누군가 몸을 웅크리고 있었다.

"어이! 약자들의 왕이 나가신다. 길을 비켜라! 아픈 자를 사랑하는, 보잘것없고 가냘픈 약골이 행차하신다!" 선장이 고함쳤다.

소리를 들은 사람들이 고개를 돌렸다. 인파는 우리 안에 든 처량한 남자의 형상을 보고 함성을 질렀다. 온몸에 검고 끈적한 액체를 바른 채 솜에 싸여 있는 그는 눈을 부릅뜬 채 겁에 질려 떨고 있었다. 킨드레드 전야제에 억지로 끌려 온 유일한 빌지워터 주민이었다.

"누추한 우리 항구도시에 마지막 남은 정직한 자… 빌지워터의 광대 양이시다!"

광대 양이 가까워지자, 군중은 아무 물건이나 손에 잡히는 대로 집어 화려한 우리 쪽으로 마구 던졌다. 상추 덩이가 날아와 철창을 때리며 부서졌다. 솜에 싸인 남자의 피부는 썩은 망고를 맞아 끈적한 과육 범벅이 되었다.

"너를 닮았어!" 늑대가 양에게 말했다.

"잔혹함이 필멸자의 틀에 잘못 손을 대는 바람에 참 안타까운 모습이 빚어졌어."

광대 양이 울부짖었다. "여러분! 자비를 베풀어 주세요. 제 빚을 모두 갚지 않았습니까? 바다뱀 은 화 한 닢도 없는 자들의 빚을 탕감해 주지 않았습니까? 저는 공손하고 인정 많은 것밖엔 죄가 없습니다!"

"말투도 비슷한걸!"

"그럴 리가 없잖아, 늑대야. 나는 저런 말을 한 적이 일절 없어."

광대 양이 더 크게 소리쳤다. "저는 사기를 치거나, 도둑질, 거짓말, 살인을 한 적이 일절 없습니다!" 그가 사람들의 양심에 호소했지만, 술에 잔뜩 취한 군중은 킬킬거리고 그를 흉내를 내며 조롱할 뿐이었다.

"일절, 일절, 일절! 그럼 나도 지루한 양이라네!"

양의 빛나는 파란 눈이 매우 차갑게 변했다.

가엾은 광대 양은 이로 철창을 갈아 대며 늑대 시늉을 했다. "내가 나쁜 놈이 되길 원하는 겁니까? 그러면 돼요?!" 그가 군중에게 침을 뱉으며 울부짖었다.

"진정한 양은 늑대의 가면조차도 고통스러울 만큼 불편하게 느끼지."

피의 갈망으로 가득한 밤의 분위기에 취한 늑대는 웃을 뿐이었다. 그는 즐거운 눈으로 양을 돌아봤다.

"다음에는 내 흉내를 내준다면 좋겠어."

"분명 마음에 들 거야, 늑대야."

늑대가 고개를 젖히고 길게 포효했다. 그 소리가 어찌나 크고 오랫동안 이어졌는지, 밤공기가 고요해졌다. 뼛속까지 파고드는 그 소름 끼치는 소리에 사람들은 가슴 속 깊이 공포에 떨었다.

V. 포효하는 자, 굶주린 자, 사냥하는 자

포효가 잦아들자, 자정을 알리는 종소리가 울렸다. 늑대달이 정점에 이르러 분위기, 인파의 방향, 그리고 가장 중요한 바람의 변화를 알렸다.

바퀴 달린 해적선이 군중을 이끌며 마을을 뒤로하고 이동했다. 삐걱대는 수레바퀴, 수천 개의 발소리, 광대 양의 흐느낌이 뒤섞여 어색한 박자를 이루었고, 장례식처럼 엄숙한 분위기가 감돌았다. 이파리 없는 거대한 나무로 이어지는 오르막길은 서서히 좁아졌다. 나무 앞에는 커다란 모닥불 두 개가 피워져 있었다.

길은 넓은 공터까지 이어진 후 끝났다. 그 너머에는 절벽뿐이었고, 바위와 소용돌이치는 파도 속으로 추락하는 끔찍한 최후가 기다리고 있었다.

맹렬히 타오르는 두 개의 불꽃은 바닷속에서 솟아오르는 레비아탄의 두 눈처럼 어둠 속에서 더욱 크게 빛났다. 이파리 없는 나무가 바람에 흔들리자 마른 뼈다귀 같은 죽은 가지들이 서로 부딪히며 소리를 냈다. 들쭉날쭉한 절벽이 수백 년간 사용한 탓에 닳고 깎여 공터는 마치 원형 극장 같은 모습을 하고 있었다.

"여기가 어딘지 알아, 양아."

"씨 없는 과실에서 뿌리가 뻗어 나와 땅을 옥죄는 곳이지."

세 형상이 엘드록 나무 뒤에서 모습을 드러냈다. 목 아래가 없는 거대한 늑대 머리 세 개가 깜박이는 광기의 그림자 속에서 기괴하고 부자연스러운 모습을 하고 있었다. 머리가 다가와 빛 속으로 들어서자 진실이 드러났다. 변장한 사람들이었다. 상체는 두꺼운 털가죽으로 덮여 있었고, 짐승의 발이 복슬복슬한 목 아래로 삐져나와 있었다.

무시무시한 모습으로 세심하게 제작된 늑대 머리는 어깨가 있어야 할 자리에

우뚝 서 있었다.

세 사람이 쓴 늑대 모양 머리 장식은 각각 모습이 달랐다.

하나는 달을 향해 주둥이를 들고 포효하는 모습이었고, 다른 하나는 입을 벌린 채

천으로 만든 거대한 혀를 늘어뜨리고 있었으며, 마지막 하나는 방금 잡은 양의

사체를 단단히 물고 있었다.

"온통 엉터리 늑대들이잖아."

"이 의식의 주인들이야. 포효하는 자, 굶주린

자, 사냥하는 자지."

포효하는 자가 먼저 입을 열었다. "우리 동지들은 공포의 늑대달 아래서, 죽음이 함께하기로 맹세한 엘드록 나무 앞에 모였다."

다음은 굶주린 자의 차례였다. "오늘 밤, 우리는 늑대가 양을 정복하고 이 땅에 자유가 퍼져 나간 날을 기린다!"

마지막은 사냥하는 자였다. "광대 양을 보라! 모든 나약함의 왕이자, 유약한 성품과 박식한 비겁함의 결정체이니. 그 존재는 진정한 '영광'이로다!"

두꺼운 금속 고리가 엘드록 나무의 넓은 몸통에 채워졌다.

무거운 사슬이 흙바닥을 뱀처럼 가로질러 광대 양의 깡마른 목에 감겨 있었다.

그의 머리 위에는 눈처럼 하얀 솜으로 만든 왕관이 놓여 있었고, 작은 양의 귀가 두 개 달려 있었다.

멍 자국으로 뒤덮인 채 굶주린 남자의 모습은 그야말로 애처로웠다.

그의 몸은 음식과 음료, 기타 오물을 맞아 축축하고 더러워져 있었다.

구경꾼들은 깔깔대며 야유를 보냈다. 처량한 꼴의 남자가 시선을 올렸다. 그의 눈에서는 생기가 꺼져 가고 있었다. 그는 머리를 두 손에 묻고 운명을 받아들였다.

포효하는 자가 입을 열었다. "이제 빌지워터의 왕을 보라."

굶주린 자가 말을 이었다. "그분은 만물 중 가장 강인하며, 힘과 기교로 응당 가져야 할 것을 쟁취하신다!"

사냥하는 자가 읊조렸다. "그분은 사냥을 갈구한다. 피와 죽음과 자유의 냄새를 쫓는다! 모두 늑대 전사를 찬양하라!"

해적 선장이 바퀴 달린 범선 위에 자랑스레 우뚝 섰다. 그녀는 모조 배의 뱃머리에서 뛰어내리더니 인파를 향해 말하기 시작했다.

"죽음이 우리를 찾아올 때, 침대에 누운 채 나약하고, 노쇠하고, 병에 굴복한 몸으로 맞이하겠는가? 머리 위로 천이 쓰이기만을 기다리는 몸으로? 패배하여 이빨 뽑힌 채로 죽으려는 자 누구인가? 늑대는 그렇게 죽지 않을 것이다! 나는 그런 죽음을 거부한다." 그녀의 목소리에는 저항심이 서려 있었다. 그녀가 주먹으로 허벅지를 쳤다. "튼튼한 이 다리를 보라. 내가 죽는 순간까지도 이 다리는 주저앉지 않을 것이다. 신발을 신고 바다로 나가 상어, 크라켄, 자울치를 마주할 것이다. 나는 파도 위에서, 칼날 앞에서, 술잔을 들고 미소를 지으며 죽을 것이다!"

그녀는 선장 복장을 벗어 던졌다. 속에 입은 옷은 온통 검은색이었다. 그녀의 팔다리는 배의 돛대처럼 굵었다. 장갑의 각 손가락 끝에는 면도날처럼 날카로운 칼날이 달려 있어 마치 짐승의 발톱처럼 보였다. 사냥하는 자가 흰 이빨이 번득이는 무시무시한 늑대 가면을 얼굴에 씌우자, 그녀는 완전한 늑대의 모습이 되었다.

신난 늑대의 눈이 커졌다. 그는 다음에 일어날 일을 알고 있었다.

"양아! 우리를 따라 하는 거야!"

"우리는 이런 식으로 싸우지 않아, 늑대야. 앞으로도, 영원히 말이야."

"쉬잇! 이제 시작하려나 봐." 죽음의 냄새를 맡은 늑대의 귀가 쫑긋 세워졌다.

포효하는 자가 다시 입을 뗐다. "오늘 밤 영원한 싸움이 다시 한번 끝난다. 늑대가 양을 먹게 되는 최후의 날과 같이, 이 두 명의 킨드레드 중 하나가 승자가 될 것이다…."

다음으로 굶주린 자가 말하기 시작했다. "만에 하나 광대 양이 승리하게 되는 경우—" 그 말에 웃음소리가 터져 나왔다. "우리는 모두 다음 킨드레드 전야제까지 가장 기본적인 욕구마저 자제하고, 더러운 것으로부터 눈을 떼 하늘을 바라보며, 예의와 정직함을 가지고 살 것이다."

마지막은 사냥하는 자였다. "늑대 전사가 승리를 거둔다면, 우리는 우리 자신과 욕망의 이름을 걸고 자랑스러운 전통을 이어 갈 것이다!"

군중은 열광하며 화승총을 쏘고 이빨을 던졌다. 기쁨과 흥분으로 가득한 고함을 지르며 서로의 얼굴에 주먹질하는 자들도 있었다.

포효하는 자가 다시 입을 열었다. "친애하는 축제 참가자, 친구, 신사, 숙녀, 살인자, 강도, 해적, 이발사, 레비아탄 사냥꾼, 자울치 사냥꾼, 선장, 사업가, 사기꾼, 도둑, 거짓말쟁이, 총잡이, 선원, 군인, 도적, 불한당, 그리고 빌지워터를 고향이라 부르는 모든 자들이여, 늑대가 천 번째로 연승하여 우리의 삶에 군림하는 장면을 지켜볼지어다!"

늑대 전사는 발톱 외에도 상어 이빨이 박혀 있는 육중한 곤봉을 받았다. 아주 끔찍한 죽음을 가져올 수 있는 잔혹한 무기였다.

누군가 광대 양에게 시위가 끊어진 활과 부러진 화살을 던졌다. 그는 무기를 받지 않고 발밑에 떨어지도록 놔두었다. 그리곤 달을 향해 시선을 돌렸다.

"파도 소리가 들리는구나… 곧 끝날 거야."

"아니. 아주 천천히 보내 주마." 늑대 전사가 신이 나서 말했다.

양은 주변을 유심히 둘러봤다. 군중 속에서 가면 쓴 자들이 몸을 기울이며 내기를 하고 있었다. 돈, 희귀한 짐승 기름이 든 유리병, 화려한 총, 반짝이는 보석들이 오갔다.

"이 어리석은 자들은 왜 승부가 결정된 싸움에 일 년간 번 돈을 거는 거지? 늑대야, 오늘만은 이들이 놀이를 하며 우리에게 누구를 사냥해야 할지 알려주려 하고 있어. 누구의 손을 잡아끄는지도 모르면서, 우리 손을 이끌려 하다니. 이 경솔한 행동으로 얻는 게 뭐지?"

양은 군중 속에서 일전에 보았던 인물을 발견했다. 노출이 많은 양 의상을 입은 젊은 여자가 허리에 천을 두른 늑대 친구에게 금화 주머니를 내밀고 있었다.

"사냥을 원하는 거야. 즐기고 싶은 거지. 그들은 말이나 기다림을 좋아하지 않아"

군중은 공평한 싸움을 원하지 않았다. 그런 싸움은 일어나지 않을 것이다.

VI. 양의 분노

늑대 전사가 곤봉을 머리 위로 들어 올렸다. 광대 양의 머리를 향해 곤봉을 내리치려는 그녀의 근육에 힘이 들어갔다.

"피 튀는 경기는 재미있어!" 늑대가 만족스러운 눈을 하고 웃었다.

"이건 피 튀는 경기가 아니야, 늑대야. 엉터리 놀이지. 저들에게 양의 분노와 약자의 힘을 보여 주겠어."

양이 가면을 벗었다. 양은 늑대에게조차 진짜 얼

굴을 숨기기 위해 몸을 돌렸다. 멀리서 천둥이 치는 듯한 소리가 들렸다. 바람이 거세지고 있었다. 주변이 고요해졌지만, 피의 갈망에 사로잡힌 구경꾼들의 열기를 사그라뜨리진 못했다.

이 세계의 것이 아닌 기이한 고대 마법이 남긴 금빛 흔적을 눈치챈 사람은 없었다. 유일하게 그것을 본 늑대는 재빨리 양에게 고개를 돌렸다.

"'즐기면 안 된다' 더니…."

"'시적인 화법'과 '사냥'이 없다고 했지, 늑대야.."

늑대 전사가 모든 힘을 끌어모아 곤봉을 내리쳤다. 무시무시한 곤봉이 머리의 왕관을 강타했지만 광대 양은 아무것도 느끼지 못했다. 그의 혼은 깨진 머리로 흘러나오는 대신 몰아치는 바람을 맞아 되살아난 불꽃처럼 가슴속에서 불타올랐다.

허약한 광대 양은 평범한 인간이라면 죽고도 남았을 공격을 버텼다. 곤봉을 계속해서 얻어맞았지만 그는 몇 번이고 버텨 냈다.

"저항하는 혼이여. 육신의 고통을 넘어서고, 사악한 징조에 가려진 달의 참모습을 보며, 눈앞에 닥친 폭풍 속에서 파도 소리를 듣는 자여. 빛나라."

빌지워터에 마지막 남은 정직한 인간은 후들거리는 무릎을 짚고 몸을 일으켜 세웠다.

늑대 전사가 포효하며 광대 양의 주변을 맴돌았다. 규칙을 어긴 양의 행동에 화가 난 늑대 역시 그녀와 함께 포효했다. 그는 말없이 으르렁댈 뿐이었다.

양은 활에 화살을 걸고 죽음의 시위를 당겼다.

"…나는 화살을 쓰지 않겠다는 약속을 하지 않았어."

양이 활시위를 놓자, 화살이 즉시 늑대 전사의 가슴을 통과해 혼과 육신을 분리했다. 그러나 군중의 눈에는 양이 광대 양을 보호하는 모습도, 늑대 전사에게 화살을 쏘는 모습도 보이지 않았다. 엄청난 공격을 버티고 살아남은 한 남자만이 보일 뿐이었다.

하늘에 몰려 있던 구름 속에서 분노의 번개 한 줄기가 내려왔다. 번개는 아무런 경고도 없이 늑대 전사를 강타했다. 일순간 그녀는 인간의 육신으로는 감당할 수 없는 어마어마한 힘에 꿰뚫렸다. 잠시 후, 남은 것은 그을린 껍데기뿐이었다. 연기가 피어오르는 그녀의 몸이 쿵 소리를 내며 쓰러졌다.

광대 양은 넋이 나가 있었다. 신의 손이 그를 구원했지만, 박수갈채는 들리지 않았다. 광장에는 침묵뿐이었다. 충격받은 군중은 아무런 소리도 내지 않았다. 여자 한 명이 신발 위에 구토하기 시작했다. 지난 천 년 동안 양이 늑대를 이긴 적은 단 한 번도 없었다.

"이제 올해의 계약을 지켜야 하는 건가?" 갈고리 손을 단 구경꾼이 물었다.

"양이 이겼어! 난 이제 부자야!" 노출 많은 양 의상을 입은 여자가 환호성을 지르며 주변 사람들에게 입맞춤을 퍼붓기 시작했지만, 여전히 충격에 빠진 군중은 반응하지 않았다. 믿기지 않는다는 듯한 표정을 한 그들의 눈에 눈물이 고였다.

늑대가 양에게 얼굴을 들이밀었다. 가면이 맞닿을 듯 가까웠다.

"규칙을 어겼어!" 늑대가 분노에 차 포효했다. 군중 역시 마찬가지였다. 수천 명이 한목소리로 달을 향해 포효했다.

양은 늑대에게서 떨어진 후 활을 등에 메고 어깨를 으쓱했다.

"천 년에 한 번쯤은 양이 늑대를 쓰러뜨릴 때도 있지."

"양이 시합을 망쳤어!" 늑대가 으르렁댔다. 그는 몸을 돌려 공포에 질린 광대 양을 바라보았다. "양이 즐기고 싶다면…"

양이 늑대를 향해 허리를 깊이 숙였다. "…양이 가장 사랑하는 늑대 역시 즐겨야 마땅하지."

처참한 모습의 광대 양은 덜덜 떨며 주변을 두리번거렸지만, 절벽에서 뛰어내려 바위에 떨어지지 않는 한 숨을 곳은 없었다.

늑대가 광대 양에게 달려들자 그는 절벽 아래 소용돌이치는 바닷속으로 떨어졌다. 돌아선 늑대는 여전히 만족하지 못한 듯 입맛을 다셨다.

포효하는 자. 굶주린 자. 사냥하는 자는 쓰러진 늑대 전사의 주변을 맴돌았다. 그들은 시신 앞에서 서로 이야기하며 그녀가 다시 숨 쉬길 바랐다. 그러나 불탄 그녀는 돌아오지 않았다. 고요와 평화로 가득할 양의 해를 떠올리며 돌아서는 군중들의 가슴은 슬픔과 분노로 끓어올랐다.

포효하는 자가 두 손을 들어 올려 침묵을 명하자. 새의 깃털이 떨어지는 소리조차 들릴 듯한 정적이 들불처럼 퍼져 나갔다.

"지난 천 년간 우리 빌지워터인들은 위대한 검은 늑대. 올료의 그림자 속에 살았다. 누구도 그에게 명령할 수 없기 때문에 누구도 우리에게 명령할 수 없다."

굶주린 자가 앞으로 나섰다. "박식한 빛의 양. 과라는 우리의 가슴과 일상에서 아주 작은 부분에 불과했다…."

사냥하는 자도 입을 열었다. "늑대 전사의 심장이 아직 뛰고 있음을 알린다! 승자는 늑대 전사다! 율료의 그림자 속에서 천 년이 흘렀다!"

해적 선장은 죽은 것이 분명했고 두 킨드레드 역시 그녀가 먼저 쓰러지는 것을 보았지만, 공식 선언을 들은 군중 속에서 기쁨의 박수 소리가 터져 나왔다. 그들의 세계에선 아무런 문제도 없었다.

"늑대가 이겼어!" 늑대가 웃음을 터뜨렸다.

양은 고개를 가우뚱했다.

"진실은 밤의 어둠처럼 명확해. 사랑하는 늑대의 화신이 먼저 쓰러졌어. 우린 진실을 알고 있잖아."

"상관없어! 저들이 내가 이겼다잖아. 이건 그들의 축제니 그들이 정한 규칙을 따라야지!"

"규칙을 정한 자들이 그것을 바꾸기 위해 규칙을 다시 쓰는 것은 합당할지도 모르지."

늑대가 공기를 들이마셨다. 바람이 또 다른 사냥의 악취를 실어 왔다. 새벽이 밝기 전에 끝날 사냥이.

누구도 눈치채지 못하는 사이에, 모닥불에서 떨어져 나온 길 잃은 불씨 하나가 이파리 없는 나무의 마른 가지로 날아가 옮겨붙었다. 떠다니는 불씨는 밤하늘에 가득한 별과 뒤섞여 보이지 않았다. 광대 양의 승리와 번복으로 혼란스러운 와중에 모닥불이 조금씩 커지고 있다는 사실을 알아챈 사람은 아무도 없었다.

"행진은 끝날까, 양아?"

"모든 건 끝나게 마련이야, 늑대야."

"지금?"

"지금."

VII. 고대 끝의 잿더미

왜 그러니, 양아?

　　　　풍미가 넘치던
　　　그 변덕스러운 밤에
　　늑대는 어떤 맛과 향,
　　　　소리를 즐겼니?

광대 양의 목은 야위었지만
즙이 가득했어.

　　　　줄기에 고집스레 달린 포도가
　가장 훌륭한 포도주를 빚을 때도 있는 법이지.

세 마리의 늑대.
처음에는 달콤했지만
맛이 변했어.

　　　　　결말이 어찌나 씁쓸하던지.
　　수많은 발에 열렬히 짓밟혔지.

음악을 만들던 자들은
큰 소리를 내고
비명을 지르고
타닥타닥 타올랐어.

　　불타는 연주가들은 불타는 곡을 연주했어.
　　　밤의 죄악과 함께 타오르는 곡조로.

창백한 거짓말쟁이.
내 혀끝에도, 털가죽에도
소금기가 가득했어.

　　　　이야기꾼은 살육의 현장에서
　도망치는 인파에 떠밀려 물속으로 사라졌지.

또 다른 양이 있었어.
우리를 좋아했지.
그녀도 불탔나?

　가엾은 그녀는 어리석은 내기에 돈을 걸었어.

경솔한 내기의 대가로 목숨을 잃었지.

훌륭한 사냥이었어.
기다림이 길었지만.

　　　　　그래, 늑대야.
고대 끝에 찾아오는 보상은 더욱 달콤해.

양아.
무슨 맛이 느껴지니?

　　　　잿더미만이 느껴져.
　하지만 단 하나의 맛이 스쳤지.
　사냥감은 우리의 뜻을 받들지 않아.
　우리에게 가장 저열한 역할을 맡기지.

우린 사냥하고 쫓았어.
수많은 사냥감을 쓰러뜨렸어.
다음 해에도 축제를 사냥할까?
이제 우리를 두려워할 거야.

　　　　살아남았던 모든 이들은 이제
　　　　　불탄 돌이 되었어.
빌지워터에서 이보다 더 대단한
킨드레드 전야제는 없을 거야.

그림자 군도

SHADOW ISLES

동 맹국과 사절들이 축복의 빛 군도로 부르던 이곳은 한때 고결하고 현명한 문명이 자리 잡고 있었지만, 지금은 저주받은 땅이 되어 버렸습니다. 약 천 년 전, 마법으로 인해 전례 없는 대재앙이 발생하면서 물질 세계와 영혼 세계 사이의 장벽이 파괴되었고, 이로 인해 두 세계가 합쳐지면서 모든 생명이 순식간에 파멸을 맞았죠.

현재는 사악한 검은 안개가 군도를 영원히 뒤덮고 있으며, 토양은 암흑 마법에 의해 더럽혀지고 말았습니다. 이 음침한 땅에 상륙한 무모한 인간들은 서서히 생명력을 빼앗기게 되고, 결국 잠들지 않는 탐욕스러운 망령들에게, 쫓기게 됩니다. 검은 안개 안에서 목숨을 잃는 자는 영원히 이 악몽 같은 땅을 떠도는 저주에 걸리게 됩니다. 설상가상으로 그림자 군도의 힘은 해가 갈수록 더 강해지고 있으며, 그 힘을 빌려 강력한 망령들이 룬테라를 점점 잠식하고 있습니다.

축복의 빛 군도는 수 세기간 외지인들의 눈에 띄지 않은 채 지식과 철학을 발전시키고 룬테라 전역의 마법 유물을 지키는 데 헌신하며 황금기를 누렸습니다. 수도 헬리아는 명망 높은 비전학자, 천문학자, 다양한 분야의 학자로 가득했으며, 평범한 시민들은 한적한 주변 전원 지역에서 단순하고 평화로운 삶을 즐겼습니다.

건축학적 수수께끼

헬리아의 거대 금고들은 놀라운 건축물이었으며, 비밀스럽고 가끔은 위험하기도 한 보물이 셀 수 없이 많이 보관되어 있었습니다. 숨겨진 의미와 상징으로 장식된 일부 금고는 달의 주기나 태양의 각도, 별자리가 맞을 때만 열립니다.

과거의 축복

BLESSINGS

하얀 안개

수도를 둘러싼 토지는 매우 비옥했으며, 마을과 도시는 눈에 띄는 요새화 장치 없이도 안전하게 지켜지도록 설계되어 있었습니다. 길을 잃고 헤매다 군도에 도착하는 여행자들은 짙게 깔린 마법의 안개에 당황해 돌아서기 때문에, 축복의 빛 군도에는 수비군이 거의 필요하지 않았습니다.

THE RUINATION

대몰락

복의 빛 군도에서 아득히 멀리 떨어진 곳에서. 왕과 왕비가 이제는 누구도 그 이름을 기억하지 못하는 제국을 다스렸습니다. 왕비가 독에 중독되자, 왕은 가장 강인한 전사들을 보내 해독제를 찾게 했습니다. 돌아온 장군 중 하나는 전설적인 생명의 정수를 구하러 축복의 빛 군도를 감싸고 있는 하얀 안개 속으로 들어가겠다고 했습니다.

불행히도 왕이 이 소식을 들었을 때는 왕비가 이미 사망한 후였습니다.

비탄에 잠긴 왕은 누구의 말도 들으려 하지 않았고, 곧 부하들을 이끌고 머나먼 헬리아로 떠났습니다. 그가 생명의 정수에 아내의 시신을 담그자 마법의 힘이 흘러나와 대재앙을 일으켰고, 축복의 빛 군도에는 파멸이 찾아왔습니다. 살아 숨 쉬는 모든 생명체는 저주를 받아 삶과 죽음 사이에 갇힌 채 희생자를 찾아 떠도는 망령으로 변했고, 군도를 보호하던 하얀 안개는 검고 사악한 모습으로 바뀌었습니다.

오늘날 헬리아의 유적을 찾는 사람은 아무도 없지만, 재물에 매우 굶주린 청소부와 보물 사냥꾼들이 유적에 아직 산더미처럼 묻혀 있을 신비한 보물을 찾으려 도전하곤 합니다. 일부 인간들은 그림자와 부패물에 가까이 사는 요령을 배우기도 했지만... 그곳에서 어떤 끔찍한 광경을 보게 될지는 누구도 알 수 없습니다.

망자의 영혼은 그들을 추모하는 의미에서 '길 잃은 자'라고 불립니다. 대개 그림자 군도에 갇힌 영혼들은 서서히 기억을 잃어버려 생전에 자신이 누구였는지 알 수 없게 됩니다. 그러나 가장 강력한 망령들은 대몰락 이후에도 성격과 욕망을 거의 그대로 유지하고 있는 듯하며, 약하고 상처 입기 쉬운 자들을 끝없이 괴롭히고 있습니다.

대몰락은 예고 없이 찾아와 밭을 가는 농부와 뛰노는 어린이들을 덮쳤습니다. 혼란 속에서 산산이 조각난 일부 영혼들은 생전의 모습을 모두 빼앗긴 채 공포, 누군가를 지키려는 마음, 정체성을 잃는 데서 오는 광기 등 자신이 마지막으로 느낀 감정의 메아리가 되어 떠돌고 있습니다.

대개의 영혼은 완전한 영적 존재이기에 속박이나 처리가 비교적 쉽지만, 그림자 군도에서 가장 강력한 존재들은 불사에 가깝다는 사실이 드러났습니다. 이러한 영혼들의 모습은 시간이 지날수록 각자의 가장 강한 특성이 나타나는 형태로 변해 갑니다.

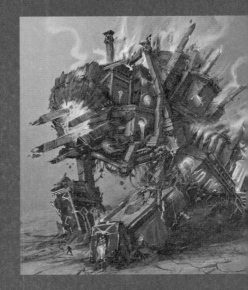

RESTLESS SPIRITS
잠들지 못하는 영혼들

헬리아에 있던 하급 서기관들과 기록 보관원들은 어떤 참사가 일어났는지도 모른 채 대부분 필사대 앞에서 그대로 소멸하였습니다. 이 가엾은 영혼들은 끝없이 풀려 나오는 양피지에 자신의 고통을 미친 듯이 휘갈기고 있습니다.

대부분의 길 잃은 자들은 공격적이거나 사악하지 않습니다. 예를 들어 착한 마음씨를 가진 선량한 자가 그림자 군도에 도착하면, 자비롭고 동정심 많은 천성을 가진 영혼이 나타나 안전한 길로 인도할 수 있습니다.

비슷한 기질을 가진 영혼들은 한데 뭉쳐 더 강력한 존재로 거듭나는 경우가 있습니다. 이 성난 다섯 망령은 서로에게 매달리는 것으로 공허한 자아를 유지합니다. 강한 의지력과 끈기를 가진 존재가 아닌 이상, 고립 속에서는 자신의 모습을 유지하는 것이 어렵기 때문입니다.

AN INSIDIOUS PRESENCE
음침한 존재

꼬림자 군도에 발을 들이는 필멸자는 자신과 비슷한 감정 상태를 가지고 있거나, 혹은 그 감정을 먹고 사는 영혼을 끌어들이게 됩니다. 분노와 노여움으로 가득한 자는 소름 끼치게 비명을 내지르는 망령에게 시달리게 되고, 망설임을 품을 자는 공포를 쫓아다니는 영혼만을 만나게 될 가능성이 높습니다.

그림자 군도에 도착하게 되면, 마치 누군가 따라오는 듯한 느낌에 불안하고 초조할 수 있습니다.

불안감은 곧 편집증으로 이어집니다. 희생자는 환각이나 환청에 시달릴 수 있습니다.

지옥의 간수 쓰레쉬

훗날 쓰레쉬로 알려지게 될 한 남자는 비전의 지식을 수집하고 보호하는 사명을 맡은 결사단의 하급 구성원이었습니다. 결사단의 지도자들은 다년간 업무에 열중한 공로를 높이 사 그에게 어떤 비밀 금고를 관리하도록 맡겼습니다. 남자는 의지력이 강하고 체계적인 성격이었기에 이러한 일의 적임자였지만, 더 위대한 일로 업적을 인정받고 싶은 욕구가 강했습니다.

대몰락이 축복의 빛 군도를 덮쳤을 때, 주민들의 영혼은 육체로부터 뜯겨 나왔습니다. 수천 명이 공포와 고통에 비명을 질렀지만, 쓰레쉬는 자신을 둘러싼 모든 것이 파괴되고 있다는 사실을 즐겼습니다. 그는 이 대격변 속에서 영적인 괴물로 다시 태어났습니다. 그림자의 세계에 잠식당한 다수의 주민과 달리, 그는 자아를 잃지 않았습니다. 이제 필멸자의 고뇌에서 벗어난 쓰레쉬는 영원토록 잔혹한 야망을 좇을 수 있게 되었습니다.

추상적인 소음과 환상은 희생자가 아는 망자의 형상으로 나타나는 경우가 많습니다.

희생자는 하나 또는 다수의 망령에게 정기를 빼앗기기 시작하며, 결국 영혼이 버틸 수 없게 됩니다.

희생자는 계속해서 약해지다가 육체가 시들어 사라지거나, 다른 존재에게 몸을 점령당해 꼭두각시가 되어 버립니다.

해로윙은 예상보다 훨씬 끔찍했네.

검은 안개가 바다를 가로질러 다가오면, 죽은 자들의 영혼도 함께 실려 오지. 이 해로윙 현상이 가장 자주 발생하는 곳이 밝지워지더라네. 살아 있는 존재가 검은 안개 안에 갇히게 되면 생명의 청기를 서서히 빼앗기게 되고, 결국 생기 없는 껍데기만 남지. 해로윙 기간 동안 살해당한 영혼들은 저주를 받아 검은 안개가 물러날 때 함께 그림자 군도로 끌려가니 진정으로 끔찍한 최후가 아닐 수 없네.

이제 한 가지 분명한 건, 검은 안개가 새로운 영혼을 흡수할 때마다, 그 크기가 커진다는 것이네.

또, 길 잃은 자들 중 비교적 약한 영혼은 해로윙 도중에만 모습을 드러낼 수 있지만, 강력한 존재들은 자신의 의지에 따라 다른 지역에 나타날 수도 있는 듯하네.

이러한 영혼들은 수가 많고 종류도 다양하지만, 다행히도 이들을 쫓거나 파괴하는 방법 역시 많이 발견됐네. 어떤 영혼들은 자신의 물건을 파괴하면 영혼 역시 파괴되지. 마법과 마법공학, 은으로 만든 무기, 비전의 힘으로 축복받았거나 그 힘이 깃든 무기 역시 영혼을 상대하는 데 효과가 있다고 하네. 대부분 불에 닿거나 태양에 직접 노출되어도 피해를 입지.

잘 생각해 보게. 다음번에 만나면 자세히 이야기하지.

THE HARROWING

해로윙

THE DARING DARLING

대담한 연인 | 로라 미셸

파예트는 그림자 군도에서 대담한 연인의 부두로 돌아오려면 정신을 바짝 차려야 한다고 손님들에게 항상 경고했다.

파예트의 여관은 작은 바위섬 위에 외로이 자리하고 있었다. 그녀가 여관을 지을 때 등대를 함께 짓지 않았기 때문에 밤이 되면 사악한 유령이 그곳을 찾아내기 힘들었다. 하지만 불행히도 보물 사냥꾼들 역시 마찬가지였다. 너무 늦게 출발하면 분명 해가 진 뒤에 길을 잃고 밤새 제자리를 돌며 항해하게 될 것이고, 망령들의 먹잇감이 되기에 십상이었다. 하지만 그림자 군도의 검은 모래 해안에서 오후 일찍 출항한다면 밤이 오기 한참 전에 여관과 부두가 있는 바위섬의 모습을 찾을 수 있을 것이다.

파예트는 여관에 찾아오는 손님 중 어리고 경험이 적은 자들에게 군도를 빨리 떠나라고 항상 충고했다. 상황이 여의치 않다면 찾은 전리품을 해변에 버리고서라도 출발하라고 말이다. 밤이 오기 전에 바다를 벗어나는 것이 훨씬 더 안전했다.

그러나 새로 온 자들은 그녀의 충고를 듣지 않는 일이 많았다. 대담한 연인으로 가장 먼저 돌아오는 것은 언제나 가장 숙련된 보물 사냥꾼들의 배였다. 그들이 지평선에 나타나면, 파예트가 가서 돕곤 했다.

그림자 군도에서 돌아오는 보물 사냥꾼들은 언제나 지친 데다가 때때로 부상을 당한 경우도 있었다. 누군가 정박용 밧줄을 받아 주고 안전하게 끌어당겨 줄 사람이 필요했다. 파예트는 이것을 여관에서 제공하는 서비스의 일종으로 여겼다. 파예트의 여관은 날이 밝으면 따뜻한 아침 식사가 나오고 밤

에는 시원한 음료가 제공되며, 물건을 안전하게 보관할 수 있고 친절한 주인장이 배의 정박을 도와주는 곳이었다.

이보다 더 좋은 여관이 어디 있을까?

"한숨 자야겠어." 개빈이 파도 너머로 소리쳤다.

"그렇게 해." 파예트가 웃었다. 파예트는 개빈의 변덕스럽고 특이한 성격이 마음에 들었다. 섬에 활기 넘치는 친구가 한 명쯤 있는 건 좋은 일이었다. 파예트는 다부진 체격의 데마시아 보물 사냥꾼 개빈이 밧줄을 던지기를 기다리며 갈고리가 달린 한쪽 팔을 내밀었다. 파예트는 지난 십 년간 거의 매주 이 부두 끝에서 개빈을 맞이해 왔다.

오늘은 그의 배가 비어 있는 듯했다. "빈손이야?" 파예트가 물었다.

"그런 셈이지." 개빈의 목소리에 걱정은 실려 있지 않았다. 그는 휘황찬란한 유물을 싣고 올 때도 있었고, 그렇지 않을 때도 있었다. 개빈은 그것에 별 신경을 쓰지 않는 듯했다. 이 정도 일로 주눅이 든다면 그림자 군도에서 보물 사냥을 하며 십 년이나 버틸 수 없었을 것이다. 개빈은 장기적인 목표를 이루는 것이 중요할 뿐, 작은 과정에 연연할 필요는 없다고 말하곤 했다.

파예트가 밧줄을 쐐기에 묶는 동안, 개빈이 그녀 곁으로 가볍게 뛰어내렸다. 그가 손에 들고 있는 작은 천 가방이 쨍그랑 소리를 냈다.

"아예 빈손은 아닌가 보네."

"별거 아냐. 금고에 넣을 가치도 없어." 귀신 들린 유적을 하루 동안 파헤치며 마법이 깃든 물건을 하나도 찾지 못했다는 뜻이었다. 금으로 만든 잡동사니 등은 찾았지만, 아주 귀한 것은 얻지 못했을 터였다.

금고는 정말로 귀중하고 위험한 물건을 보관하는 데만 쓰였다.

"난 좀 자러 갈게. 우리 아이오니아 친구들을 부탁해. 여사제와 수련생들이 아주 큰 걸 발견했거든." 개빈이 바다를 가리키며 말했다.

파예트가 고개를 돌리자 수평선에 아이오니아 돛을 단 낯익은 배가 보였다. 아이오니아 여사제와 그녀의 수련생들은 파예트의 여관에 한 달간 머물며 매일 아침 무언가를 찾으러 군도로 향했다. 그게 무엇인지는 누구에게도, 심지어 파예트에게도 말하지 않았다.

"그게 뭔지 봤어?" 파예트가 물었다.

"뭐, 어느 정도는. 방수포로 덮어 놨더군."

아이오니아 선박이 가까워지자 방수포로 덮인 거대한 물체가 보였다. 어찌나 큰지 승객들은 앉을 자리도 없이 밀려나 있었다. 여사제 사바 부인은 돛대에 반쯤 올라가 있었다. 세 명의 제자들은 물체 주변에 위태롭게 매달린 채로 경직되어 있었다. 배에서 떨어지지 않으려 안간힘을 쓰고 있는 그들의 로브와 띠는 물속에 잠긴 채 딸려 오고 있었다.

"금고에 넣어야 할 물건인가 본데." 파예트가 소리쳤다.

그들이 방수포를 걷자, 거대한 종이 나타났다. 높이는 거의 배 심부름꾼의 키만 했다. "굉장히 위험한 물건입니다." 사바 부인이 파예트에게 말했다. 그녀의 회색 머리는 땀에 절어 이마에 붙어 있었고, 새된 목소리는 단호하고 날카롭게 느껴졌다. 파예트는 그녀의 눈동자를 둘러싸고 있는 흰 원이 공포를 의미하는지, 흥분을 의미하는지 알 수 없었다. "손도 대지 말도록 하세요!"

"만약에—"

"영혼 세계를 혼돈의 도가니에 빠뜨리는 물건입니다. 마법의 힘이 마구 날뛰죠. 종소리가 멈추면… 사악한 침묵이 찾아옵니다. 파도가 부서져 사라지듯 말이죠." 사바가 날카롭게 말했다.

파예트는 그 말을 어떻게 받아들여야 할지 알 수 없었다. "… 재미있는 물건이네."

"당신이 맡아 주셔야 합니다. 누구도 종을 건드려선 안 돼요. 당신조차도요. 내 수련생들이 지하실로 옮겨 놓을 겁니다."

제자들은 조심스럽게 종을 둘러싸고 서더니, 끙끙대며 부두로 옮기기 시작했다. 흔들거리고 군데군데 구멍이 난 나무판 위에서 매우 신중하게 발걸음을 떼는 그들의 모습은 마치 기괴하고 느린 춤을 추는 무용수 같았다.

파예트는 미리 종종걸음으로 가 대담한 연인의 문을 열어 두었다. "조심해." 그녀가 튀어나온 나무 문지방을 가리키며 제자들에게 말했다.

파예트는 이곳을 누구보다도 잘 알고 있었다. 그녀는 몇 년 전 난파된 자신의 배를 해체해 이 여관을 지었다. 유물을 찾으러 그림자 군도에 왔던 그녀는 대부분의 보물 사냥꾼들이 그렇듯, 참담한 교훈을 얻었다. 파예트는 배가 이 섬의 해변에 좌초되는 바람에 구조되기 전까지 일주일간 발이 묶여 있었다. 그 일주일 동안 바닷물에 절은 식량을 먹다 병이 났고, 비명을 지르는 망령이 한쪽 팔꿈치 아래를 앗아 갔다.

하지만 위험한 교훈은 매우 값진 선물을 내어 주기도 한다. 파예트는 난파된 배 근처의 검은 모래 속에서 반쯤 파묻혀 있는 선물을 찾을 수 있었다. 배를 들이받아 선체를 산산이 조각낸 바위는 알고 보니 거대하고 무늬 없는 검은색 강철 금고의 모서리였던 것이다. 정교한 열쇠가 자물쇠에 꽂힌 채 부러져 있었다. 파예트는 거의 일 년에 걸쳐 땅을 파 금고를 끌어냈고, 마침내 금고를 해변으로 옮겨 열 수 있었다.

하지만 안에는 아무것도 없었다.

금고 자체가 어떤 보물보다도 값진 것이었다. 금고를 열 수 있는 열쇠는 단 하나뿐이었다. 자물쇠를 강제로 따려 하거나 마법의 힘으로 부수려 하는 자는 그 즉시 죽음을 맞이했다. 파예트의 간사한 일등 항해사가 바위섬으로 돌아오는 길에 그 첫 번째 희생자가 되었으며, 이후로도 몇 명이 목숨을 잃었다.

파예트는 이따금 열쇠 구멍을 통해 그들의 영혼에서 나오는 차갑고 푸른 빛이 보이는 듯한 느낌을 받았다.

아이오니아인들은 텅 빈 식당과 바를 천천히 지나 지하실 복도로 향하는 계단으로 내려갔다. "복도에서 기다려. 잠깐이면 되니까." 파예트가 그들에게 말했다. 그녀는 금고실로 들어간 다음 등 뒤로 문을 닫았다.

그런 다음, 그녀는 한쪽 팔에 달린 쇠 갈고리를 돌려 열었다. 그 아래 비어 있는 구멍 속에는 금고 열쇠가 들어 있었다.

파예트는 금고를 연 뒤 갈고리 안에 열쇠를 다시 숨기고 소리쳤다. "들어와."

아이오니아인들은 태연한 척하려 애썼지만, 파예트는 금고 내부를 본 그들의 눈이 커지는 것을 보았다. 안에는 빛나는 유물이 가득한 선반이 끝없이 늘어서 있었다. 저주받은 무기가 보관된 칸에서는 고음의 절규가 희미하게 들렸다. 한쪽에는 푸른 불꽃 줄기에 휘감긴 목걸이가 걸려 있었고, 그 옆의 녹슨 잠금 상자에서는 성난 영혼들의 기운이 진동하고 있었다.

금고에는 파예트의 손님들이 찾아온 물건이 가득했다. 모험가들이 다음 사냥을 나가는 동안 전리품을 안전하게 보관하는 곳으로, 파예트가 제공하는 가장 중요한 서비스가 바로 이것이었다. 그림자 군도 근처에 빌지워터인들이 세운 주둔지 중 이렇게 안전한 금고를 제공하는 곳은 없었다.

"원래는 손님들이 물건을 직접 가지고 들어오게

하지 않아. 하지만 그 종은 당신들이 직접 내려놓는 게 좋을 거야. 선반 위에 있는 물건은 절대 만지지 말아."

사바의 제자들은 조심스레 금고 속으로 들어가 천 받침대 위에 종을 내려놓았다. 파예트는 그 모습을 매서운 눈으로 주시했지만, 그들은 유물을 두려워해 훔칠 생각조차 하지 못할 것이라는 느낌이 들었다.

"위험한 물건들인가요?" 사바가 물었다.

"아니. 안전해." 파예트가 아이오니아인들에게 복도로 나오라고 손짓하며 말했다. "십 년간 그 위에 집을 짓고 살았는데 멀쩡히 살아 있잖아!" 그녀는 어깨를 금고 문에 기대고 밀어서 닫았다.

찰칵하고 문이 닫히는 소리에 모두의 등골이 서늘해졌다.

그날 밤. 대부분의 선박이 돌아왔다. 안 보이는 얼굴이 몇 있었으나, 파예트는 누군가가 그들의 망령을 군도에서 발견하기 전까지는 죽은 거로 생각하지 않았다. 대신 파예트는 좀 더 눈앞에 닥친 문제에 집중하기로 했다. 아직 살아 있는 손님 몇 명이 바 뒤에서 그녀를 몰아세우며 언성을 높이고 있었다.

"… 최소한 그 바스타야 녀석을 옮겨 줄 수는 있잖아." 바케가 애원했다. 그는 필트오버 해결사로, 어떤 상인 조직을 위해 심부름을 하는 중이라고 했다. 벨벳 양복 조끼를 입은 그는 모든 것이 완벽하기를 바랐으며 굉장히 귀찮은 자였다. 지난 두 달간, 파예트는 그가 군도에서 죽어 버렸으면 하고 빌었다.

"케스크를 옮겨 달라고? 그러느니 차라리 당신을 옮기겠어. 게다가. 지금 빈방도 없어. 완전히 만실이라고." 여섯 척의 작은 선박이 부두를 가득 메우고 있었고 객실이 열두 개밖에 없는 여관 안에는 보물 사냥꾼 여섯과 아이오니아 수련생 셋. 선원 열다섯이 꽉 들어차 있었다.

"케스크가 발톱 달린 까슬한 발로 내 침대 바로 위에서 쿵쿵거린다고." 바케가 투덜거렸다.

"그런 건 직접 얘기해!"

"얘기해 봤어." 졸레라가 말했다. 그녀는 녹서스 출신 상인이었다. 아니. 모두가 그렇게 추측했다. 녹서스 억양을 쓰고, 상인처럼 보이는 옷을 입었기 때문이었다. 졸레라는 주로 구석에 조용히 앉아 공책에 몰두하곤 했다. 파예트는 졸레라가 불평하고 있다는 사실에 놀랐다.

"당신도 발소리를 들었어?" 파예트가 물었다.

"나랑 우리 선원들 전부 들었어. 진군가도 부르더군."

"저런."

"아이오니아의 진군가였어."

"아이오니아 진군가에 무슨 문제라도 있나요?" 사바가 방 건너편에서 큰 소리로 말했다.

졸레라가 발끈했다. "노래 전체가 우리 민족을 죽이는 내용이잖아!"

"다들 그만해!" 파예트가 소리쳤다. "대담한 연인에서는 싸움 금지야!"

"아직 진짜로 싸우는 건 아니지." 바케가 따졌다. 그가 시계태엽 고글의 초점 거리를 조정하더니. 얼굴에 은근한 미소를 띠었다. "싸우면 볼만하긴 하겠네."

그때 개빈이 자신의 방에서 내려와 파예트에게 씩 미소를 지어 보였다. "왜들 소란이야?" 그가 묻자 졸레라와 사바가 즉시 고함을 치기 시작했다.

파예트는 한숨을 내쉬며 집어 든 냄비를 갈고리 손으로 탕탕 두드렸다. "자. 자!" 그녀가 소리쳤다.

"힘은 망령들을 위해서 아껴 두라고, 알겠어?"

"맞는 말이야." 개빈이 웃었다.

"보관할 물건 있는 사람? 저녁 식사를 준비하기 전에 금고를 이용할 마지막 기회야." 파예트가 물었다.

파예트는 손님들을 하나씩 뜯어 보는 배커의 고글이 촛불 빛을 받아 번쩍이는 것을 보았다. 그는 손님들이 발견한 유물에 파예트만큼이나 관심이 있었다.

"난 귀한 물건은 가지고 있지 않아." 개빈이 말했다.

"우린 이미 금고에 보관했습니다." 사바가 덧붙였다.

이상한 일이었다. "아무도 없어?" 파예트가 물었다.

"난 군도에서 허탕을 치고 빈손으로 왔어." 바케가 한숨을 쉬었다.

"그 양반은?" 파예트가 물었다. 파예트는 그의 이름을 항상 잊어버리곤 했다. 여관에 도착한 후 방을 떠난 일이 거의 없기 때문이다. "그 귀족 양반 말이야."

"돈 많은 녹서스인? 나는 한 번도 본 적이 없는데." 바케가 말했다.

"나도 마찬가지야. 바로 내 옆방인데도 말이지." 개빈이 중얼거렸다.

파예트는 어깨를 으쓱했다. "알았어. 이제 저녁을—"

밖에서 누군가의 비명이 들려왔다.

파예트와 손님들은 일제히 자리에서 일어나 서둘러 부두로 달려 나갔다. 아이오니아인 수련생 한 명이 시체처럼 창백한 얼굴을 하고 그림자 군도 쪽을 가리키고 있었다.

평소에는 쇠처럼 흐린 지평선을 따라 검은 언덕이 얇은 띠를 이루고 있던 곳에서, 시커먼 검은 연기가 산더미처럼 하늘로 솟아오르는 것이 보였다.

'여왕 바다뱀이시여, 자비를.

해로윙이 시작되는구나.'

누가 말할 것도 없이 부두에 있던 모든 보물 사냥꾼들이 즉시 움직였다. 그들은 짐을 챙기러 가거나, 안으로 달려가 선원들을 불러 모은 후 출항 준비를 시작했다.

하지만 파예트의 외돛배는 이미 떠날 준비가 되어 있었다. 매일 아침 점검하기 때문이다. 그림자 군도 코앞에서 장사하며 살고 있으니, 해로윙을 대비하는 것은 당연한 일이었다.

파예트는 전통에 따라 지금 당장 다른 일을 준비

해야 했다. 혼비백산 뛰어다니는 손님들 가운데서 파예트는 목을 가다듬고 소리쳤다.

"15분 뒤에 바에서 봐!"

해로윙이 시작되면 빌지워터와 그림자 군도 사이의 모든 보급 기지는 최대한 빨리 대피해야 했다. 유물 사냥꾼들은 전리품을 챙겨 달아났고 여관 주인들은 문을 걸어 잠그며 돌아올 때 모든 것이 제자리에 있기를 빌었다.

그리고 모두가 떠나기 전, 각각의 소규모 공동체들은 반드시 '최후의 건배'를 해야 한다. 그림자 군도에 보물을 찾으러 오는 절박한 모험가들만의 독특한 기념 의식이었다. 떠나기 위해 배에 오르기 전, 한데 모여 서로의 안녕을 위해 술잔을 기울이는 것이다. 물론 일부는 진심을 숨긴 채 잔을 들기도 한다. 보물 사냥꾼 하나가 죽으면, 살아남은 자가 차지할 전리품이 늘어나기 때문이다.

파예트는 이 의식을 매우 중요하게 생각했다. 그녀는 바 뒤에서 먼지 쌓인 술병을 꺼내 여관 손님 머릿수대로 잔을 채웠다. 보물 사냥꾼 여섯, 전업 선원 열다섯, 아이오니아 수련생 셋, 그리고 파예트까지. 스물다섯 개의 잔이 바 위에 늘어섰다.

손님들이 건배하기 위해 하나둘 모여들었다. 파예트는 그들의 눈에서 공포를 보았다. 이미 해로윙을 여러 번 겪고 살아남은 개빈조차도 동요하는 모습이었다. 그러나 개빈은 파예트를 향해 웃어 보이고는 침착하게 잔을 집었다.

"또 이 짓이라니." 그가 한숨을 쉬었다. "우리가 해로윙을 본 게 몇 번이더라, 파예트? 네다섯 번이던가?"

"저는 처음이에요." 모두가 불평을 늘어놓던 바스타야 케스크가 말했다. 그는 본래 아이오니아 출신이나, 파예트에게 자신을 빌지워터 선장으로 소개했으며 그에 맞는 옷차림을 하고 있었다. "빌지워터에 배를 정박하기 시작한 게 올해가 처음이니까, 해로윙을 본 적이 없죠."

"당신네 선원들은 잘 버텨 줄 거야. 해로윙을 겪은 적이 있으니까." 개빈이 그에게 말했다.

"선원들은 해로윙을 보았는데, 선장은 못 봤다? 그러고도 선장인가?" 바케가 콧방귀를 뀌었다.

파예트는 바케 역시 필트오버에서 해로윙을 본 적이 없을 거라고 확신했다. 그녀는 엄한 목소리로 입을 열었다. "싸우지들 마, 오늘 밤이 중요해. 해로윙이 자주 일어나는 건 아니지만, 확실하게 대처해야 한다고. 참, 그리고 마지막으로… 금고에서 꺼낼 물건 있는 사람?"

"내 전리품을 다 챙겨 갈 시간은 없어." 개빈이 말했다. 개빈은 올해 흥미로운 유물을 상당히 많이 찾았다. 데마시아 말 두 마리로는 옮기기 힘들 터였다.

"우리도 종을 옮길 시간은 없어요." 사바가 투덜댔다.

바케는 케스크 쪽으로 돌아섰다. "자넨 어때, 꼬꼬댁 친구?"

"아, 전 아직 원하는 것을 찾지 못했어요." 케스크가 천진하게 선장 코트의 호화로운 레이스 옷깃을 잡아당기며 말했다.

"뭘 찾고 있는데, 선장 양반?" 바케가 물었다.

"보물이 숨겨진 곳을 아는 축복의 빛 군도 선장의 영혼이 담겨 있는 목걸이죠! 전임 선장이 자기 전임자가 가지고 있었다고 했는데, 군도에서 죽었ㅡ"

"거기까지 해, 젊은 친구. 비밀을 전부 털어놓으면 안 되지." 개빈이 툴툴댔다.

케스크는 눈을 껌뻑였다.

바케는 못 들은 체하며 웃음기 어린 얼굴을 졸레라에게 돌렸다. "당신은 어때, 녹서스 양반? 금고에 뭘 넣어 뒀지?"

"아무것도. 찾은 게 없으니까." 졸레라가 퉁명스레 답했다.

'거짓말을 하는군.' 파예트가 생각했다. 졸레라는 지난번 사냥에서 돌아온 후 어떤 상자를 보관해 달라고 맡겼다. 하지만 파예트는 입을 다물고 있었다. 진실을 말할지 말지는 손님들이 알아서 결정할 일이었다.

"우리 주인장은?" 바케가 빛나는 고글을 파예트 쪽으로 돌렸다. "해로윙이 올 때 금고에서 뭘 꺼낸 적이 있나?"

"당신은 어떤데?" 졸레라가 끼어들며 바케를 가리켰다. "남들이 뭘 찾았는지 관심이 참 많네. 그러는 당신은 뭘 찾았는데?"

"아. 나도 찾고 있는 물건을 아직 발견하지 못했지. 나는…."

바케가 문득 조용해졌다. 계단을 내려오는 발소리가 들려왔다.

개빈의 옆방에 묵고 있는 조용한 귀족의 발소리였다. 그는 상당히 매력적인 인물로, 어깨너머로 드리운 긴 은발 머리가 적갈색 벨벳 로브와 대비되어 더욱 밝게 돋보였다. 그의 표정은 이상하리만치 차분했다.

"해로윙이 다시 찾아왔군." 그는 마치 평범한 날씨 이야기를 하는 듯한 말투로 말했다. "모두 지금 떠나려는 건가?"

개빈이 폭소를 터뜨렸다. "당연하지. 안 그럼 망령들이 바다에 빠뜨릴 테니."

"사람을 바다에 빠뜨리는 망령은 거의 없어. 대부분은 그냥… 산산이 조각내 버리지." 귀족이 그의 말을 정정했다.

"전문가라도 되는 건가?"

"그만해." 파예트가 잔을 들었다. "다 무엇잖아

개빈?"

개빈이 가장 나이 많은 보물 사냥꾼이었기에, 축사는 그의 몫이었다.

머리가 희끗희끗한 개빈은 파예트를 향해 웃어 보이며 잔을 들어 올렸다. "건배하지."

하지만 그가 시작하려는 찰나, 촛불과 등불이 바람에 나부끼더니 동시에 꺼졌다.

짧은 시간 동안, 아무 일도 일어나지 않았다. 그러더니 방 안에 비명이 울려 퍼졌다.

파예트는 바 아래로 몸을 숙였다. 그녀는 어둠 속에서 더듬거리며 숨겨 둔 칼날 손을 찾았고, 능숙한 손놀림으로 갈고리 손을 돌려 바꿔 끼웠다. 아슬아슬한 순간이었다. 누군가 바 위로 기어오르더니, 뛰어내리며 난폭하게 주먹질과 발길질을 해 댔다. 파예트는 어둠 속에서 상대를 단단히 붙잡은 후 목을 찾아 칼날을 갖다 대었다.

"모두 멈춰. 멈추라고!"

갑자기 불이 켜지자, 싸움이 그쳤다. 파예트는 잡아 두었던 선원의 목에서 손을 떼고 일어났다. 방 한가운데서 녹서스 귀족이 등불을 손에 든 채 차분히 기다리고 있었다.

하지만 그의 주변 광경은 혼돈 그 자체였다.

바케는 곰덫처럼 생긴 빛나는 무언가에 둘러싸여 바닥에 웅크리고 있었고 아이오니아 수련생 한 명과 졸레라의 선원 두 명은 근처 마룻바닥에 몸을 숙이고 있었다. 청록색으로 빛나는 턱뼈 몇 개에 발목이 꽉 물린 상태였다. 그들은 기어서 벗어나려다 고통스럽게 신음했다.

케스크의 선원 중 하나는 손에 단검을 쥐고 바닥에 널브러진 채 죽어 있었다. 그의 시신 위에는 피 묻은 단검 두 개를 든 개빈이 올라타 있었다. "날 공격했어." 개빈의 목소리에는 당혹감이 섞여 있었다.

졸레라는 탁자 아래에 숨어 있었다. 케스크는 탁

자 '위'가 숨기에 좋은 장소라고 생각한 듯했다. 사바는 신음하는 선원들에게 둘러싸여 손에서 먼지를 털어 내고 있었다.

"저건 뭐죠?" 사바가 바케의 덫을 가리키며 물었다.

"그래, 내가 거짓말을 했어. 사실 오늘 그림자 군도에서 찾던 물건을 찾았지." 바케가 손을 흔들자, 여기저기에서 덫이 풀렸다. 물려 있던 사람들은 신음하며 바닥으로 쓰러졌다. "우리 조직은 이 장치를 역설계해서 대량 생산하려 하고 있어. 육신이 아니라 영혼을 붙잡는 덫이야."

"영혼 세계를 어지럽히는 물건이에요!" 사바가 소리쳤다.

"당신이 데이비를 죽였어요!" 케스크가 개빈을 향해 고함쳤다.

"날 찌르려 했다고!"

"불은 누가 끈 거지?" 녹서스 귀족이 물었다. 조용하고 신중한 목소리였지만, 모두가 소란을 멈추고 귀 기울였다. "여관 손님은 모두 이곳에 있다. 스물다섯 개의 잔, 스물다섯 명의 사람이 모였지." 그는 개빈의 발밑에 누워 있는 시신을 향해 고갯짓했다. "거기 있는… 데이비를 포함해서 말이야. 그러니, 누가 불을 껐을까?"

졸레라는 이미 바 끝에 있는 불 꺼진 촛불을 조사하고 있었다. "피야." 그녀가 사납게 말했다. 파예트는 죽음의 흔적을 조사하는 그녀의 모습에서 녹서스인답게 직설적인 태도를 느꼈다. "봐. 피가 묻어 있어."

파예트는 몸을 가까이 기울였다. 차갑게 식은 심지 주변에 아직도 피가 고여 있었다.

"주의를 끌려는 수작이었던 거야." 졸레라가 말하곤 문 쪽으로 달려갔다. 나머지 손님들은 뒤따랐다.

밖에서는 부두에 정박한 배가 전부 검붉은 무언가로 칭칭 감겨 있었다. 배를 묶고 있는 줄은 마치 살아 있는 듯 요동치고 너울거려 마치 뱀을 보는 듯했다.

개빈이 부두 쪽으로 걸음을 떼려 하자, 파예트가 그의 팔을 잡았다. "그러지 마. 어떤 존재의 소행인지도 모르잖아." 친구로서 하는 충고였다.

"흑마법이야." 졸레라는 분노에 차 말도 제대로 나오지 않는 듯했다. 그녀는 주먹을 말아 쥐고 이를 으드득 갈며 손님들을 향해 돌아섰다. "아주 역겨운 마법이지."

"본 적 있어?" 바케가 물었다.

"책에서 읽은 적이 있어. 그림자 군도의 마법이 아니야. 발로란에서 온 고대의 사악한 힘이지."

대담한 연인으로 다시 돌아온 바케는 아이오니아인들을 탓하기 시작했다. "당신들 전부 마법사잖아!"

"난 사제예요. 이들은 수련생들이고요!" 사바가

말했다.

"흑마법을 수련하는 거 아냐?"

"신앙을 수련하는 겁니다!"

개빈은 방구석에서 대부분의 선원들과 함께 모여 있었다. 선원들은 자신들을 고용한 지체 높은 보물 사냥꾼들에게서 거리를 두는 일이 잦았지만, 개빈은 오래전부터 친구나 다름없는 존재로 받아들였다. "우린 나가서 배를 풀어 볼 거야." 개빈이 말했다. "이 문제를 해결하는 데 도움을 주겠다면 누구든 따라와도 좋아."

"잠깐, 떨어지면 안 돼! 우리 중에 배신자가 있다고." 파예트가 말했다.

"우리도 나갈 거예요." 사바가 그렇게 말하곤 제자들을 이끌고 방을 가로질러 가기 시작했다. "배를 풀어야 해요."

"그러시든가. 난 당신네하곤 같이 안 가. 망할 아이오니아 마법사들 같으니." 바케가 으르렁댔다. 그는 마치 비싼 옷과 보석이 자신을 안개로부터 보호해 줄 거라고 생각하는 듯, 필트오버산 겉옷으로 어깨를 단단히 감쌌다.

케스크는 몸을 심하게 떨고 있었다. 선장 모자에 달린 깃털이 흔들렸다. 그가 쓰러지지 않고 서 있다는 것이 놀라울 지경이었다. "저, 저는 제 방으로 가겠어요." 그가 말을 더듬었다.

"나도 마찬가지야." 졸레라가 말했다.

"방에 숨는다고 해결되는 건 없어! 최대한 빨리 이 섬을 떠나야 한다고!" 파예트가 고함쳤다.

개빈이 창밖을 내다보았다. "내 경험상, 검은 안개가 이곳에 도착할 때까지 한 시간가량밖에 남지 않았어."

"그럼 나도 내 방으로 가겠어." 바케가 신경질을 냈다.

"안 돼!" 파예트가 소리쳤다. 하지만 손님들은 이미 흩어지고 있었다. 셋은 위층으로, 나머지는 부두로 나갔다. 남아 있는 것은 젊은 녹서스 귀족뿐이었다.

귀족이 심각하지만 차분한 목소리로 입을 열었다. "모두가 위험에 처했다. 네 말이 맞아. 이 섬에는 배신자가 있어. 누군지는 알 수 없지만, 분명 다시 공격해 올 거야."

"검은 안개가 도착하면 배신자 따윈 걱정거리도 안 될 거야." 파예트가 신경질적으로 말했다.

"맞는 말이야. 나는 그림자 군도에 대해 꽤 잘 알고 있어. 다년간 이 장소에 대해 연구해 왔으니까." 귀족은 로브에 달린 주머니에서 작은 책을 꺼내더니 책장을 이리저리 넘기기 시작했다. 파예트는 그 속에서 다양한 그림과 고대 문자 단편들을 언뜻 볼 수 있었다. "이곳에 머물면 큰 재앙을 당하게 될 거야. 강철 기사단에 대해서는 들어 봤겠지? 그리고—"

"얘기는 들어 봤어." 파예트가 그의 말을 끊었다. "나도 해로윙에서 여러 번 살아남았지. 당신은?"

"해로윙을 직접 마주하는 것은… 이번이 처음이야. 하지만, 이 부자연스러운 안개가 가져오는 위협이 평범한 망령뿐만은 아니라는 것을 알고 있겠지. 군도에는 우리가 결코 상대할 수 없는 사악한 고대의 힘이 깃들어 있어. 그래도 유물 무기가 있다면 도움이 될 거야. 금고에 있다면 지금 가지러 가는 게 좋겠군."

파예트는 분노로 얼굴이 달아오르는 것을 느꼈다. "손님들의 물건에 손을 대란 말이야?" 그녀는 지금껏 쌓아 온 믿음직스러운 금고 지킴이라는 평판에 해를 끼치는 것을 상상조차 할 수 없었다. 금고를 바닷속에 던져 버리는 것만큼이나 어리석은 짓이 아닌가!

"손님들이 죽어 버리면 신뢰는 아무런 소용이 없

어. 이렇게 고민하는 사이에 안개는 점점 가까워지
고 있다는 사실을 명심해." 귀족이 지적했다.

"절대 안 돼. 말도 꺼내지 마. 저 멍청이들이 알
수 없는 힘에 당하기 전에 데려오기나 하자고." 그
녀는 계단 쪽으로 향하다 문득 걸음을 멈췄다. 귀족
의 이름이 기억나지 않았다. "당신 이름이 뭐였지?"

"나 말인가?" 귀족이 여전히 부드러운 목소리로
말했다. "블라디미르다."

개빈은 검은 안개가 도착하기까지 한 시간이 걸
릴 거라고 예상했지만. 이미 한 움큼의 안개가 바다
의 수면을 가로질러 다가오고 있었다. 블라디미르
와 서둘러 계단을 오른 파예트는 창밖에서 안개의
손아귀가 섬을 향해 밀려오는 것을 보았다.

여관 2층은 무덤처럼 고요했다. 졸레라와 바케
의 방문은 굳게 닫혀 있었다. 파예트가 바케의 문
으로 향하려 하자, 블라디미르가 팔을 잡더니 바닥
을 가리켰다.

그녀는 눈을 가늘게 뜨고 마룻바닥을 자세히 보
았다. 이상한 마법 보호막이 시야를 흐리게 했지만,
문 앞에 덫이 깔려 있다는 것을 알 수 있었다.

"참나." 그녀가 툴툴거리곤 덫 너머로 손을 뻗어
바케의 방문을 두드렸다. "이봐, 어서 나와! 뭉쳐
있어야 한다고!"

"절대 안 돼. 이 안에 있는 게 가장 안전해." 바케
가 날카롭게 소리쳤다.

"영혼은 벽을 통과할 수 있어." 블라디미르가 그
에게 상기시켰다.

"흥, 이 덫은 영혼이든 인간이든 모두 잡을 수 있
어!"

"영혼들이 문을 통해 들어오진 않을 거란 말이
다."

"날 내버려 둬!"

"졸레라에게 가 보자." 파예트가 말했다. 하지만
졸레라의 방문 역시 잠겨 있었다. 괴팍한 녹서스 상
인답게. 졸레라는 노크에 반응조차 않았다.

"이 인간들이 죽으려고 작정했네." 파예트가 분
통을 터뜨렸다. "이곳은 항상 그게 문제야. 필트오
버와 녹서스의 어중이떠중이들이 보물 사냥꾼 흉
내를 내며 군도를 드나든다고. 뭐, 당신 흉보는 건
아니야."

"이해해." 블라디미르가 희미하게 미소를 지으
며 말했다. "하지만 이 둘 중 하나가 바보 흉내를 내
는… 진짜 배신자일 가능성도 있지."

"아직 증거는 없잖아." 파예트는 그렇게 말했지
만, 그와 같은 생각에 사로잡혀 있었다. "케스크에
게 가 보자고."

파예트와 블라디미르는 서둘러 계단을 올라 3층
으로 향하다. 반쯤 올라갔을 때 선원의 시신에 발이
걸려 넘어질 뻔했다.

"세상에." 파예트가 기겁했다. 희미한 빛 속에서,
남자의 가슴에 깊은 자상이 나 있는 것이 보였다.
옷에 난 칼자국에서는 연기가 몇 가닥 피어오르고
있었다. "무엇에 당한 거지?"

블라디미르는 몸을 낮춰 시신을 살폈다. "영혼
무기군." 그는 예의 작은 책을 꺼내 서둘러 책장을
넘기기 시작했다. "어디 보자…."

'끼익!' 머리 위의 계단 꼭대기에서 누군가 헐거
운 나무판을 밟는 소리가 났다.

"거기 누구야? 케스크?" 파예트가 물었다.

겁에 질린 케스크가 작은 목소리로 말했다. "가
까이 오지 말아요!"

"우리가 올라갈게!" 파예트가 경고했다.

블라디미르는 파예트에게 걱정스러운 시선을 던
졌다. "조심하도록 해."

파예트는 그가 걱정하고 있다는 사실이 꽤 매력적으로 느껴졌다. 젊고 아름다운 남자가 그녀의 안전에 대한 우려를 내보인 것은 상당히 오랜만이었다. 그녀는 자신도 모르게 미소를 지었다.

"녀석 정도는 감당할 수 있어." 그녀는 그렇게 말하곤 위층으로 달려갔다.

칼날 손을 들어 올리고 있던 것이 천만다행이었다. 계단 꼭대기에서 육중한 무언가가 내려와 그녀의 머리를 강타하려 했고, 그녀는 간신히 막을 수 있었다. "그만둬! 널 도우려는 것뿐이라고!" 파예트가 소리쳤다.

케스크는 복도 중간쯤에 몸을 구부정하게 하고 있었고 그와 파예트 사이에 무언가가 도사렸다. 공기가 불안하게 흔들리며 남자의 모습을 한 희미한 형상을 이루고 있었다. 마치 그림자가 겁에 질려 인간의 모습을 만들어 낸 것 같았다.

블라디미르가 등불을 들고 서둘러 계단을 올라왔을 때, 파예트는 분명히 볼 수 있었다. 덩치 큰 선장의 망령이 거대한 해적검을 휘두르고 있던 것이다. 옷은 갈가리 찢겨 있었고, 투명한 피부와 흐릿한 뼈가 보였다.

파예트는 케스크가 손안에 빛나는 목걸이를 쥐고 있는 것을 보았다. "이 거짓말쟁이! 유물을 찾았잖아!"

케스크는 목걸이를 문질렀다. "남들에게 알리고 싶지 않았어요." 그는 눈을 이리저리 굴렸다. "세상에는 모르는 게 나은 비밀도 아주 많아요. 창 밖을 내다봤는데… 창… 밖에…." 그가 몸을 부들부들 떨었다.

"안개 속에서 무언가를 본 거야. 이성을 잃었어." 블라디미르가 중얼거렸다.

"영혼을 쫓아 버려!" 파예트가 말했다.

"그러긴 싫어요!" 케스크가 두 사람을 향해 이를

드러냈다. 그가 바닥에 앉은 채 몸을 웅크리자 휘황찬란한 선장 외투의 등이 땀으로 흠뻑 젖어 있는 것이 보였다. 그의 목소리가 절망으로 떨리기 시작했다. "당신이 우릴 여기 가둔 거예요!"

파예트는 인상을 찌푸리고 케스크를 내려다보았다. "널 다치게 하고 싶지 않아, 케스크!"

유령 선장이 번득이는 해적검을 휘두르자, 블라디미르와 파예트는 뒤로 펄쩍 물러났다. 그녀는 방어적인 자세로 움직이는 동안, 이상한 감정이 솟아나는 것을 느꼈다. 지난 십 년간 바를 관리하고, 객실을 청소하고, 금고를 여닫는 일만 해 왔지만… 전사의 본능이 아직도 뼛속 깊이 잠들어 있던 모양이었다.

그 본능은 순식간에 깨어났다.

해적검이 그들 옆으로 빗나가며 유령 선장의 몸이 반동으로 기울자, 파예트는 빈틈을 노려 앞으로 몸을 날렸다. 그녀는 선장이 반응하기도 채 전에 그를 지나쳤고, 칼날 손을 치켜든 채 케스크를 향해 돌진했다.

블라디미르는 선장의 반대편에서 공격을 회피하며 자주색 벨벳 화살처럼 그녀를 뒤쫓아 갔다. 그는 케스크의 팔을 잡고 벽에 몰아붙였다.

"망령을 조심해!" 블라디미르가 소리쳤다.

파예트는 팔을 높이 든 채 뒤로 돌아 유령 선장의 공격을 간신히 막아 냈다. 그대로 맞았다면 죽었을 것이다. 그가 몸을 앞으로 기울여 파예트의 얼굴에 대고 포효했다. 썩어 문드러진 입술이 벌어지며 끔찍한 입속이 드러나자, 파예트는 등골이 오싹해졌다. 그가 갈퀴 같은 손으로 파예트의 목을 움켜쥐려 달려들었다. 그녀는 몸을 살짝 틀어 선장이 제 속도를 이기지 못하고 근처 벽으로 날아가게 했다.

벽에 부딪힌 선장은 반짝이는 거품처럼 흩어지더니 어둠 속으로 사라졌다.

블라디미르는 웃음을 터뜨리더니 케스크의 영혼 없는 몸을 바닥으로 떨어뜨렸다. 케스크가 손에 쥔 목걸이는 이제 빛나고 있지 않았다. 발밑에는 케스크의 피가 고여 있었다.

"잘했어." 그가 감탄하며 말했다. "하지만 이 목걸이는 착용자와 연결되는 모양이야. 그가 죽자 마법의 힘이 사라지더군." 블라디미르가 목걸이를 주머니에 밀어 넣었다. "진심으로 충고하는데, 금고를 여는 게 좋을 거야. 검은 안개가 선장보다 더 끔찍한 존재들을 불러올 테니."

파예트는 벽에 기대어 쿵쾅대는 심장을 진정시키려 했다. 오랫동안 전투에서 손을 뗀 여파로 몸이 따라 주지 않는 건지, 아니면 흥분감 때문에 어지러운 건지 알 수 없었다. 생사를 건 전투에서 이기는 것이 얼마나 짜릿한 경험인지 잊고 있었다. "금고는 열지 않아. 손님들의 신뢰를 저버릴 순 없어."

블라디미르는 어깨를 으쓱했다. "하지만 손님들이 모두 죽는다면…"

파예트는 이 점잖고 우아한 귀족이 슬슬 짜증 나기 시작했다. "내가 보관하고 있는 건 여기 있는 사람들의 유물뿐만이 아니라고. 다른 주둔지에 있는 손님들도 있어. 게다가, 내게 물건을 맡긴 사냥꾼 중에는 아직 군도에 나가 있는 자들도 있다고. 살아있을 수도 있어!"

"현재 상황으로 미루어 볼 때, 그건… 지나치게 낙관적인 판단인 것 같군."

"됐으니까, 다른 손님들과 합류하자고."

블라디미르는 반대하지 않고 따랐다. 두 사람이 지상층에 도착했을 무렵, 파예트는 문득 블라디미르가 케스크를 어떻게 죽였는지 보지 못했다는 사실을 깨달았다.

'이상해. 무기도 없었는데.'

여관 문에 도달한 파예트는 심장이 철렁했다. 부

둣가에서 선원과 보물 사냥꾼들이 여관 입구를 향해 헐레벌떡 달려오고 있었다. 그 뒤로, 부두 끝 먼 곳에서 기이한 소동이 벌어지고 있었다.

단조로운 잿빛으로 빛나던 하늘을 시커먼 안개가 물들이고 있었다. 검은 줄기가 뱀처럼 물을 가로질러 정박한 배 사이사이를 메웠다. 수면 아래에서는 거대한 형상들이 어슴푸레하게 빛나며 움직이고 있었다.

"안으로 들어가. 녀석들이 왔어!" 개빈이 파예트를 향해 소리쳤다.

손님 전체가 대담한 연인 안으로 밀려 들어왔다. 사바는 다치지 않았지만, 제자 중 두 명만 살아 있었다. 선원 네다섯 명도 보이지 않았다. 나머지 인원은 서둘러 탁자와 의자를 날라다 문 앞에 쌓았다.

"그건 별 소용이 없을 거야. 밖에서 이미 너희를 봤으니, 벽을 통과해 들어오겠지." 블라디미르가 한

숨을 쉬었다.

"녀석들이 케스크의 배에 구멍을 냈어. 케스크는 어디 있지?" 개빈이 물었다.

"죽었어. 완전히 정신이 나가서 우릴 공격했어." 파예트가 말했다.

"그럼 우릴 이곳에 가둔 건 졸레라나 바케라는 뜻이군요. 이 자리에 없는 건 그 두 사람뿐입니다. 둘 중 하나가 마법을 건 게 분명해요." 사바가 화를 냈다.

파예트는 눈살을 찌푸렸다. 그럴 가능성은 작아 보였지만 그렇다고 전혀 없는 것도 아니었다.

"둘 중 하나인 게 확실해. 그것 말곤 설명할 방법이 없잖아." 개빈이 말했다.

파예트가 입을 열었다. "두 사람 모두 위층 객실에 문을 잠그고 들어가 있어. 가서―"

"무기를 꺼내야겠어." 누군가 소리쳤다.

모두의 시선이 계단 위로 쏠렸다. 마침 최악의 시점에, 졸레라가 나타난 것이다. 그녀는 피에 굶주린 민물 상어보다도 화가 난 얼굴이었다.

"금고를 열어 줘. 무기를 챙겨서 떠나겠어." 그녀가 파예트에게 말했다.

"금고에 아무것도 맡기지 않았다고 하지 않았나요?" 사바가 날카롭게 말했다.

"뭘 타고 떠나려고? 배가 아직도 묶여 있다고!" 개빈이 답답하다는 듯 말했다.

"무기나 줘." 졸레라가 고함쳤지만, 선원들이 그녀를 향해 다가가고 있었다. 그들이 졸레라를 의자로 끌고 가자, 사바의 제자들이 장식띠로 그녀를 묶었다.

"이거 놔. 이러고도 무사할 줄 알아? 내 동료들이 가만두지 않을 거다!" 졸레라가 소리쳤다.

"죽여서 주문이 풀리나 확인해 보자고." 선원 한 명이 제안했다.

"그럴 필요 없습니다." 사바가 말하더니 두 손을 들어 올리고 졸레라에게 다가갔다. "그녀가 영혼 세계와 교감하고 있는지 제가 감지해 보죠."

개빈이 어처구니없다는 표정을 지었다. "뭐? 마법사를 감지해 낼 수 있다고? 허튼소리 마. 그런 소릴 하는 자는 다 사기꾼이야. 데마시아에 마법을 느낄 수 있다는 소년이 있었는데, 알고 보니―"

사바의 태도는 강경했다. "마법은 모든 것을 이어 줍니다. 우리 수도회가 마법의 지도를 만들고 있죠. 우리는… 변화를 느낄 수 있습니다. 소용돌이, 통로를 말이죠."

"그럼 보여 줘." 파예트가 말했다.

방 안이 조용해졌다. 졸레라조차 두려움보다 호기심이 앞선 듯, 입을 다물었다. 사바는 졸레라의 머리 근처로 손을 뻗더니 파예트가 알아들을 수 없는 언어로 속삭이기 시작했다. 잠시 동안 혀끝에서 뜨거운 금속 맛이 느껴졌다.

곧 사바가 손을 거두었다. "아무것도 느껴지지 않는군요. 그녀와 영혼 세계의 연결 고리는 없는 것이나 마찬가지입니다. 그녀가 마법을 사용하는 것은 불가능합니다."

개빈이 고개를 저었다. "아니야. 분명 당신에게서 숨기고 있는 거야. 데마시아에서는―"

"당장 이 줄을 풀어 주지 않으면, 후회하게 될 거야." 졸레라가 내뱉듯 말했다. 그녀는 파예트의 눈을 응시했다. "당신이 풀어 줘. 이곳 주인이니까."

하지만 파예트가 어떻게 해야 할지 결정하기도 전에, 바 뒤편의 바닥이 폭발하며 망령들이 쏟아져 나왔다.

무슨 일이 일어나고 있는지 알 수 없었다. 지하실로부터 반투명한 팔다리와 절규하는 소리가 뒤섞여 올라오며 혼돈의 도가니를 이루었다. 파예트는 분노에 차 뒤틀린 얼굴들이 입속 가득한 송곳니를 드러내며 바 위를 넘어오는 것을 보았다. 마치 불을 켜 두고 잊어버린 냄비가 끓어 넘치는 모습 같았다. 익사한 선원, 고대 병사, 다리 없는 망령들이 뼈가 앙상한 팔로 기어올랐다.

"도망쳐!" 블라디미르가 파예트를 계단으로 끌며 소리쳤다.

파예트는 달리기 시작했다. 그녀의 키보다 큰 도끼를 들고 있는 유령 전사가 지하실에서 기어 나오더니 도끼를 휘둘렀다. 그녀가 날아오는 도끼 위로 펄쩍 뛰어 피하자 뒤에 있던 탁자가 박살 났다. 전사는 졸레라 주위에 모여 서 있는 선원들을 향해 계속해서 도끼를 휘둘렀다.

파예트와 블라디미르는 2층으로 향하는 계단을 순식간에 올라 열려 있는 졸레라의 객실 안으로 들어갔다. 파예트는 고개를 돌려 계단을 보았지만, 따라오는 자는 아무도 없었다. 비명, 나무가 부서지는 소리, 섬뜩한 포효만이 들려 왔다….

블라디미르가 그녀 뒤로 손을 뻗어 문을 쾅 닫았다.

"문을 닫아도 영혼은 막을 수 없다더니." 파예트가 말했다.

블라디미르는 대답하지 않았다. 그는 다시 작은 책을 꺼내 책장을 넘기며 손가락으로 고대 문자 사이를 훑었다. "방금 그 도끼 전사 말이야." 그가 중얼거렸다. "강철 기사단은 아니었지. 헬리아 도시 경비인가? 기수에 대해 들어 봤나?" 고개를 들어 파예트를 바라보는 그의 눈빛은 희열로 들떠 있었다. 이전의 차분한 모습은 간데없었다. "이거야말로 진짜 해로윙이야! 모두가 이곳으로 모여들 거야. 기수, 고문가, 어쩌면 전령까지 등장할지도 몰라. 죽음조차 거부한 강력한 존재들이!"

'고대 망령들에게 잡아먹힐지도 모르는데, 굉장히 신난 얼굴이군.' 그렇게 생각한 파예트가 입을 열었다. "섬을 떠나야 해."

"그렇지. 내가 도울 수 있으니 다행이야. 나와 내 후원자는 그림자 군도에 대해 많은 걸 알고 있거든. 금고에 들어 있는 유물의 용도를 알아낼 수 있을 거야. 배에 걸린 주문을 풀 수 있는 유물이 있을지도 몰라."

파예트는 현기증이 났다. "난… 금고를 열 수 없다니까…."

블라디미르가 파예트를 향해 다가오더니 책의 내용을 보여 주었다. 종이는 고대 기계 장치와 무기를 정교하게 묘사한 삽화와 알 수 없는 언어로 쓰인 글씨가 가득했다. "후원자들이 이 강력한 물건들을 찾도록 날 이곳에 보냈지. 내게 금고를 보여 주기만 하면 돼. 파예트—"

다시 가슴속에 분노가 차오른 파예트는 충동을 자제할 새도 없이 블라디미르를 밀쳐 냈다. "절대 안 돼. 몇 번을 말해야 알아들어?"

하지만 블라디미르는 주눅 들지 않은 듯했다. 그의 우아한 미소가 사라지더니, 표정이 이상하게 일그러졌다. 마치… 실망한 것 같았다. "좋아. 마음대로 해. 그럼 아래층으로 돌아가서 가지고 있는 무기로 싸우도록 해. 승산이 있을 거라고 생각한다면 말이지."

파예트는 이를 갈며 문으로 향했다.

그리고 문을 여는 순간, 피의 파도와 마주했다. 바닥부터 천장까지 복도 전체를 메우고 있던 피가 왈칵 쏟아져 나오며 흔들리는 배의 활대처럼 파예트를 강타했다. 그녀는 눈과 입에 피를 잔뜩 머금은 채 반대편 벽으로 내동댕이쳐졌다. 온갖 생각이 뒤섞이며 혼란이 찾아왔다. 머리를 부딪친 걸까? 파예트는 알 수 없었다. 마치 누군가 강철 목줄을 채워 놓은 듯. 목에 이상한 무게감이 느껴졌다.

피의 파도는 갑작스러운 등장처럼 갑작스레 빠져나갔다. 놀랍게도 그녀는 바른 자세로 곧게 서 있었다. 다리에 힘을 전혀 주지 않았는데 선 자세라니, 매우 이상했다. 그녀는 걸어가기 시작했다. 이는 더욱 기이한 일이었다. 파예트는 눈을 감고 있는 데다, 다리를 움직이려 한 적이 없기 때문이다.

피로 끈적해진 눈을 억지로 한쪽씩 뜬 파예트는 자신이 기우뚱거리며 걷고 있다는 사실을 발견했다… 게다가, 방향은 싸움이 벌어지고 있는 계단 아래였다.

아무리 애를 써도 몸을 돌리는 것이 불가능했다. 끔찍한 주문이 그녀를 속박하고 있는 것이었다. 파예트는 고개를 돌릴 수도 없었다. 그녀는 지하실에서 망령들이 쏟아져 나와 사바와 제자들을 향해 몸을 날리는 것을 보았다. 개빈이 단검을 양손에 들고 앙상한 망령 손아귀의 공격을 피하고 있었다. 졸레라는 바닥에 널브러져 있었다.

그녀는 뭔가가 콸콸 흐르는 소리와 함께 신발이 축축해지는 것을 느꼈다. 고개는 돌릴 수 없었지만, 피가 그녀를 따라 강줄기처럼 부자연스럽게 계단을 내려오고 있는 모습이 곁눈으로 보였다. 피는 흐르는 것이 아니라, 스스로 움직이는 것이었다.

파예트는 이런 장면을 어디선가 본 적이 있었다. 분명… '오, 수염 달린 여신이시여.'

부두에서 배를 묶고 있던 게 바로 이것. 피의 사슬이었다.

식당에 이르자, 피가 그녀를 위해 싸우기 시작했다. 망령이 그녀에게 덤벼들자, 피가 앞으로 돌진해 관통했다. 또 다른 망령이 긴 막대를 던지자, 피가 넓은 방패 모양으로 퍼져 막아 냈다. 파예트는 아무렇지 않게 벽을 따라 걷는 자신의 모습을 지켜봤다. 그녀는 절규하며 죽어 가는 손님들을 지나쳐 바 뒤

의 부서진 바닥으로 향했다.

그리고 아래로 뛰어내렸다.

지하실에 착지하자 액체가 사방으로 튀었다. 바닥에는 물이 꽤 높이 고여 있었고, 어딘가에서 물이 계속 쏟아져 들어오는 소리가 들렸다. 몸을 일으키자 턱 밑에서 무언가가 튀어 올라왔다. 잠시 살펴보니 단순하게 생긴 가죽끈에 빛나는 보석이 붙어 있었다.

'군도에서 나온 유물인가? 누군가 날 조종하고 있는 건가?'

금고 보관실에 도달하자, 반대쪽 손이 칼날 손쪽으로 서서히 움직이기 시작했다. 그녀는 최대한 팔을 잡아당겼지만, 목에 걸린 보석이 더욱 밝게 빛나더니 손이 제멋대로 날아가 팔꿈치에 달린 고정대에서 칼날 손을 돌려 빼냈다.

파예트는 자신의 손이 숨겨 둔 금고 열쇠를 꺼내 자물쇠 쪽으로 가져가는 모습을 지켜보았다. 불타는 분노가 다시 끓어 올랐다. 그녀는 자신의 모든 의지력을 손에 집중시켰다….

그러자, 손이 멈췄다.

그녀는 이를 바드득 갈았다. 얼굴이 화끈거렸다. 눈썹 위에 땀이 맺히는 것이 느껴졌다.

'금고를 열 생각은 꿈도 꾸지 마. 어떤 놈인지 모르겠지만, 금고는 절대 못 내줘.'

그런데 파예트의 발밑에서 무언가가 들끓고 있었다. 물속에서 피의 기둥이 분수처럼 솟아 나왔다. 그것은 한데 뭉쳐 섬세한 팔을 이루더니, 응고되어 우아한 손이 되었다.

손은 파예트의 손가락에서 열쇠를 가져가더니 자물쇠에 넣었다. 찰칵하는 소리가 났다.

자신의 감정에 압도당한 파예트는 정신을 잃었다.

정신을 차린 파예트는 금고 입구 언저리에 아무렇게나 쓰러져 있었다. 금고는 텅 비어 있었다.

목걸이를 걸어 두는 고리엔 아무것도 없었다. 무기 보관대에 가득 차 있던 울부짖는 전리품들은 온데간데없었다. 선반에는 아무것도 남아 있지 않았다. 금고에는 종뿐이었다.

그녀를 조종하던 목걸이는 조용히 그녀의 목에 걸려 있었다. 분개한 그녀는 목걸이를 잡아 뜯은 후 발로 뭉개 버렸다.

'아무도 믿어선 안 돼. 얼마나 오랫동안 정신을 잃었던 거지?'

그녀는 칼날 손을 다시 돌려 끼운 후 점점 차오르는 물을 헤치고 위층으로 올라갔다. 물은 금고 뒤의 벽에서 쏟아지는 것이었다. 망령들은 여관을 완전히 박살 냈다. 계단에는 그을린 자국이, 벽에는 손톱자국이 남아 있었지만, 유령은 보이지 않았다.

여관 1층에도 유령은 없었다. 부서진 탁자와 의자만이 산더미처럼 쌓여 있었다. 파예트는 졸레라가 묶여 있던 의자 옆에 미동도 하지 않고 누워 있는 것을 보았다. 바 위에는 죽은 선원 두 명이 널브러져 있었다.

그리고 방 한가운데에는 사바가 개빈 위에 의기양양하게 서 있었다.

"파예트! 이자가 주문을 걸었어요!" 그녀가 황급히 말했다.

"난 아무 짓도 안 했어." 개빈이 신음했다. 그는 손으로 복부를 움켜쥐고 있었다. 손가락 사이로 피가 흘러내렸다.

"마법사예요! 영혼 세계와 소통하는 것이 느껴져요!" 사바가 소리쳤다. 그녀는 개빈의 멱살을 잡고 앉은 자세로 일으켰다. "뒤틀리고, 사악한 힘이에요!"

그는 고통에 울부짖었다. "마법사는 맞지만, 내가 한 짓이 아니라고!"

파예트는 얼어붙었다. "뭐라고?"

"그래서 데마시아를 떠난 거야." 그가 끙끙대며 말했다. 그가 불안한 미소를 짓자, 입가에서 한 줄기의 피가 스며 나왔다. "난 마법사야, 파예트. 여태껏 어떻게 군도에서 살아남았겠어?"

"당신… 나한테 거짓말한 거야?" 파예트는 개빈을 자신의 가장 절친한 친구로 여기고 있었다. 매일같이 그의 배를 부두에 매 왔다. 어떻게 이제껏 마법사란 사실을 숨겼던 걸까?

"거짓말하지 않았어. 진실을 전부 밝히지 않은 것뿐이지." 개빈이 쿨럭거렸다.

높고 잔혹한 웃음이 사바의 입술에서 터져 나왔다. "죽입시다, 파예트. 그러면 배에 묶인 주문이 풀릴 거예요." 사바가 개빈을 놓자 그는 쿵 하는 소리와 함께 바닥으로 나자빠졌다. "단검은 어디에다 뒀지, 배신자? 목을 베어 버리겠어."

파예트는 정신이 멍했다. '왜 내게 말하지 않은 걸까? 이렇게 중요한 사실을.'

하지만 그는 부상이 심해 거의 죽기 직전이었다. 그가 피의 마법을 걸었다면, 왜 주문이 풀리지 않았던 걸까?

사바는 개빈의 단검을 찾으러 난장판 속을 헤집기 시작했다. "그를 감시하고 있어요. 사악한 마법사를 처단합시다."

파예트는 개빈을 감시하며 눈을 똑바로 응시했다.

오랜 시간 함께해 온 두 사람은 눈빛만으로도 서로의 생각을 알 수 있는 일이 잦았다. 개빈은 지금 파예트가 무슨 생각을 하는지 알고 있었다. 그는 고개를 끄덕이더니 시선을 돌렸다. 그의 시선을 따라가자, 부서진 의자 밑에 단검이 숨겨져 있는 것이 보였다.

파예트는 조용히 몸을 숙여 단검을 집었다.

그리고 세 번의 신속한 발걸음으로 방을 가로질러… 사바의 등에 꽂았다.

사바는 비틀거리더니, 힘없이 손을 허우적거리며 쓰러졌다.

파예트는 개빈을 향해 달려갔다. "미안해." 그렇게 말하는 그는 눈물을 흘리고 있었다.

"아니야." 어느새 파예트도 눈물을 흘리고 있었다. 얼굴의 피를 닦아 내며 붉어진 눈물이 개빈의 어깨 위로 떨어졌다.

"우린 참 좋은 친구였지?" 개빈이 물으며 그녀의 손을 쥐었다. 죽음에 이른 자의 가냘픈 손길이었다. "일부러 말하지 않았어. 부끄러웠으니까. 데마시아에서는… 나 같은 아이들에게 겁을 줬어. 스스로가 한없이 수치스러웠지. 누구에게도 말하지 않았어."

"미안해하지 않아도 돼. 우린 여기서 탈출할 거야."

"그럴 순 없어. 흑마법사들이 아직 이곳에 있으니까." 그가 속삭였다.

"마법사들? 한 명이 아니었던 거야?"

"오, 훌륭해!" 누군가 외쳤다.

크고, 또렷하고, 의기양양한 목소리였다. 자신의 위대한 계략을 자랑스러워하는 자의 거만한 말투였다.

"드디어 깨달으셨군." 블라디미르가 말했다.

바케와 블라디미르가 2층에서 함께 내려오고 있었다.

그들은 빛나는 목걸이와 절규하는 검으로 한껏 무장하고 있었다. 바케는 유물로 가득한 자루를 지고 있었고, 블라디미르의 아름답고 창백한 얼굴 위에는 유령 불꽃에 회감긴 뾰족뾰족한 은제 왕관이

씌워져 있었다. 파예트는 세상 무엇보다도 그 조소하는 얼굴을 파괴해 버리고 싶은 욕구가 간절히 들었다.

"진심으로 감탄했어. 평범한 인간들은 너 같은 의지력이 없거든." 블라디미르가 그녀에게 말했다.

예의 바른 귀족은 잔혹하고 사나운 악마로 변해 있었다. 그의 눈은 피처럼 붉은색으로 반짝였고, 입술은 불멸의 미소로 비틀려 있었다.

"내 후원자들이 널 꼭 만나고 싶어 할 거야, 파예트." 블라디미르의 목소리는 이전보다 훨씬 깊고 크게 들렸다. 키도 커진 듯한 느낌이었다. 그에게서 증오로 가득한 빛이 뿜어져 나오는 것만 같았다. 그녀의 지성으로는 알아낼 수 없는 교묘한 마법이었다.

하지만 그녀는 아무 말도 하지 않았다. 그는 괴물이지 사람이 아니었다. 그녀는 나갈 길을 살폈다.

"난 그들을 후원자라고 부르지만, 사실은 협력자들이다. 나만큼이나 나이가 많고 강력한 자들이지." 그가 파예트를 향해 조용히 걸어오며 말했다. 소용돌이치는 핏덩어리가 그를 따라오고 있었다. 그가 팔을 들자, 피가 주변을 춤추듯 맴돌았다.

바케가 그에게 절했다. "지당하신 말씀입니다. 블라디미르 님."

블라디미르가 몸을 기울여 오자 역한 피 냄새가 따라왔다. "내 협력자들과 나는 그림자 군도에 큰 관심이 있다. 적에 대적하기 위해 어떤 강력한 유물을 찾고 있지. 네가 힘을 보태 주면 좋겠군, 파예트. 이 지역을 훤히 꿰고 있으니."

파예트는 엄청난 피 냄새에 숨을 쉬기조차 힘들었다. 그녀는 시선을 돌렸다.

"아, 그렇게 나오시겠다." 블라디미르는 한숨을 쉬었다. "이제 너 하나밖에 남지 않았는데 말이야. 생존자의 혼을 이렇게 낭비하다니 안타깝군."

파예트는 개빈을 내려다보았다. 그의 몸은 차가웠다. 생명의 정기를 모두 빼앗긴 듯한 모습이었다. 고개를 들자, 마지막 남은 그의 피가 빨려 나가 블라디미르 주변을 맴도는 것이 보였다.

"나는… 우리 조직에 들어오는 자들에게 보답하지. 그게 바로 혈마법의 존재 이유야. 사람들은 온갖 무서운 이야기를 지어내 말하곤 하지만, 젊음과 힘을 유지하게 해 주는 게 혈마법이다… 물론, 아름다움은 덤이지."

파예트는 차오르는 증오심을 주체할 수 없어 무슨 말을 외쳐야 할지 결정할 수조차 없었다. "다― 당신이 내게 억지로 금고를 열게 했어!"

"당연한 소리! 바케가 이 여관을 몇 주 동안이나 관찰했다. 필트오버인 연기를 참 잘하는 친구지. 상대의 마음을 누그러뜨리는 매력도 있고 말이야. 그는 손님들이 어떤 물건을 찾고 있는지 모두 알아냈지." 블라디미르는 케스크의 목걸이를 주머니에서 꺼냈다. "모든 고대 부적, 낡은 무기, 금고에 있는 모든 걸 말이야… 전부 우리 계획이었지. 내가 널 조종하는 데 사용한 목걸이는 개빈이 바로 오늘 찾아낸 거라고." 그가 덧붙였다. "실바의 광기석, 널 금고로 끌고 간 목걸이지. 개빈은 그걸 너에게 맡기고 싶어 하지 않았어. 아이오니아인들이 목걸이를 뺏어 갈 거라고 생각했겠지. 하지만 그가 졸레라를 심문하고 있을 때, 내가 주머니에서 슬쩍했지."

이상하게도 파예트는 기분이 나빴다. '내게 목걸이 얘길 했어야지.'

"하지만 졸레라가 찾은 물건이 가장 인상적이었어. 그녀가 그런 재주를 가지고 있을 거라곤 생각하지 않았으니까!" 블라디미르는 무시무시한 가시가 달린 철제 창을 들어 올렸다. "그녀가 우리 조직의 적들을 위해 일하고 있었을지도 모르겠어. 이 창은 강철 기사단의 물건이지… 복수의 화신을 처치한 창이려나?"

파예트의 뒤에서 누군가의 목소리가 들려왔다. "곧 알게 될 거다."

뒤를 본 파예트는 졸레라가 의자 다리로 벽난로 선반을 치고 있는 것을 보았다. '못을 박고 있는 건가?'

졸레라는 넘어지지 않기 위해 벽난로에 기대었다. 그녀의 목소리는 지쳐 있었다. "복수의 여신이여, 찾아와 주소서!" 그녀는 떨리는 손가락으로 무언가의 위에 못 하나를 더 박아 넣었다.

'사람 모습을 한 인형인가?'

"배신자의 이름을 부릅니다. 블라디미르." 그녀가 다시 한번 망치질했다.

블라디미르는 충격받은 듯했다. "잠깐―"

"블라디미르!" 쾅!

"그만둬!" 블라디미르가 소리쳤다.

"블라디미르!"

마지막 망치질과 함께, 졸레라는 쓰러져 죽었다. 파예트는 창문으로 달려갔다. 밖에서는 검은 안개가 전보다 훨씬 맹렬한 속도로 몰아치고 있었다. 파도 위에서 빛나는 망령의 형상들이 점점이 이동하고 있었다. 그들은 여관에 숨어 있는 몇 안 남은 인간을 발견하지 못한 채, 파예트의 바위섬을 지나 빌지워터를 향해 날아갔다. 망령들이 매섭게 부두를 넘고 배를 지나쳤다.

그때 부두 끝에 무언가가 가만히 서 있는 것이 보였다. 키가 크고 빛나는 형상 하나가 검고 날렵한 갑옷을 입은 채 길고 검은 머리를 바람에 휘날리고 있었다.

블라디미르는 파예트가 한 번도 들어 본 적이 없

는 언어로 욕지거리를 내뱉었다. "칼리스타, 복수의 화신이군!"

"어떻게 할까요, 주인님?" 바케의 목소리는 덜덜 떨리고 있었다. 필트오버인 연기를 그만둔 그의 태도는 매우 수동적이고 비굴했다.

하지만 파예트는 분명히 볼 수 있었다. 블라디미르가 걸어 둔 피의 사슬이 사라진 것이다!

그녀는 대담한 연인의 문을 박차고 나가 배를 향해 달렸다.

파예트의 뒤에서는 칼리스타가 창 하나를 부두의 나무판에 내리꽂았다. "블라디미르, 배신자여!" 그녀가 외쳤다.

파예트는 그것을 무시하려 애썼다. 그녀는 거대하고 느린 빌지워터 도살자의 망령을 피해 바위섬 한쪽 구석의 작은 만으로 전력 질주했다.

뒤에서 블라디미르의 고함이 들려왔다. "넌 어리석은 필멸자의 심부름이나 하는 개에 불과하다. 다른 데 가서 짖으라고."

"워메이슨 졸레라가 내게 서약했다." 칼리스타가 울부짖듯 말했다.

파예트는 자신의 외돛배가 해변으로 밀려나 멈춰 있는 것을 발견했다. 모래밭에서는 빛나는 영혼들이 서로에게 마구 부딪히고 있었다.

해변에는 망령들이 가득했고, 그중 절반은 파예트보다 큰 무기를 지고 있었다. '진작에 금고를 열었어야 했어.' 그녀가 속으로 중얼거렸지만, 이제 금고는 텅 비어 있었다. 남은 것이라곤…

'…종!'

파예트는 몸을 돌려 다시 여관으로 달려가기 시작했다. 부두에 도착하자마자, 칼리스타가 대담한 연인의 정문으로 돌진하는 모습이 보였다.

문은 산산이 조각났고, 여관의 정면 벽도 대부분 무너졌다.

칼리스타는 바케를 향해, 아니 바케를 관통해 창을 던졌다. 블라디미르는 무너진 입구의 잔해 속에서 기어 나오며 바케 쪽으로 손짓해 그의 피를 빨아들였다. 그는 유물의 힘으로 빛나고 있었다. "이런 순간을 수백 년간 기다리고 있었다." 그가 폭소했다.

블라디미르가 칼리스타에게 달려들었다. 파예트는 부두 밑으로 뛰어내렸다.

위에서 세기의 대결이 펼쳐지고 있었다. 피가 사방으로 튀었고, 선박이 두 동강 났다. 고대 목걸이에서는 망령들이 쏟아져 나왔다. 파예트는 바닷물을 헤치며 여관 뒤편으로 향했다.

건물 뒤쪽에 도달한 파예트는 바다에서 나와 부서진 바위 가장자리를 기어 올라갔다. 망령들은 문이나 창문을 부숴 사람을 겁주는 것을 즐기는 듯했지만, 부수지 않고 그대로 두었다. 그들은 지하실이 물과 가깝기 때문에 그곳을 통해 나온 것이다. 금고 뒤의 벽은 망령들이 부쉈을 터였다. 파예트는 파도 속으로 뛰어내린 다음, 이상하리만치 사바를 닮은 망령의 손아귀를 피하고 벽에 아무렇게나 난 구멍을 통해 지하실로 들어갔다.

개빈의 영혼이 그곳에서 파예트를 기다리고 있었다. 영혼은 그녀를 안으려 두 손을 들어 올렸다. 녹색으로 빛나는 피부가 이미 썩어 가고 있었다. "파예트, 내 친구여…" 영혼이 울부짖었다. 개빈의 목소리가 아니었다.

파예트는 뒤로 물러섰다. 이 흉측한 형상은 개빈을 어설프게 흉내 낸 것뿐이다. 개빈이 이런 모독을 당하게 둘 수는 없었다.

파예트는 이를 바드득 갈고 칼날 손을 단호하고 깔끔하게 내리쳤다. 영혼은 반짝이는 공기가 되어 흩어졌다.

그녀는 헐거운 나무판을 집어 종을 쳤다.

사바는 종이 영혼 세계를 에너지로 채워 혼돈에 빠뜨린다고 했다. 파예트는 그것이 밖에 있는 망령들에게 어떤 영향을 끼치게 될지 알 수 없었지만, 그들을 교란해 당황하게 만들고 싶었다.

종을 울리자 효과는 즉시 나타났다. 밖에서 만 개의 영혼이 동시에 울부짖으며 벽이 무너져 내리기 시작했다.

피에 굶주린 상어의 영혼이 금고에 돌진해 부딪혔다.

조각이 사방으로 튀자 파예트는 위층으로 뛰어올라갔다. 여관 1층의 사망한 선원들에게서 망령이 스멀스멀 기어 나오고 있었다. 파예트는 망령이 된 손님들을 피한 후 여전히 흐느끼고 있는 케스크의 형상을 뛰어넘어 밖으로 뛰쳐나갔다.

부두 반대쪽 끝에 블라디미르가 몸을 숙이고 있었다. 벨벳 로브는 찢어졌고, 피부는 생기 없는 잿빛이었다. 칼리스타는 종의 힘을 한껏 받아 창으로 그를 찌르고 또 찔렀다.

끊이지 않는 공격 사이의 잠시 동안, 파예트는 증오에 찬 그의 시선이 자신에게 꽂히는 것을 보았다. '맙소사. 저자가 날 봤어.'

그녀는 부두에서 뛰어내려 외돛배를 향해 돌진했다. 도착하자마자 파도가 밀려와 부딪히더니, 끔찍한 침묵이 뒤따랐다.

바위섬을 메우고 있는 모든 영혼이 일제히 조각상처럼 제자리에 굳었다. 들려오는 소리라곤 정박해 있는 배의 부서진 삭구를 흔들고 비트는 바람 소리뿐이었다. 해변의 망령들은 발을 옮기고, 비명을 지르는 도중의 모습대로 얼어붙어 있었다. 마치 어

울리지 않게 훌륭한 빌지워터 귀신의 집에 전시된 밀랍 인형 같았다. 파예트는 움직이지 않는 망령들 사이를 조심스레 지나 숨겨 둔 외돛배에 올라탄 후 작은 돛을 펼쳤다.

바위섬이 검은 안개에 가려 보이지 않게 되기 직전, 파예트는 칼리스타가 느리고 구부정한 자세로 블라디미르를 향해 다시 돌진하는 것을 보았다. '그가 죽었으면 좋겠어. 죽을 수 있긴 한 건지 모르겠지만.'

그녀의 배는 바람을 타고 안개 속을 신속하게 가로질렀다. 곧 먼 바다로 나아가 빌지워터로 향할 수 있을 것이다. 아주 짧은 시간 동안, 사방이 수상하리만치 고요했다.

갑자기 '땡그랑!' 하는 소리가 났다. 대포보다 훨씬 큰 종소리였다.

그 즉시 귀가 먹먹한 굉음이 뒤따랐다. 녹서스 군함의 화약통 전체가 일제히 폭발하는 듯한 소리였다. 파예트는 바위섬의 기반암이 갈라지는 소리를 들었다. 여관 부두의 부서진 잔해가 주변에 비처럼 쏟아졌다… 지하에서는 빛나는 유령들이 손을 뻗고 할퀴며 떼 지어 솟아나고 있었다.

파예트는 노를 붙잡고 최대한 빨리 젓기 시작했다. 노에 부딪힌 망령들의 손가락이 부러지고 흠뻑 젖은 해골이 찌그러졌다. 파도 밑 깊은 곳에서는 무시무시한 목소리가 퍼져 나오고 있었다. 그 소리가 찌렁찌렁 울릴 때마다 유령들이 올라와 외돛배를 잡으려 했다. 배가 한쪽으로 완전히 기울 뻔하자, 파예트는 노를 내팽개치고 돛대를 붙잡을 수밖에 없었다.

그러나 종소리는 곧 멈췄다. 끔찍한 유령들은 올 때와 마찬가지로 순식간에 물러갔다. 파예트는 제자리에 얼어붙은 채로 그들이 돌덩이처럼 바다 깊은 곳으로 곤두박질치는 모습을 지켜보았다.

파예트는 외돛배 뒤편의 긴 의자에 털썩 앉아 숨을 고르려 애썼다. 온몸이 욱신거렸다. 칼날 손은 금이 가 있었다. 팔다리는 부두에서 날아온 파편이 잔뜩 박혀 피가 나고 있었다.

그 순간 어떤 소리가 들렸다. 무언가가 배에 접근하고 있었다.

흐르는 핏물 위에 한 남자가 서 있었다.

"칼리스타, 이 쓸모없는 망령." 파예트가 중얼거렸다.

블라디미르는 그림자 군도의 유물을 모두 잃은 채 파예트의 외돛배에 올랐다. 그는 자신의 피로 피투성이가 되어 있었다. 얼굴에는 전에 없던 주름 패 있었다.

"그 망할 종을 힘껏 치면 복수의 여신도 쫓을 수 있지." 그가 말했다.

"내 배에서 내려!"

그는 희미한 미소를 지어 보였다. "뭘 그리 화를 내시나. 난 아무 짓도 하지 않아. 빌지워터로 데려가 줘."

파예트는 구역질이 났다. 하지만 외돛배가 달이 비추고 있는 대양으로 신속히 나아갔고 지친 두 살인자는 서로를 죽일 힘조차 없다는 사실을 깨달았다.

"그러니까 금고를 열자고 했을 때 열었어야지." 블라디미르가 말했다.

슈리마 제국은 대륙 전체를 다스릴 정도로 번성했던
문명이었습니다. 과거 막강한 신성전사와 초월체
군단을 통해 남부의 여러 민족을 통일했고, 항구적인
평화를 유지했죠.

누구도 슈리마 제국에 거역하지 못했습니다. 종종 이케시아
같은 국가가 반란을 일으켰지만, 무자비하게 짓밟혔습니다.

이후 수천 년 동안 성장과 번영이 이어졌지만, 슈리마의
마지막 황제가 초월에 실패하면서 수도는 폐허가 되었고 제국의
영광스러운 역사는 신화로 전락했습니다. 현재 슈리마 사막의
유목 민족들은 척박한 환경 속에서 겨우 목숨을 부지하고 있죠.
오아시스를 지키기 위해 마을을 건설하는 이들이 있는가 하면,

숨겨진 보물을 찾아 고대의 지하 무덤을 뒤지는 이들도 있습니다. 또한 보수를 받고 일을 하고 무법의 황무지로 돌아가는 용병들도 있죠.

과거의 영광을 재현하길 꿈꾸는 소수의 사람들도 여전히 존재합니다. 사막의 심장부에서 들려오는 어떤 소문에 부족들이 동요하기도 했습니다. 바로 슈리마의 황제 아지르가 부활해 자신들을 새로운 변영의 시대로 이끌 것이라는 소문 말이죠.

제국의 첫 번째 수도는 서쪽 끝에 있는 네리마제스였습니다. 그러나 그보다 훨씬 더 큰 두 번째 수도가 슈리마의 거대한 강줄기들이 만나는 곳, 전설적인 새벽의 오아시스 위에 세워졌습니다.

슈리마의 황제들은 이곳에서 셀 수 없이 많은 세대를 거치며 제국을 다스렸습니다. 제국은 땅을 정복하거나 동맹을 맺어 영토를 확장했고, 이쉬탈, 칼두가, 타곤, 파라지처럼 예로부터 존재하던 국가들은 제국의 일부로 기꺼이 편입되었습니다.

그러나 고귀한 황제 아지르가 초월에 실패했을 때, 슈리마의 모든 희망은 그와 함께 스러졌습니다. 황실의 혈통이 끊겼고, 강은 말라붙어 대지가 척박하고 황폐해졌으며, 태양 원판은 모래 속으로 가라앉았습니다.

남아 있는 초월체들은 제국의 유산을 어떻게 이어 나갈 것인가에 대해 서로 마찰을 겪었고, 이는 결국 전쟁으로 이어져 알려진 세계 대부분이 파괴되었습니다.

잃어버린 도시

A LOST CITY

01 제 아지르의 부상으로
오랜 시간 사막으로
남겨졌던 이 땅에 서서히 생명이
돌아오고 있습니다. 제국은 다시
태어나기 위해 산고를 겪고 있으며,
슈리마인들은 몰락의 시기에서
살아남게 해준 다양한 문화와
삶의 방식을 돌아온 고대의 힘과
공존시키려 노력하고 있습니다.

탕대 최고의 마법사들이 타곤의 가르침에서 영감을 얻어 제작한 찬란한 태양 원판은 전 세계에 걸친 슈리마의 패권을 상징했습니다. 자격을 인정받은 자들은 태양 원판 앞에 무릎을 꿇고, 신성한 의식에 참여하여 원판에서 반사되어 나오는 천상계의 빛으로 세례를 받을 수 있었습니다.

슈리마는 '초월'이라 부르는 이 의식을 통해 명망 높은 신성전사들을 만들어 냈습니다. 모든 신성전사는 필멸자의 지성을 뛰어넘는 힘에 의해 축복받았습니다.

신성전사와 바카이
THE SACRED 8

초월체 군단은 막강한 영웅과 뛰어난 전술가, 노련한 마법사들로 구성되어 전투에서 슈리마의 군대를 지휘했습니다. 전설에 따르면 적들은 신성전사와 직접 상대하는 것을 두려워해 그들이 나타나는 즉시 후퇴했으며, 이로 인해 전투에서 승리를 거두는 경우도 있었다고 합니다.

THE SPURNED

대 양 원판의 비밀은 초월체
군단이 삼엄하게 지키고
있었으나, 원판이 항상 완벽했던
것은 아니었습니다. 초월 의식을
거쳤으나 결점이 있거나 불완전한
존재로 판명된 필멸자들을 '바카이'
라고 부릅니다. 바카이는 비인간적인
고통을 겪게 되므로, 최대한 빨리
숨통을 끊어 주는 것이 자비로운
것으로 여겨졌습니다.

슈리마인들은 사막의 강렬한 태양을 견뎌 내며 황제, 전사, 노예, 학자가 되었습니다. 그들은 사막에 대한 지식과 끈끈한 유대감, 역사가 자신들을 잊지 않을 것이라는 굳은 믿음을 통해 수 세기에 걸친 전쟁에서 살아남았습니다.

아지르가 몰락했을 때, 제국은 산산이 부서졌습니다. 곳곳에서 다양한 사람들이 신성성, 상속권 등의 근거를 들어 통치권을 획득하려 했고, 슈리마 민족은 이 권력 투쟁으로 거의 말살될 뻔했습니다. 오늘날에도 많은 자들이 각자의 이유를 대며 자신이 사치와 부를 누리는 황제가 되어야 한다고 주장하고 있습니다.

모든 슈리마인들은 한때 제국이 세계에서 가장 강력했다는 사실을 알고 있으나, 푼돈을 받고 외지인들을 위해 모래를 파는 자들에게 과거의 영광은 쓰디쓴 향수로만 남아 있습니다. 그럼에도 불구하고 물 옮기기, 수로 파기 등의 단순 노동을 하는 슈리마인들은 찬란했던 과거를 기억합니다.

SAND IN THEIR BLOOD

모래의 혈통

외지인들에게 슈리마는 황무지였지만, 슈리마 상인들은 이곳에서 기회를 보았습니다. 사막의 보물을 노리는 외국인 탐험가들이 끊임없이 드나들었고, 영리한 상인들은 버려진 무덤에서 꺼내 온 고대 유물부터 가늠할 수 없는 마법의 힘이 깃든 노래하는 수정까지 다양한 보물을 팔아 이득을 챙겼습니다.

슈리마의 이글거리는 태양 아래에는 수많은 위험이 도사리고 있지만, 노련한 유목민 정찰병들은 필트오버 탐험가나 녹서스 요원들을 사막 곳곳의 외딴 마을과 오아시스로 인도하며 대사막에서 살아가고 있습니다.

우르제리스 원정대가
실종된 것 같습니다.

잃어버린 보물을 찾기 위한 관문
GATEWAY

나시라미의 총독 부부

슈리마와 녹서스 귀족 간의 결혼은 그 어떤 장군의 포고나 불멸의 요새에서 온 의미 없는 서신보다도 나은 결과를 가져오는 일이 잦았기에, 정치적 이점을 편리하게 취할 수 있는 수단이었습니다.

232 SHURIMA

아 지르 사망 이후, 슈리마는 매우 다르게 변모했습니다. 남쪽 사막의 사이 칼리크와 황폐해진 이케시아가 한때 녹음이 무성했던 땅을 뒤덮기 시작했고, 주민들은 물을 찾아 먼 곳으로 자주 이동해야 했습니다.

슈리마의 인구는 해가 갈수록 급격하게 감소했습니다. 유목민의 삶은 힘겨웠으며, 금세 죽음으로 끝나는 경우가 많았습니다. 물론 사막에는 아직 많은 비밀이 숨겨져 있지만, 그것을 눈에 담을 슈리마인들의 수는 점점 줄어가고 있습니다.

상업과 여행은 곧 삶의 방식이 되었습니다. 강의 북쪽이 대사막의 끔찍한 모래에 파묻혀, 제국의 옛 국가들은 모두 사라졌습니다. 육상 교역로를 만들고 유지하여 사방에 흩어진 마을들을 잇는 것은 유목민 상단의 몫이 되었습니다.

또한 머나먼 땅에서 슈리마의 잃어버린 보물을 찾으러 오는 탐험가들이 많아지자 외화를 받고 기꺼이 안내인 역할을 수행하고자 하는 슈리마인들이 많아졌습니다. 북부의 많은 항구와 도시는 끊임없이 영토를 넓히려 하는 녹서스 제국에 자진해서 동화되었습니다. 이들 정착지의 원주민들은 녹서스인 이웃들과 비교적 평화롭게 지내며, 식품 교환과 특혜 무역을 군사적 보호의 마땅한 대가로 여기고 있습니다.

남부 황무지에서 사이 파라지의 소위 '무한 평원'까지 펼쳐진 슈리마의 사막은 건조한 기후 외에도 수많은 위험 요소로 가득합니다. 대부분의 교역소는 자체적인 관습과 법률을 가지고 있으나, 지역 집행관의 관할권을 벗어나는 자들은 거의 보호를 받을 수 없습니다. 방심하는 상인들은 황야에서 오래 버티지 못하는 경우가 많습니다.

대사막

THE GREAT SAI

조안사 계곡

사막의 모래 파도는 바위마저도 뚫어 길을
낼 수 있는 것으로 알려져 있습니다.
슈리마인들은 이곳 조안사 계곡을 방문해 아끼는
물건을 모래 폭포에 던져 초월체에게 공물을 바치는
전통을 가지고 있습니다.

그렇기 때문에 이런 장소는 위험하지만 수익성이
있어 청소부와 보물 사냥꾼들이 자주 출몰 합니다.

대부분의 사나운 포식자들은 먹잇감이 많은
오아시스와 황무지 마을에 이끌리지만, 깊은
사막에도 독거미, 눈먼 모래뱀, 심지어 무시무시한
제르사이까지, 매우 치명적인 생물들이 살고 있습니다.

리마 전역에서 무거운 짐을 실어 나르는 강인한 짐승인 스칼라시는 혹독한 사막 환경에 더없이 적합합니다. 심술궂기로 악명 높지만 귀히 여겨지며, 슈리마인들은 신성한 보호의 문양을 가죽에 칠하고 토템과 부적으로 뿔을 장식합니다. 스칼라시를 소유하는 것은 부유함을 의미합니다.

슈 리마의 약탈자들은
교역이 아닌 폭력을 통해
살아갑니다. 이 도적 무리는 주변
환경에 숨어 있다가 아무것도 모른
채 접근하는 여행자들을 함정에
빠뜨려 죽인 후 소지품을 빼앗고, 아주
드물게는 잡아먹기도 합니다.

　이 무리는 스스로를 샤칼이라
칭하며, 굉장히 민첩하고 지독하게
잔악한 것으로 알려져 있습니다.
견고한 뼈 갑옷과 장대 무기로
무장한 이들은 전투 함성을 내지르며
무시무시한 속도로 희생자를
덮칩니다.

SURVIVAL UNDER AN ETERNAL SUN

영원한 태양 아래에서의 삶

WATER

물과

& SHAPE

그림자가

TO YOU

함께하기를

그레이엄 맥닐

카리가 기억하는 한 처음으로 마을 광장에서 물길로 향하는 거리에 꽃이 자라기 시작했다. 사이칼 주민들은 이 거리를 먼지의 길이라고 불렀지만, 카리의 '비비'는 이곳이 과거엔 물의 길로 불렸다고 했다. 비비의 시절도, 비비의 비비가 살던 시절도 아닌, 훨씬 오래전의 일이었다. 여름을 여덟 번밖에 나지 않은 카리 같은 소녀에게 그 시절은 대지모신이 세계를 창조하던 옛날 옛적과도 같았다.

카리는 점토로 만든 그릇을 들고 있었다. 흉측한 금이 가장자리를 뱀처럼 휘감았고, 그 위에는 대충 바른 송진 풀 덩어리가 굳어 있었다. 옆면이 짙은 청색으로 칠해진 그릇의 바닥에는 유약을 바른 태양 원판이 있었다. 동굴 우물에서 모래

투성이 물을 떠 담으면 수면이 찰랑대며 마치 태양이 춤을 추는 듯한 모습이 연출됐다.

하지만 이제 강이 되살아났고, 마을을 둘러싸고 있는 물길은 더 이상 뙤약볕에 메마른 바위 틈새가 아니었다. 물길에 흐르는 물은 우물의 모래투성이 흙탕물과 달리 유리 공예품처럼 맑았고, 입에 담자마자 구역질이 나지도 않았다.

밤이 되면 나이 든 남자들이 수도관 근처에 둘러앉아, '매 아버지'가 자신의 도시를 모래 속에서 들어 올리며 물을 되살려 준 것이라 속삭였다. 노인들은 그 황금 도시로 모여들고 있는 순례자들에 대해 이야기했으나, 카리는 그것이 좋은 일인지, 나쁜 일인지 알 수 없었다. 카리가 엿듣고 있다는 것을 눈치챈 노인들이 눈살을 찌푸리며 성난 목소리로 그녀를 쫓아냈기 때문이다.

카리는 우유와 꿀 색의 긴 타원형 꽃잎이 달린 원뿔 모양 꽃 앞에서 걸음을 멈추고 향기를 맡았다. 비비는 꽃의 이름이 별꽃이며, 물과 마찬가지로 자신이 카리만 한 아이였을 때 이후로 근방에서 사라졌던 꽃이라고 했다. 카리는 별꽃의 깊은 사향 냄새가 좋았지만, 매운 꽃가루에 갑자기 재채기가 나오려 했다. 그녀는 눈을 감고 재채기를 참으며 고개를 해가 뜨는 쪽으로 한 번, 지는 쪽으로 한 번 돌렸다. 비비는 정오 전에 재채기하면 불운이 따라붙는다고 했다. 그녀는 카리가 알고 있는 사람 중 가장 나이가 많았기 때문에 모르는 것이 없었다.

재채기하고 싶은 충동이 가시자, 카리는 눈을 떴다. 마자 잇사가 절뚝대며 마른 벽돌 집에서 나와 입구에 푸른 잎을 한 줌 뿌리고 있었다. 카리는 그녀의 눈에 띄지 않고 도망가고 싶었지만, 너무 늦어 버렸다. 나이 든 마자 잇사는 동네 제일의 수다쟁이로, 한 번 입을 열면 해가 지기 전에는 놓아 주지 않았다. 최소한 그녀를 통해 마을 주민들의 소식은 알 수 있으니 그나마 다행이었다.

"물과 그림자가 함께하기를, 카리. 아네이의 아이가 태양 빛을 받았니?" 마자 잇사가 소리쳤다.

"아직 아니에요. 비비가 깨끗한 물을 가져오라고 했어요!" 카리가 그릇을 들어 보였다.

잇사가 고개를 끄덕이고 물길을 가리켰다. "강에서 차고 신선한 물을 떠 가도록 하렴, 아가! 새 생명이 지저분한 우물물을 뒤집어쓴 채로 태양을 맞이하면 안 된단다!"

"알겠어요, 마자 잇사." 카리가 대화를 끝낼 기회에 안도하며 말했다.

그녀는 계속해서 잰걸음으로 이동하며 마을 변두리의 굽이진 길로 들어섰다. 사실 카리는 아네이의 산통으로 인한 비명에서 벗어날 수 있다는 데 내심 기뻐하며 비비의 깨진 그릇을 들고 강으로 향했다.

'강'이라는 단어는 아직도 생소했다.

사이칼에는 지난 몇 세대 동안 강이 흐른 적이 없었다. 우기가 오면 남쪽 높은 산의 봉우리에 비가 내려 몇 주간 물이 흐르는 때도 있었지만, 그뿐이었다. 빗물은 짧은 시간 거센 물살이 되어 물길에 흘렀고, 사이칼 주민들은 곧 금속 씹는 맛이 나는 동굴 우물의 물에 의존하는 생활로 돌아가야 했다.

강이 말라붙었을 적에 사이칼 주민들은 마을을 버리고 남은 물을 따라 이동하는 것을 고집스레 반대했다. 이 고대 정착자들은 산속에 남아 있기로 했는데, 이유가 무엇인지 기억하는 사람은 아무도 없었다.

변두리에 도착하니 마을의 기반을 이루고 있는 암석층이 보였다. 카리는 마을을 벗어나 강으로 향하는 구불구불한 길을 따라 내려갔다. 옛날엔 길이 강처럼 매끈한 유리 모자이크 타일로 덮여 있었지만, 이제 빛바랜 푸른 조각만이 군데군데 남아 있을 뿐이었다. 마을의 그림자 위로는 태양이 금빛 원판처럼 이글거리며 최고조에 이르려 하고 있었다. 카리는 어서 시원한 강기슭에 가고 싶었다.

강은 이곳에서부터 산허리를 타고 은빛 끈처럼 내려갔다. 차고 깨끗한 강물은 아무런 맛도 나지 않았다. 강기슭은 열매 덤불, 아카시아 묘목, 여러 색상이 어우러진 야생화 등 새롭게 자라난 식물로 푸르게 빛났다.

강 너머에는 슈리마의 서쪽 해안에 자리하고 있는 거대한 산 위로 두꺼운 구름이 모여 있었고, 북쪽과 동쪽에는 모래 바다가 지평선 끝까지 펼쳐져 있었다. 회오리바람은 초승달처럼 생긴 모래 언덕 위를 이리저리 쓸고 다니며 모래에 신기하리만치 규칙적인 무늬를 남기고 있었다. 마치 모래 바로 아래에서 기어 다니며 곤충을 찾고 있는 모래물고기 같았다.

강가에서 금빛으로 빛나는 무언가에 햇빛이 반사되자, 카리는 손을 들어 눈을 가렸다. 아래에서 올라온 빛은 너무 밝아서 자세히 볼 수 없었고, 새로 꽃이 피어 흔들리고 있는 야자나무 가지에 가려 있었다. 카리가 본 것은 무엇이었을까?

근처를 배회하던 스칼라시가 물을 마시러 온 걸까? 유목민이나, 샤칼일까?

아니면, 높은 산 속 어딘가의 무덤에 들어 있던 고대 보물이 물에 휩쓸려 내려온 것일까? 카리가 세 번째 여름을 맞았을 때, 아버지가 강바닥 진흙 속에 반쯤 묻힌 황금 칼날 단검을 찾은 적이 있었다. 손잡이가 어찌나 큰지, 거의 장검에 가까웠다. 어디서 온 단검인지 아무도 알지 못했지만, 그로부터 몇 년이 지난 지금까지 무뎌지지 않았으며 녹이 슬지도 않았다.

'신성전사의 무기란다.' 그녀의 아버지는 언제나 그렇게 말했다.

노인들은 종종 강력한 고대 신성전사들에 대해 이야기하곤 했다. 그들은 괴수와 인간의 거대한 혼종으로, 옛 슈리마 군대를 이끌었다. 신성전사들은 고대 전쟁으로 모두 죽었으며, 그 유해는 주문과 괴물이 지키고 있는 어딘가의 무덤에 봉인되어 있다고 한다. 보물 사냥꾼, 청소부, 무덤 도굴꾼들이 그 값진 유물을 찾아 슈리마의 불타는 모래사막 곳곳을 뒤졌다. 노인들은 망자의 안식처를 침범하면 불운이 뒤따른다고 했지만, 카리는 어렸을 때 용감한 모험가가 되기를 언제나 꿈꿨다.

그러다 부자가 되거나 나이 많은 보물 사냥꾼은 있어도, 부자이면서 나이 많은 보물 사냥꾼은 없다는 아버지의 말을 들은 후 꿈을 접었다.

카리는 선명한 파란색과 진홍색 꽃잎을 가진 야생화 더미를 지나 강을 향해 나아갔다. 꽃가루 구름이 피어오르자, 이리저리 한가롭게 날아다니는 곤충들과 함께 콧노래를 불렀다. 강물이 찰랑거리는 소리가 카리를 재촉했다. 그녀는 톡 쏘는 듯 상쾌한 내음과 따뜻한 꽃향기를 깊이 들이켰다.

강변은 물을 길으러 온 사이칼 주민들이 밟고 다닌 탓에 평평하게 다져져 있었다. 카리는 쓸려 온 보물에 대한 생각은 싹 잊은 채, 잠시 멈춰 서서 경이로운 강의 풍경을 한껏 즐겼다.

건기의 물길은 너비 15미터, 깊이 3미터가량의 골짜기였다. 사이칼의 아이들은 놀 시간이 생기면 그늘을 찾아 이곳에 내려오곤 했지만, 이제 높은 산 속에서 내려온 급류가 녹아 흐르는 은처럼 물길을 채우고 있어 그늘은 찾아볼 수 없었다. 강 가장자리에선 물거품이 일었고, 튀어나온 붉은 바위와 물살이 만나 느려지는 지점에는 소용돌이 문양이 끊임없이 생겨났다. 화살파리들이 수면 위를 스치듯 날아갔다. 카리는 자신의 적갈색 팔 위에 물방울이 튀는 것을 느낄 수 있었다.

그녀는 강기슭에 무릎을 꿇고 앉아 그릇을 옆에 내려놓은 후 팔을 물속으로 넣었다. 종일 햇빛을 받아 뜨거워진 피부가 차가운 물을 반겼다. 카리는 두 손을 모아 물을 뜬 뒤 깊이 들이켰다… 동굴 우물의 물과는 차원이 다른 맛이었다.

'이게 바로 왕과 신들이 마시는 물이구나!'

그녀는 갈증이 가시고 나자 그릇을 물에 담그더니, 씩 미소를 짓고는 머리 위로 쏟아부었다. 갑작스러운 찬물 세례에 헉 소리가 절로 났다. 그녀는 다시 한번 그릇을 채워 머리에 물을 부었다. 몇 년 전이라면 상상도 할 수 없었던 사치에 웃음을 감출 수 없었다.

"참 상쾌하지?" 강기슭을 따라 멀리 떨어진 곳에서 깊은 목소리가 들려왔다.

카리는 놀라 펄쩍 뛰다 그릇을 놓칠 뻔했다. 그릇이 땅에 닿기 전에 간신히 붙잡은 그녀는 안도의 한숨을 길게 내쉬었다. 카리는 지난여름에 그릇을 떨어뜨린 사실을 솔직히 말하지 않고 숨기려다 비비에게 크게 혼난 일이 있었다.

카리는 짜증스러운 얼굴로 고개를 들었다. 강기슭을 메우고 있는 키 큰 풀더미 속에서 예의 금빛 반짝임이 보였다.

카리는 성난 목소리로 입을 열었다.

"거기 누구야? 너 때문에 비비의 그릇을 또 떨어뜨릴 뻔했잖아. 그릇이 완전히 깨져버리면, 전부 네 잘못이었다고 이를 거야. 그럼 크게 혼날걸!"

"미안하구나, 꼬마야. 놀라게 하려던 건

아니었다." 풀숲에서 목소리가 들렸다.

카리는 조심스레 그릇을 내려놓고 덤불 속을 살폈다.

"누구세요?" 카리가 물었다.

덤불이 갈라지며 거대한 형상이 몸을 일으키는 모습이 보였다. 카리는 누군가 가슴을 쥐어짜 숨이 턱 막히는 듯한 기분이 들었다.

남자는 머리부터 발끝까지 황금 갑옷으로 싸여 있었다. 흉갑 중앙에는 봄날의 하늘을 연상시키는 정교한 보석이 박혀 있었다. 갑옷을 입은 전사는 카리가 본 그 어떤 사람보다도 키가 컸다. 모두가 인간과 초월체의 혼혈이라고 인정한 대장장이 카디두보다도 훨씬 컸다. 그는 펼쳐진 날개 모양으로 조각된 어깨 보호구 아래에 황갈색 망토를 두르고 있었으며, 그 주변으로 황금 장식이 있는 진홍색 끈이 여러 개 달려 있었다.

부리와 날개가 달린 투구 때문에 얼굴은 볼 수 없었지만, 두 눈은 떠오르는 태양처럼 희끄무레하게 빛나고 있었다. 전사는 한눈에 봐도 위험한 인물이었으며, 갑옷 아래에 굉장한 힘이 잠들어 있다는 것을 느낄 수 있었다. 카리는 겁을 먹어야 마땅했지만, 남자는 위협적이지 않았으며 무서워할 만한 행동도 하지 않았다.

카리는 그제야 단단한 근육으로 감싸인 전사의 다리가 인간의 것이 아닌, 사냥용 매처럼 관절이 반대로 된 모습을 하고 있다는 사실을 알아차렸다. 그의 한 손은 강물로 젖어 있었고, 다른 손에 들고 있는 거대한 지

팡이는 눈부시게 빛나는 황금 자루 위에 육중한 창끝이 달린 모양이었다.

"그렇게 꽁꽁 싸매고 있으면 덥지 않아요?"

태양처럼 빛나는 전사의 눈이 가늘어지더니, 카리의 질문에 대해 고민하는 듯 고개를 갸우뚱했다.

"아마 그래야 정상이겠지. 하지만 나는 이제 과거처럼 열기를 느끼지 않는다." 그가 깊은 목소리와 낯선 억양으로 말했다.

"왜요?"

"태양의 사제단이 내 몸을 다시 만들었기 때문이지. 불로 내 육신을 단련해 불사에 가까운 몸으로 만들었다. 나 자신조차 완전히 이해할 수 없는 존재로 격상시켰지."

"혹시… 초월체예요? 들어 본 적이 있어요. 비비가 이야기를 들려주곤 하셨거든요. 초월체는 한때 인간이었지만, 괴물로 변해 서로를 죽였다고 했어요."

"우리는 스스로를 신성전사라고 부른다. 하지만 괴물이라는 표현이 더 적절할지도 모르겠구나." 그가 슬픈 목소리로 말했다.

강 너머를 흘끗 본 카리는 먼 강기슭의 풀숲 속에서 무언가가 움직이는 것을 보았다. 언뜻 볼 때 인영이 모래 언덕 사이를 헤집고 다니는 것 같았지만, 손으로 햇빛을 가리자 마치 모래 속으로 꺼진 듯 사라졌다.

"사실, 이제는 아무것도 느껴지지 않는다." 그가 다시 강변에 주저앉아 물살이 손가락 사이를 장난스럽게 흐르도록 했다.

"여긴 왜 왔어요? 잊혀진 무덤을 찾고 있

나요?"

"잊혀진 무덤? 아니, 난 보물을 찾으러 온 게 아니란다. 꼬마야." 그가 즐거움이 실린 듯한 목소리로 말했다.

"내 이름은 '꼬마'가 아니에요. 전 카리고, 거의 아홉 여름이나 났어요."

"물과 그림자가 함께하기를."

"아저씨에게도 물과 그림자가 함께하기를 바라요. 잊혀진 무덤을 찾는 게 아니라면, 여기서 뭘 하고 있

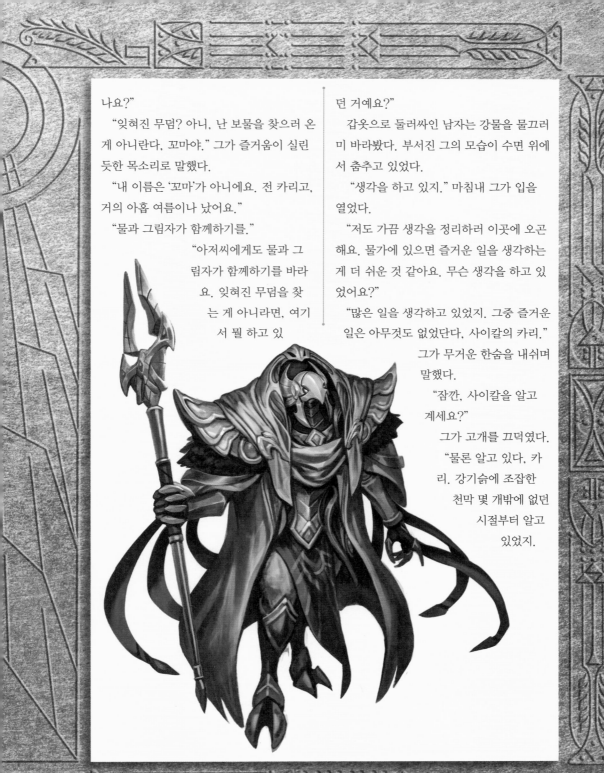

던 거예요?"

갑옷으로 둘러싸인 남자는 강물을 물끄러미 바라봤다. 부서진 그의 모습이 수면 위에서 춤추고 있었다.

"생각을 하고 있지." 마침내 그가 입을 열었다.

"저도 가끔 생각을 정리하러 이곳에 오곤 해요. 물가에 있으면 즐거운 일을 생각하는 게 더 쉬운 것 같아요. 무슨 생각을 하고 있었어요?"

"많은 일을 생각하고 있었지. 그중 즐거운 일은 아무것도 없었단다, 사이칼의 카리."

그가 무거운 한숨을 내쉬며 말했다.

"잠깐, 사이칼을 알고 계세요?"

그가 고개를 끄덕였다.

"물론 알고 있다, 카리. 강기슭에 조잡한 천막 몇 개밖에 없던 시절부터 알고 있었지.

사이칼이 마을로 성장했을 때도, 손님으로 그곳을 찾았을 때도 알고 있었단다."

"그럼 굉장히 나이가 많으신가 보네요."

그가 웃음을 터뜨렸다. "그래. 나는 나이가 아주 많단다. 어째서 나를 모르고 있는 거지? 나의 영토를 오랫동안 떠나 있긴 했지만, 내 이름은 잊히지 않았다고 들었건만."

"이름이 뭔데요?"

"나는 슈리마 제국의 황제, 태양의 축복을 받은 자 아지르다."

"아저씨가 바로 매 아버지군요…."

"그래." 아지르가 말했다. 카리는 다시 한 번 강 너머에서 더 많은 인영이 움직이는 것을 보았다.

발밑에서 무언가 움직이는 것을 느낀 카리가 아래를 내려다보자, 샌들 신은 발 사이로 모래가 물결치는 것이 보였다. 다시 고개를 드니 풀숲 사이로 또 다른 사람의 형체가 보이는 듯했지만, 카리가 보는 순간 사르륵하고 모래 무너지는 소리와 함께 사라졌다.

"누군가를 데리고 왔나요?"

"나는 황제다. 황제들은 혼자 이동하는 법이 없지."

"정말 모래 속에서 도시를 들어 올렸나요?"

"그렇다. 그로 인해 큰 대가를 치러야 했지."

"도시는 어떻게 생겼어요?"

"경이로움과 마법이 가득한 황금의 도시였단다." 아지르가 손을 들어 올려 발톱 달린 손가락 사이로 물이 흐르게 했다.

"도시의 부상으로 슈리마에 강이 돌아왔지. 이 물은 내가 흐르게 했기 때문에 존재하는 거란다."

카리는 어머니의 가르침대로 예의 있게 말했다. "고마워요. 원래는 동굴 우물에서 나오는 물을 마셨는데, 정말 끔찍했어요. 붉고 탁한 데다가 모래가 가득했죠. 이 강물이 훨씬 나아요. 저는 깨끗한 물을 가져가야 하거든요. 사촌 아네이가 아기를 낳는 중이라, 비비가 강에서 맑은 물을 가져오라고 하셨어요."

카리는 아지르에게서 몸을 돌려 그릇에 깨끗한 물을 담았다.

카리가 떠나려 하자, 아지르가 입을 열었다. "잠깐, 잠시 머물다 가렴."

"전… 어서 가 봐야 해요. 아기가 언제 나올지 모르거든요."

"네게 머무르기를 명하겠다."

"그럼 꼭 머물러야 하나요?"

"황제의 명이라면 따라야지."

"아저씨가 우리 마을의 황제인가요?"

아지르가 몸을 숙여 발톱 달린 육중한 손을 잠시 그녀의 어깨 위에 놓았다. 그의 피부에서는 마치 말리기 직전의 생가죽 같은 동물 냄새가 났다. 날카로운 발톱이 살에 닿자, 카리는 그의 손에서 돌을 부수고 쇠를 구부릴 수 있을 만큼 굉장한 힘을 느꼈다.

하지만 그에게선 위협이 아니라, 아련한 외로움이 전해져 왔다.

"그래."

"알겠어요. 그럼 떠나지 않을게요. 하지만 아저씨 때문에 늦었다고 비비에게 말해 주셔야 해요."

"그럴 필요는 없다."

"우리 비비를 몰라서 하시는 말씀이에요." 카리가 언덕 위의 마을을 올려다보며 말했다.

화롯불에서 저녁으로 먹을 고기가 구워지며 연기가 피어나고 있었고, 가축의 울음소리가 카디두의 대장간에서 금속이 쩽쩽 울리는 소리와 섞여 들렸다. 누군가 예로부터 물을 찾으러 다닐 때 부르는 노래를 하고 있었다. 카리는 곧 마을의 새 구성원이 될 아기를 생각하며 미소를 지었다.

"사이칼의 역사에 대해 얼마나 알고 있지? 이 마을이 얼마나 특별한지 알고 있나?"

"특별하다고요? 정말요? 글쎄요. 우리 마을은 항상 조용했어요. 비비는 마을이 몇 세기 전에 세워졌다고 했지만, 가장 위대한 설화들은 모두 머나먼 땅에서 일어난 일이에요."

"네 생각은 틀렸다. 가장 위대한 설화는 우리 눈앞에서 벌어지는 일들이야. 그 순간은 눈치채지 못하더라도 말이지. 이 마을이 어부들의 작은 촌락에서 큰 마을로 성장하기 시작할 무렵, 매우 중요한 사건이 있었단다."

카리는 호기심이 동했다. "정말요? 무슨 일이었는데요?"

"사이칼에서 제라스가 태어났단다."

"누구요?"

앵무새 한 무리가 강 너머에서 날아올랐다. 카리는 다시 한번 강물을 퍼 올려 얼굴에 뿌렸다. 태양은 어느새 중천으로 이동했고, 기온이 점점 올라가고 있었다.

아지르는 무언가를 기다리는 듯한 얼굴로 카리를 바라보았다.

"그 이름을 들어 본 적이 없니?"

카리는 고개를 저었다. "아저씨 친구인가요?"

아지르는 몸을 돌려 모래 너머를 보았다. 카리는 그가 마치 끊어지기 일보 직전의 활 시위처럼 팽팽히 긴장하는 것을 느낄 수 있었다. 모래 속의 형상들이 다시 움직였다. 카리는 문득 그 수가 얼마나 많은지 알아차렸다. 최소 열두 명 이상은 되어 보였다. 그녀는 마침내 두려움이 엄습해 자신도 모르게 얕은 물 속으로 한 걸음 뒷걸음질 쳤다. 아지르가 다시 한번 가느다란 손가락을 내밀어 그녀를 잡자, 발톱이 얇은 웃옷을 파고들었다.

"아파요." 카리가 말하자, 아지르는 즉시 손을 놓았다.

"정말 그 이름을 들어 본 적이 없니?"

"네. 죄송해요."

카리 앞에 무릎을 꿇은 아지르는 매우 무거운 표정이었다. 그가 지팡이를 들어 끝없이 펼쳐진 황무지를 가리켰다. 지팡이 끝이 살인적인 열기가 공기를 흔들고 기이한 흑요석 생물이 모래 속을 누비는 지평선을 훑었다.

아지르가 매우 지친 듯한 목소리로 입을 열었다. "이 모든 것이 그자의 소행이란다. 야망과 증오에 찬 그가 내 삶의 가장 위대한 업적이 세워질 순간에 나를 배신했지. 물론 그것은 나 자신에게 하는 말일지도 모른다. 사실, 내가 오만과 맹목으로 가득 찬 순간이었지."

"무슨 말인지 모르겠어요."

"물론 그렇겠지. 슈리마는 알아볼 수 없을 만큼 변했고, 승리와 패배의 기억도 모두 지워졌으니까. 새로운 슈리마의 백성들은 과거의 영광이 영영 사라졌다고 믿으며 아이들에게 옛날이야기로 들려주곤 한다. 내 제국이 한때 대륙 전체에 걸쳐 바다 끝에서 끝까지 이어졌다는 사실을 알고 있나? 동쪽 정글 곳곳에 황금 주둔지가 세워졌다는 사실은? 60개의 자치구가 수도로 공물과 병사를 보냈고, 국고에는 부가 황금의 강이 되어 흘렀다. 슈리마 제국에선 백 가지 이상의 언어가 사용되었고, 셀 수 없이 많은 문화에서 기원한 예술과 음악이 가득했다."

아지르가 잠시 말을 멈추고 사이칼을 올려다보았다. 카리는 투구 안에 숨겨진 그의 표정을 읽을 수 없었지만, 다시 입을 연 그의 창백한 눈은 차가운 불길처럼 타오르고 있었다.

"하지만 슈리마는 노예들의 피나는 고통 위에 세워진 제국이었다. 전쟁에서 생포됐거나, 법을 어겼거나, 날 적부터 노예였던 자들도 있었다. 우리는 잔혹함을 일삼았지. 노예들은 우리가 붙여 준 것 외엔 이름을 가질 수 없었다. 우린 그들의 재능을 착취하고 괴로움으로 보답했지. 육신이 한계에 이를 때까지 그들을 이용하고, 쓸모가 없어지면 내버렸다."

"제라스는 노예였나요?"

아지르가 고개를 끄덕였다. "그래. 북서쪽 네리마제스에서 레넥톤의 부대에 생포되었지. 하지만 그가 태어난 곳은 이 마을이다. 아버지가 계신 수도의 대도서관에서 그를 처음 만났고, 곧 우리 둘 다 역사와 수학을 사랑한다는 것을 알게 되었다. 황족은 노예와 어울리는 것이 금지되어 있기 때문에 우리는 비밀리에 만나 도서관의 수많은 두루마리와 책을 섭렵했다. 우리는 어린 시절을 함께 보냈고, 그는 황제가 된 나를 이곳에 데려왔다. 그리고 바로 이 강기슭에 누워 어릴 적 그랬듯 하늘의 별을 바라보았지."

"아저씨는 잔혹했던 것 같지 않은데요. 두 사람은 친구였잖아요."

"나도 그렇게 생각했다. 제라스조차 잠시 동안은 그렇게 느꼈을지도 모르지. 하지만 나는 노예를 여럿 거느린 황족이었고, 오랜 시간 동안 그들을 학대했다. 제라스는 우리가 함께하는 순간마다 내가 그의 목숨을 손아귀에 쥐고 있다는 사실을 인지하고 있었지. 나는 언제든 기분에 따라 그를 처형할 수 있었고, 제라스도 그것을 알고 있었다. 내게 그럴 의도가 추호도 없었다는 사실은

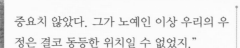

중요치 않았다. 그가 노예인 이상 우리의 우정은 결코 동등한 위치일 수 없었지."

"그는 어떻게 됐나요?"

아지르는 웃었지만, 카리는 그 웃음이 씁쓸하고 공허하게 느껴졌다.

"황제가 되겠다는 나의 오만한 꿈이 현실에 가까워질수록 제라스의 야망 역시 커졌고, 냉혹함도 더해 갔다. 나는 그의 음모를 보고, 인지하고 있었지만 그것이 왕좌를 획득하는 데 도움이 되었기 때문에… 모른 척했지."

아지르는 몸을 일으켜 지팡이를 옆의 땅에 꽂았다. 그의 갑옷이 태양을 받아 반짝였다. 그는 카리보다 훨씬 컸지만, 왠지 모르게 갑자기 작아진 듯 보였다.

"내 초월 의식이 거행되던 날, 나는 슈리마의 노예들을 해방하려 했지만 제라스에게 배신당했다. 그는 나 대신 신적 존재가 되기 위해 날 죽음의 불길 속으로 빠뜨린 후, 내가 있어야 할 태양 원판 앞에 섰지. 그날 나는 초월에 실패했고 슈리마가 몰락하며 대지가 파괴되었다. 끔찍한 대재앙으로 이 땅은 초토화되어 모든 물은 불타 사라졌지. 그렇게 알려진 세계 전체를 수 세기간 지배했던 제국이 순식간에 멸망했다."

"슈리마는 그래서 사막이 된 건가요?"

아지르는 고개를 끄덕였다.

"조금 가엾네요."

"제라스 말인가?"

"네. 물론 아저씨를 배신한 건 잘못한 일이지만, 그런 감정을 느낄 수밖에 없지 않았을까요? 살기 위해 시키는 대로 해야 하는 노예였으니까요."

카리는 그가 분노하고 있다는 것을 느꼈지만, 그 대상이 카리인지, 제라스인지, 혹은 아지르 자신인지 알 수 없었다.

"어린아이다운 생각이구나. 너를 너무 오래 붙잡아 두고 있었다. 나는 이제 이곳에 온 목적을 완수하러 가야겠어." 그가 날카롭게 말했다.

사이칼로 시선을 돌리는 황제의 모습에 문득 겁이 난 카리는 한 발짝 물러났다.

"무슨 목적인데요?" 카리가 울먹였다. "목적이 뭐예요?"

"바람, 물, 대지에서 네 존재가 느껴진다." 카리는 아지르가 자신이 아니라 보이지 않는 존재에게 말하고 있다는 사실을 알아챘다. "나는 어머니가 살던 도시 베커라에 갔었다. 이제는 무너져 망자들로 가득한 유적이 된 그곳에서 증오에 찬 너의 마법을 느꼈다. 내가 형체 없이 망각 속을 떠돌던 세월과 다시 부상한 이후 보낸 수년의 시간은 헛되지 않았다. 형제여. 나의 힘은 태양이 뜰 때마다 강력해져 가고, 대지가 깨어나며 나 역시 다시 태어났다. 그러나 네가 살아 있는 한 미래는 없으니, 그림자 속에 숨어 있는 너를 태양의 불로 끌어내겠다."

아지르의 지팡이 끝에서 뿜어져 나온 금빛 광선이 어찌나 밝은지, 카리는 눈을 뜰 수 없었다. 그녀는 맹렬한 열기에 밀려 뒷걸음질 쳤다. 강 건너편에서 모래가 다시 한번 움직이고 있었다. 모래 속에서 카리가 언뜻

보았던 형체가 마침내 드러났다.

모래 언덕 속에서 전사들이 솟아났다. 키가 크고 우람한 그들이 입고 있는 갑옷은 주인과 비슷했지만, 완전히 모래로 이루어져 있었다. 수백 명의 병사들이 흉갑에서 모래를 쏟으며 인간 군대라면 결코 불가능할 만큼 완벽한 박자로 행진했다. 들고 있는 칼날 달린 창은 점점이 박힌 수정과 그들의 일렁이는 몸을 이루고 있는 모래가 섞여 빛나고 있었다.

병사들을 본 카리는 뱃속을 옥죄는 무시무시한 공포감을 느꼈다.

주변의 땅이 갈라지며 무서운 모래 전사들이 더 솟아오르자, 카리는 놀라 펄쩍 뛰었다. 그들은 깊은 땅속의 건조하고 텁텁한 악취를 풍겼다. 그 냄새는 종종 모래 언덕에 바람이 불어 해골이 드러나면 그 위에 걸쳐진 썩은 옷에서 나던 냄새 같았다.

병사들은 바람에 모래가 밀려나듯 밀집 대형으로 서서 사이칼로 향하는 오르막길을 오르기 시작했다. 성큼성큼 내딛는 발걸음에는 살기가 서려 있었다.

이들은 사랑하는 사람을 지키거나 약자를 보호하기 위해 싸우는 전사들이 아니라, 오로지 파괴만을 위해 마법의 힘으로 만들어진 무시무시한 살인 병기였다. 카리는 노인들에게서 들은 머나먼 땅의 끔찍한 전쟁 이야기를 기억했다. 때로는 무시무시하기도 했지만, 그런 전쟁에서 싸운 인간들은 최소한 자비와 용서를 베풀 가능성을 가진 자들이었다.

이 공허하고 영혼 없는 전사들에게 그런 감정 따윈 없었다.

"뭐 하시는 거예요? 병사들을 어디로 보내는 거예요?" 카리가 따졌다.

아지르는 그 질문에 대답할 가치가 있는지 재 보기라도 하듯, 그녀를 내려다보았다.

"과거의 사슬에 매여 있으면 슈리마를 재건할 수 없다. 제라스가 죽어야만 내가 나아갈 수 있지. 단순히 죽이는 것이 아닌, 이 땅에서 그의 뿌리와 가지를 모두 제거해야만 한다. 그 악의 씨앗이 처음으로 탄생한 곳에서 시작하는 것이 가장 좋겠지."

"제라스가 이곳에서 태어났다는 이유만으로 제 고향을 부수겠다는 건가요?"

황제는 고개를 끄덕였다. "바로 그렇게 할 생각이다."

그는 카리를 지나쳐 느리고 신중한 걸음으로 언덕을 향해 올라가기 시작했다.

카리의 뱃속에 뭉쳐 있던 공포감이 뱀처럼 똬리를 풀었다. 목구멍에서 구역질이 올라오며 역한 맛이 났다. 공포의 뱀이 온몸을 기어 다니며 독으로 마비시키는 듯했다.

하지만 비비가 뱀을 보면 어떻게 하라고 했던가?

'꽉 밟아 버려라. 머리 뒤를 정통으로 밟아 물지 못하게 해!'

비비의 말이 떠오르자 카리의 공포는 순식간에 사라졌다. 몸속을 휘젓던 뱀이 불타 사라지며 분노가 찾아왔다. 그녀는 아지르 쪽으로 몸을 돌려 들고 있던 유일한 물건을 그에게 던졌다.

그릇이 허공을 가르며 날아가 아지르의 뒤통수에 꽂혔다. 도자기가 박살 나며 파랗고 빨갛고 노란 파편이 아지르의 발밑에 흩어졌다. 아지르가 뒤로 돌아 그녀를 바라보자, 수많은 모래 전사들 역시 몸을 돌려 날카로운 창을 그녀의 심장에 겨눴다.

"나는 그보다 하찮은 일로도 부족 전체를 말살한 적이 있단다."

카리는 자신의 행동에 놀라 멍하니 그를 응시했다. 부서진 도자기 파편을 보자, 비비의 마음을 상하게 한 것은 그릇의 금이 아닌 거짓말이었다는 사실이 기억났다. 그릇에서 시선을 떼고 아지르를 바라본 카리는 문득 궁금해졌다.

"어떻게 부활한 거예요?"

아지르는 행동을 멈췄다. 그는 카리의 질문에 카리 자신만큼이나 놀랐다. 카리는 왜 갑자기 그런 의문이 들었는지 몰라도 어쨌든 중요하다는 것을 알고 있었다. 사이칼로 향하던 모래 군단은 제자리에 멈춰 있었고, 카리는 황제를 조금이라도 더 잡아 두려 머리를 이리저리 굴리며 가슴이 쿵쾅거리는 것을 느꼈다.

"제라스가 아저씨를 죽였다고 했잖아요. 불 속으로 밀었다면서요? 그런데 어떻게 돌아왔어요? 어떻게 살아있는 거예요?"

카리는 아지르가 대답하지 않을 거라고 생각했다. 물가에 앉아 과거를 돌아보던 순간은 이미 지났으니까. 그러나 곧 그의 눈에서 차가운 불꽃이 일렁였다. 카리는 그에게서 이전의 분위기를 느낄 수 있었다.

그가 마침내 입을 열었다. "사막의 딸인 내 먼 후손이 나를 되살렸다. 그녀 역시 배신당해 죽게 되었지만 그녀의 피가 내가 죽은 땅의 모래를 적셔 나는 재와 먼지의 망령이 되어 돌아왔다."

"하지만 지금은 재와 먼지로 된 존재가 아니잖아요?"

"나는 초월을 이루었다."

"어떻게요? 어떻게 먼지에서… 그런 존재가 됐어요?"

"난… 그녀가…."

"그녀를 구했죠? 무슨 수를 쓴 건진 모르겠지만, 돌아와서 그녀를 구한 거잖아요."

황금빛으로 빛나는 아지르는 위협적으로 보였다. 그가 한 걸음 다가왔다. "그걸 어떻게 아는 거냐?"

카리는 숨을 깊이 들이쉬었다. 그에게서 분노와 열기가 전해져 왔지만, 동시에 도서관에서 노예 소년과 우정을 쌓은 순수한 영혼도 느껴졌다. 그의 마음 한편은 아직도 친구의 배신으로 인한 고통에 불타고 있을 터였다.

"나라면 그렇게 했을 테니까요. 도움이 필요한 그녀를 보고 도와준 거죠?

아지르가 천천히 고개를 끄덕였다. "그녀는 죽어 가고 있었다. 그래서 새벽의 오아시스로 데려갔지. 물은 오래전에 말라 버렸지만, 한 발짝 다가갈 때마다 맑은 물이 아래에서 솟아나기 시작했다. 그녀를 깨끗한 물속에 뉘자 곧 몸이 물에 잠겼고, 생명의 빛이 돌아왔다. 그녀가 눈을 뜨는 순간 태양의 힘이 나를 공중으로 들어 올려 강렬히 휘감았고, 나는 새롭게 태어났다. 빛이 내 옛 모습을 불태워 없애고, 전에는 상상도 할 수 없던 위대한 존재로 바꾸어 놓았지."

"그거예요! 모르시겠어요?"

"뭘 말이냐?"

"다쳐서 도움이 필요한 사람을 구했기 때문에 부활할 수 있었던 거예요. 그녀를 죽게 내버려 뒀다면 아마 유령이 되어 아직도 유적을 떠돌고 있거나, 아예 사라졌을걸요."

아지르는 카리에게 위협적으로 창을 겨누고 있는 모래 전사들을 바라보았다.

"나는 너무 많은 것을 희생했다…." 카리는 몸을 숙여 깨진 그릇 조각 하나를 집어 들었다.

그녀가 날카로운 도자기 파편을 들어 보였다. "이거 보이죠? 저는 작년 여름에 비비의 그릇을 깨뜨렸어요. 땅에 떨어뜨려서 조각 하나가 떨어져 나왔죠. 비비가 가장 아끼는 그릇이라서 조각을 붙여 실수를 숨기려 했어요. 아무도 눈치채지 못하길 바랐는데 상황을 더 악화시킬 뿐이었죠."

카리는 몸을 일으켜 그릇 파편을 아지르에게 내밀었다.

"과거의 실수는 돌이킬 수 없지만, 교훈을 얻을 수는 있어요. 우리 마을을 파괴하는 건 과거에서 교훈을 얻는 게 아니라, 제라스와 같은 실수를 범하는 거예요."

아지르는 긴 시간 동안 침묵했다. 카리는 아지르를 둘러싼 모래 전사들이 떨리는 것으로 그의 마음속에서 수많은 감정이 격렬

히 싸우고 있음을 알 수 있었다.

아지르는 투구를 올리고 창백한 시선을 카리에게 고정했다.

"어린아이다운 생각이구나."

"아까 했던 말이잖아요."

"이번에는 꾸짖는 말이 아니다. 탐욕, 야망, 위대한 운명에 대한 망상으로 뒤덮이지 않았다는 뜻이지. 때 묻지 않은 순수한 생각이다."

아지르가 무릎을 꿇었다. 카리는 그의 투구에서 반사되는 햇빛을 움츠리지 않고 맞았다.

"나이에 비해 현명하구나, 사이칼의 카리."

"그럼 우리 마을을 해치지 않는 건가요?"

"그래, 카리."

그러자 모래시계의 모래가 떨어지는 듯한 소리와 함께 모래 군대가 다시 땅으로 꺼졌다.

한숨을 내쉰 카리는 안도감에 눈물이 차올라 볼에 흐르려 하자 아랫입술을 깨물었다.

황제 앞에서 울고 싶지 않았던 카리는 턱을 가슴팍으로 끌어 내렸다.

아지르가 그녀의 고개를 밀어 올리며 말했다. "그녀의 눈을 쏙 빼닮았구나. 사파이어처럼 푸른 눈을."

"누구 말인가요?"

아지르는 답하지 않고 몸을 숙여 비비의 깨진 그릇 조각을 집어 올렸다. 그가 손 위에 놓은 파편들을 뒤집었다. 아지르의 발밑

에서 모래 구름이 피어오르자, 카리의 눈이 휘둥그레졌다.

모래 구름은 파편 주변에서 작은 폭풍처럼 소용돌이쳤다. 태양을 받아 번쩍이는 아지르의 눈에서 나온 희미한 금색 빛이 팔을 휘감으며 내려왔다. 빛이 아지르의 손을 감싼 모래 소용돌이 속으로 빨려 들어갔다. 구름이 사라지자, 카리는 그릇이 하나로 합쳐진 것을 보았다.

그릇은 원래 모습보다 훨씬 화려해졌다. 파편이 이어진 부위를 따라 태양처럼 밝게 빛나는 황금 줄기가 마치 핏줄처럼 퍼져 있었다. 반짝이는 황금 위에 담긴 물은 너무나 맑아 수정 같았다.

아지르가 고친 그릇을 카리에게 내밀며 입을 열었다. "네게 주는 선물이다, 사이칼의 카리. 네가 준 선물에 대한 보답이지."

"무슨 선물요?" 아지르는 대답하지 않았다.

그는 몸을 완전히 일으켜 강기슭을 따라 다시 동쪽 사막으로 향하기 시작했다. 카리는 쿵쿵대는 심장을 진정시키려 심호흡을

하며 그의 뒷모습을 지켜보았다.

"고마워요!" 카리가 그의 뒤에 대고 소리쳤다.

하지만 아지르는 이미 키 큰 풀숲 속으로 자취를 감춘 후였다.

그리고 언덕 위 높은 곳에서, 카리는 아기 울음소리를 들었다.

공허

이 우주가 탄생하던 날 함께 생겨난 공허는 우주 너머에 자리한, 우리가 알 수 없는 '무'의 표상입니다. 공허는 채워지지 않는 허기의 힘이며, 그 주인인 미지의 수호자들이 마지막 파멸의 시간을 알리기를 기다리며 영겁의 세월을 보내고 있습니다. 필멸의 존재가 공허의 힘과 접촉하면 영겁의 비현실을 일별한 대가로 극도의 고뇌와 고통을 겪게 되며 제아무리 강인한 영혼의 소유자도 정신이 산산조각이 나 버립니다.

주인님,

다행히도 그곳 외곽을 지나던 상단이 새로운 사실을 알아냈습니다. 보고했던 대로 이 생물들은 '잠식'하는 것 같습니다. 처음에는 다른 생물의 모습을 본뜬 듯 희미한 형태였다가 명확한 모습을 갖추게 되고, 그런 다음 근처에 있는 것은 무엇이든 게걸스럽게 먹어 치웁니다. 이토록 강력한 힘과 허기를 우리 적들을 처치하는 데 이용한다면 어떤 결과가 나올지, 상상조차하기 힘듭니다. 대장에게 주둔지를 유적과 더 가까운 곳으로 옮길 것을 권하겠습니다.

저는 아직 살아 주인님의 종으로 남아 있습니다.

주인님,

지난 나흘간 생물의 움직임은 포착되지 않았습니다. 주둔지의 많은 자들이 경미한 두통과 광과민증을 호소하고 있습니다. 일부는 공상에 빠진 듯, 자신의 이름, 계급, 직계 가족, 원정의 목적을 즉시 기억해내지 못했습니다. 어쩐지 전염성이 있는 듯합니다.

저는 아직 남아 있습니다.

다른 자들은 유적 내부로 진입했습니다.

기억. 기억이란 무엇일까요? 마치 손에 물을 담아 두려하는 것과 같습니다. 완전히 불쾌한 경험은 아닙니다. 네, 완전히 그렇진 않습니다. 이건 제 손일까요? 모르겠습니다. 기억이 나지 않습니다.

저항해야합니다. 그것에, 저항하지 않으면, 휩쓸려 가 버립니다. 좋지요. 휩쓸려 가는 건. 눈을 감으면. 눈을 감으면. 아무것도 없습니다.

돌아가세요, 가세요, 당장 돌아가세요. 이케시아가 저를 기다립니다.

253

요 들의 진짜 고향이 정확히 어디에 있는지에 대해서는 여러
가지 설이 있습니다만, 보이지 않는 길을 여럿 지나 영혼 세계
깊숙한 곳에 도달하면 나오는 신비로운 마법의 땅을 언급하는
사람들이 종종 있습니다. 그곳은 제약 없이 자유로이 마법을 사용할 수
있기 때문에, 성품이 천방지축 무모한 사람인 경우 그 끝없는 경이로움에
사로잡힌 나머지 결국 꿈속에 빠져들고 맙니다.

요들이 아닌 사람이 밴들 시티에 들어가면 모든 감각이 예리하게
깨어나는 경험을 한다고 합니다. 보이는 색깔들은 더욱 선명해지고, 음식을
먹거나 술을 마시면 그 맛에 몇 년이나 취해 절대 잊지 못하죠. 황금빛
햇살이 끝없이 내리쬐고, 물은 수정처럼 맑으며, 농사는 늘 풍작입니다.
이런 소문들이 사실일 수도 있지만, 전부 거짓일 수도 있습니다. 밴들
시티를 실제로 봤다는 사람들은 저마다 다른 얘기를 떠들 뿐, 서로 같은 걸
보았다는 경우는 없기 때문입니다.

하지만 그래도 한 가지는 확실해 보입니다. 바로 밴들 시티에서는 시간이
흐르지 않고, 그래서 요들도 나이를 먹지 않는다는 사실이죠. 밴들 시티에
갔다가 어찌어찌 돌아온 사람들이 폭삭 늙어 있는 것도 이 때문입니다. 물론
그보다 훨씬 많은 사람들은 아예 돌아오지 못하고 있습니다.

나는 여러 세계를 거닐며 들었노라.
죽음의 기이하고 모순되는 말을.

반은 창백하고
반은 시커먼 사냥꾼과
그 표식을 지닌 자를 조심하라.

watch for the hunter half pale, half dark, and for the one who bears it's mark

Bandle City

밴들 시티

감사의 말씀과 크레딧

이야기 에디토리얼: 마이클 하우겐 위스크
배경 에디토리얼: 로리 굴딩
에디토리얼 지원: 아비게일 하비, 토마스 커닝햄, 로라 미
크리에이티브 디렉션: 애리얼 로렌스
프로덕션: 오마 켄달, 기욤 터멜
아트 디렉션: 브리짓 오닐, 로라 드영
현지화 자문: 애디 실리먼, 페트로스 팬타지스
한글화: 고승연, 김지선, 서은지, 조수민
IP/크리에이티브 총괄: 그렉 스트릿

도움 주신 분: 라이언 루빈과 세계관 팀, 크리스천 베일리, 피터 윤, 샤오루 리, 브랜든 마이어, 율라 친, 제러드 파틴, 스테파니 림 드생티스, 댄 서튼, 글렌 사델리, 브라이언 취, Section Studios, 앤드류 실버, 크리스 캔트렐, 프레선트 새라스왓, 래리 콜빈, 라이언 링클, 제이슨 챈, 알렉스 샤미리, 그리고 이 책을 현실로 만드는 데 도움을 주신 모든 분들.

MELCHER MEDIA

124 West 13th Street • New York, NY 10011 • melcher.com

창립자, CEO: 찰스 멜처
VP, COO: 보니 엘든
대표 편집자/프로듀서: 로렌 네이션
프로덕션 디렉터: 수전 린치
선임 편집자: 크리스토퍼 스테이너
기획자/편집자: 르네 볼리에

Melcher Media는 다음 분들의 노고에 감사드립니다. 치카 아즈마, 카밀리 드 부, 섀넌 파누코, 루크 게너트, 니키 게레로, 마이클 슈체르반, 메건 위먼, 케이티 유딘.

다음 목록의 이미지를 제외한 모든 이미지는 라이엇 게임즈의 소유입니다. Adobe Stock: Ever (30- 31, 40–41), pamela_d_mcadams (32–39), DavidMSchrader (44, 46–48, 50–51, 53, 66), Sonate (54–65), prachaubch (70–71), ParinPIX (72–73, 76–77), naiaekky (74–75, 78–79), Mandrixta (108–115, 118–119), kurapy (113–115, 118–119), Charlie's (116), Sergey Pristyazhnyuk (116–117), Jag_cz (120–121), jpramirez (122–137), grasycho (163, 166, 168, 171–172, 175), vellot (165), natali_mya (176–177), korkeng (178–189), darkbird (200), bartsadowski (204–205, 210–213, 216–219, 222–223), Ivan Kurmyshov (206–207), James Carroll (208–209, 214–215), morkdam (220–221); Dreamstime.com: Pixelshow1 (130, 132–133); Shutterstock: YamabikaY (44–51, 80–95), Guenter Albers (53–65), Bas Meelker (98–105), Denis Galushka (108–119), siloto (134–137), foxie (138–157), basel101658 (164, 172–173), Ullithemrg (168), goldnetz (174–175).